ALEX BUCHENBERGER

Bluadsbagage

GOTTGEFÄLLIG **ADOFO** Danso, der aus Ghana stammende neue Pfarrer in Niederöd, wird nachts von drei Unbekannten verfolgt. In letzter Minute kann er sich in sein Pfarrhaus retten, woraufhin sie von ihm ablassen und in der Dunkelheit verschwinden.

Wenig später legt sich Adofo immer noch beunruhigt schlafen und stirbt kurz nach Mitternacht in seinem Bett, nachdem ein Unbekannter ein Feuer gelegt und damit das ganze Pfarrhaus niedergebrannt hat.

Die Traunsteiner Hauptkommissarin Hanna Schmiedinger und ihr Team nehmen die Mordermittlungen im Dorf auf. Dabei stoßen sie zunächst auf eine Mauer des Schweigens. Dennoch können sie diverse Verdächtige ausfindig machen, wie Martin Helmbrecht, ein undurchsichtiger zugezogener Anlageberater aus München, dem niemand im Dorf so recht trauen will, oder Hias Zoller, Hans Prem und Richard Dallinger. Die drei arbeitslosen Jugendlichen erscheinen Hanna und ihrem Team ebenfalls höchst zwielichtig – besonders als sie auch noch nach Österreich fliehen …

Alex Buchenberger wohnt in Oberbayern und schreibt Kriminalromane.

Bisherige Veröffentlichungen im Gmeiner-Verlag:
Hannas Leichen (2019)

ALEX BUCHENBERGER

Bluadsbagage

Der zweite Fall für Hauptkommissarin Hanna Schmiedinger

GMEINER

Immer informiert

Spannung pur – mit unserem Newsletter informieren wir Sie regelmäßig über Wissenswertes aus unserer Bücherwelt.

Gefällt mir!

Facebook: @Gmeiner.Verlag
Instagram: @gmeinerverlag
Twitter: @GmeinerVerlag

FSC www.fsc.org
MIX
Papier aus verantwortungsvollen Quellen
FSC® C083411

Besuchen Sie uns im Internet:
www.gmeiner-verlag.de

Im Ehnried 5, 88605 Meßkirch
Telefon 07575/2095-0
info@gmeiner-verlag.de

1. Auflage 2020

Lektorat: Claudia Senghaas, Kirchardt
Herstellung: Mirjam Hecht
Umschlaggestaltung: U.O.R.G. Lutz Eberle, Stuttgart
unter Verwendung eines Fotos von: © Marquis de Valmont / photocase.de
und © haraldmuc / shutterstock.com
Druck: CPI books GmbH, Leck
Printed in Germany
ISBN 978-3-8392-2565-3

*Personen und Handlung sind frei erfunden.
Ähnlichkeiten mit lebenden oder toten Personen
sind rein zufällig und nicht beabsichtigt.*

1

Adofo rannte wie von Furien gejagt hinter dem Altar entlang zum Seitenausgang. Er musste es unbedingt zum Pfarrhaus hinüberschaffen. Dort könnte er sich zumindest erst einmal verschanzen.

Voller Angst drehte er sich um. Wollte sich vergewissern, ob er seine Verfolger nach seinem Spurt quer durch das schwach beleuchtete Kirchenschiff möglicherweise ein Stück weit abgehängt hatte. Doch sie klebten ihm nach wie vor an den Fersen. Nicht einmal 50 Meter von ihm entfernt. Drei schwarz verhüllte, breitschultrige Gestalten. Die Gesichter nicht zu erkennen. Sie waren ihm also tatsächlich durch den Vordereingang hier herein gefolgt. Schienen keinen Respekt vor dem heiligen Boden unter ihren Füßen zu haben.

Zum ersten Mal hatte er sie bemerkt, als er gegen 22 Uhr aus dem Alten Wirt gekommen war. Sie waren ihm gefolgt. Hatten sich zunächst knapp hinter ihm gehalten. Zuerst hatte es ihn nicht weiter irritiert. Doch dann hatten sie ihn angepöbelt, waren aggressiv und beleidigend geworden, und er hatte einen Schritt zugelegt.

Sie hatten daraufhin ihr Tempo ebenfalls erhöht, woraufhin er ein weiteres Mal schneller gegangen war, bis er schließlich zu rennen begonnen hatte.

Jetzt hetzte er panisch weiter.

Lief, so schnell es ging.

Im Gasthaus hatte er vorhin, bereits zum zweiten Mal seit seiner Ankunft vor dreieinhalb Wochen hier in

Niederöd, Ludwig Brauberger, den Lehrer und Direktor der kleinen Gesamtschule in Personalunion, und Bernd Vollmer, den Allgemeinarzt aus dem Nachbarort, getroffen. Es war ein fröhlicher und diskussionsreicher Freitagabend gewesen. Sie hatten ihm sogar mehrmals unumwunden ihre Sympathie ausgesprochen. Für ihn als jungen Ghanaer, der als neuer Pfarrer hierher in die bayrische Provinz geschickt worden war, zumindest ein kleiner Erfolg. Besonders weil ihn ein Teil der ansässigen Bevölkerung offenbar vehement ablehnte. Man sah es deutlich an seinen Gottesdiensten. Sie waren alles andere als gut besucht. Meistens saßen nur vier oder fünf alte Frauen vor ihm, die nicht einmal zu verstehen schienen, was er predigte. Aber auch sonst zeigte man ihm unumwunden, dass er nicht willkommen war.

»Wir wollen keinen schwarzen Mann als Pfarrer!«, war noch einer der harmloseren Rufe, die vereinzelt nachts vor Adofos Schlafzimmer erschallten. »Afrikapfarrer, hau ab, Gott ist weiß!«, lauteten dann die heftigeren Botschaften.

Schuld daran mochte sein, dass die meisten Schäfchen des Ortes immer noch am alten Pfarrer, Ignatius Schöttler, hingen, der vor zwei Monaten nach Ostdeutschland versetzt worden war. Sie waren wohl der Meinung, dass er nur deshalb gehen musste, um Adofo Platz zu machen, was sie gleichermaßen empörte und erzürnte. Das hatte ihm zumindest die alte und neue Pfarrersköchin, Heiderose Anger, bereits kurz nach seiner Ankunft anvertraut.

Adofo hatte ihr entgegnet, dass dies aber keineswegs der Fall sei, sondern, dass der erfahrene Ignatius Schöttler dringend im Osten gebraucht würde, um dort neue Gläubige zu finden und an die Kirche zu binden.

Vor zwei Tagen hatte jemand ›Geh in den Urwald, wo du herkommst‹ an die Außenwand des Pfarrhauses gesprayt. Adofo rief daraufhin beim örtlichen Polizeiposten an, um die Sache zur Strafverfolgung anzuzeigen. Der Beamte am Telefon, ein gewisser Polizeihauptmeister Stierer, hatte nur gemeint, dass sie im Moment keine Zeit für solche Kinderstreiche hätten. Sobald wieder etwas mehr Spielraum wäre, würden sie sich jedoch selbstverständlich darum kümmern. Niemand von der Inspektion war allerdings bei ihm aufgetaucht, um den Schaden zumindest einmal in Augenschein zu nehmen. Als er heute Nachmittag deswegen erneut dort angerufen hatte, sah es auch nicht so aus, als würde sich das in nächster Zukunft ändern.

»Gott sei Dank.« Adofo hatte sich einen kleinen Vorsprung vor seinen Verfolgern verschafft. Erleichtert öffnete er den Eingang zum Pfarrhaus, schlüpfte eilig mit zitternden Knien hinein und sperrte schnell zweimal hinter sich ab. Dann setzte er sich erst einmal völlig erschöpft auf den Fußboden.

Sein Puls hämmerte in seinen Ohren.

Er japste mit brennenden Bronchien nach Luft.

Sein Name Adofo hieß, aus dem Ghanaischen übersetzt, Krieger. Doch er war noch nie besonders tapfer oder streitlustig gewesen. Bereits als Kind hatte er Konflikte lieber vermieden als sie auszutragen. Stattdessen hatte er stets seinen Eltern gehorcht, in der Schule nie aufgemuckt und schon immer eine immense Liebe zu Gott verspürt. Letztlich war es dann auch für niemanden aus seinem Heimatdorf weiter verwunderlich gewesen, dass der schmale Häuptlingssohn eines Tages nach Europa ging, um dort als sogenannter Weltpriester der katholischen Kirche zu arbeiten.

Seine Verfolger schlugen wütend mit ihren Fäusten gegen die Haustür. Sie warfen sich offenbar mit ihren Körpern dagegen, sodass sie bedrohlich im Türstock hin und her wackelte.

Unter Aufbietung seiner letzten Kräfte verrückte Adofo stöhnend die schwere Kommode unter dem Garderobehaken und schob sie davor. Dabei betete er inständig, dass sie es nicht schaffen würden, sie wegzudrücken und doch noch hereinzugelangen.

Nach einer geraumen Weile hörte das Klopfen und Schlagen auf. Ihren leiser werdenden Stimmen nach entfernten sich die drei Männer. Es sah so aus, als hätte er großes Glück gehabt.

Aufatmend setzte er sich an den Küchentisch und trank einen Schluck kalten Tee. Schwitzte immer noch vor Todesangst und Anstrengung. Heute Nacht würde er sicher nicht besonders gut schlafen. Er fragte sich, woher nur immer wieder der sinnlose Hass auf der Welt käme, der die Menschen so unmenschlich erscheinen ließ. Schließlich hatte er doch niemandem hier im Ort etwas getan, außer dass er der neue Pfarrer war. Daheim in Afrika gab es unentwegt irgendwo Krieg und gewalttätige Auseinandersetzungen. Mitten im angeblich so friedlichen Europa schien es allerdings nicht recht viel anders zu sein.

Als er eine Stunde später zu Bett ging, meinte er Rauch zu riechen. Er ignorierte es und schloss die Augen. Sicher nur wieder jemand, der irgendwo in der Nähe sein Stoppelfeld abbrannte, wie bereits die ganze Woche über. Das war zwar gefährlich und gesetzlich verboten, wie auch Adofo wusste, aber es schien niemanden weiter zu kümmern. Es sah ganz so aus, als würden sie sich in Niederöd ihre eigenen Gesetze machen.

In etwas mehr als zwei Monaten wäre Weihnachten. Schrecklich, wenn sich niemand zur Christmette blicken ließ. Möglicherweise wäre es vernünftiger, wenn er aufgab und sich woandershin versetzen lassen würde.

Er betete noch kurz, wie jeden Abend.

Bald darauf schlief er ein.

2

»Jetzt zünden sie schon Gottesdiener an. Wo soll das alles bloß noch hinführen?« Die 39-jährige dunkelhaarige Hauptkommissarin Hanna Schmiedinger, stellvertretende Leiterin der Traunsteiner Mordkommission, sah ihren um ein Jahr jüngeren Kollegen, Hauptkommissar Rainer Talgruber, einigermaßen ratlos an.

Es war kühl. Kein Wunder, so in aller Herrgottsfrüh und Anfang Oktober im Chiemgauer Voralpenland.

Vor fünf Minuten, um kurz nach halb fünf, waren sie hier in Niederöd angekommen. Verdacht auf Brandstiftung, hatte es gemäß der Meldung des Brandinspektors der Feuerwehr geheißen. Der Pfarrer des Ortes war Opfer der Flammen geworden. Zu allem Überfluss geschah das Ganze in der Nacht von Freitag auf Samstag. Hannas wohlverdientes Wochenende war somit wohl gelaufen. Rainers natürlich ebenfalls.

»Das Feuer muss die ganze Nacht gebrannt haben«, erwiderte er, fassungslos den schmalen Kopf schüttelnd. »Da steht kein Stein mehr auf dem anderen.«

»Ein Wunder, dass es die Kirche nicht erwischt hat.«

»Da hat die Feuerwehr wohl gut aufgepasst. Der Pfarrer war übrigens ein Schwarzer. Er kam erst vor etwas mehr als drei Wochen her, sagt die Pfarrersköchin.« Rainer zeigte auf eine vielleicht 50-jährige schlanke blonde Frau in Bluejeans und grauem Mantel, die etwas abseits von ihnen bei einer Gruppe Neugieriger stand.

»Soso ein Schwarzer. Na ja, wie fast alle hier bei uns.« Hanna zuckte die Achseln.

»Nein, nicht politisch.« Rainer schüttelte erneut den Kopf. »Er kam aus Ghana. Sein Name war Adofo Danso.«

»Ein Pfarrer aus Ghana. Wie kommt der denn hierher?«

»Mit dem Flieger, schätze ich mal. Schwimmen ist zu weit.«

»Sehr witzig.« Hanna brachte nur ein halbschariges humorloses Grinsen zusammen, mehr nicht. Sie zog leicht genervt die Nase kraus. Der beißende Geruch des Rauches hing immer noch in der Luft. »Wohnt so eine Pfarrersköchin normalerweise nicht auch im Pfarrhaus?«

»Keine Ahnung.« Rainer zuckte die Achseln. »Die hier jedenfalls nicht. Sie kommt aus dem Dorf, heißt Heiderose Anger. Willst du sie sprechen?«

»Gleich. Lass uns erst mal hören, was die SpuSi weiß.«

Hanna, wie immer ganz in Schwarz gekleidet, ging auf den dunkelhaarigen Leiter der Spurensicherung, Holger Weinbuch, zu, der gerade etwas aus den Trümmern fischte.

»Was habt ihr?«, fragte sie ihn.

»Es sieht eindeutig nach Brandstiftung aus«, meinte der kräftig gebaute Holger. Er rückte mit seiner freien linken Hand die dicke Hornbrille auf seiner Nase zurecht. »Da hat der Kollege von der Feuerwehr unbedingt recht. Da hinten liegt ein Benzinkanister. Von ihm ging der Brand aus. Eindeutig. Hier hab ich wohl sogar das passende Feuerzeug dazu entdeckt.« Er hielt seinen Fund hoch. Ein metallenes Sturmfeuerzeug, wie es auch von Soldaten verwendet wurde.

»Irgendwer scheint den neuen Pfarrer nicht gemocht zu haben«, meinte Rainer. Er schüttelte zum dritten Mal an diesem Morgen den Kopf.

»Davon gehen wir aus.« Holger nickte.

»Wisst ihr schon, wann ungefähr der Brand ausgebrochen ist?« Hanna presste ihren Mund zu einem schmalen knallroten Strich zusammen. Gerade in Rainers Auto hatte sie schnell noch frischen Lippenstift aufgetragen. Ihre Lieblingsmarke aus Frankreich. Ein anderer kam nicht infrage.

»Es muss Mitternacht gewesen sein. Erst eine Stunde später verständigte jemand anonym die Feuerwehr. Möglicherweise sogar der Brandstifter selbst.«

»Und damit kam jede Hilfe für den Pfarrer zu spät«, meinte Rainer. Er zog sein Smartphone heraus und begann etwas einzutippen.

Hanna schüttelte den Kopf.

Der und sein Handy. Unfassbar!

»Dr. Breier ist unterwegs«, meinte Holger. »Viel wird er zu dem Häuflein Kohle wahrscheinlich auch nicht sagen können. Aber sicher mehr als wir.«

»Warten wir's ab. Ich geh mal rüber zur Pfarrersköchin.« Hanna nickte beiden knapp zu, drehte sich um und näherte sich Heiderose Anger, die inmitten einer neugierigen Gruppe von Gaffern stand.

»Frau Anger, haben Sie einen Moment Zeit für mich? Schmiedinger mein Name, Kripo Traunstein. Ich leite die Ermittlungen.«

3

»Servus, Rainer. Was gibt's?« Die gut aussehende 34-jährige Kommissarin Sabrina Hornsteiner gähnte laut. »Fünf Uhr ist ein klein wenig früh am Tag, stimmt's?«

Sie blickte zufällig neben sich auf den Wecker und

stellte dabei erstaunt fest, dass außer ihr noch jemand in ihrem riesigen Wasserbett lag. Wie es aussah, ein Mann. Ach, du Schande, es war ihr neuer Kollege Ralf Schneider.

Wie kommt der denn hierher? Scheiß Wodka.

Sie hatten sich gestern erst im Büro kennengelernt. Er hatte ihr sofort gefallen, und sie hatten sich spontan zu einem Drink nach Feierabend verabredet. Das wusste sie noch, und dass sie tatsächlich gegen 21 Uhr in eine Bar in der Innenstadt gingen, um dort zusammen eine halbe Flasche Wodka zu leeren. Aus reinem Übermut. Normalerweise trank sie niemals so viel.

An den Rest des Abends konnte sie sich nur verschwommen und bruchstückhaft erinnern. Es schien auf jeden Fall noch mehr Wodka gegeben zu haben.

»Wir sind draußen in Niederöd. Dort hat jemand letzte Nacht das Pfarrhaus angezündet.«

»Und deswegen rufst du an? Bist du auf einmal gläubig geworden oder bei der Feuerwehr?« Sie fuhr sich in Ermangelung ihrer Bürste, die wahrscheinlich wie immer drüben im Bad auf dem Rand des Waschbeckens lag, langsam mit den Fingern durch die langen blonden Haare.

»Nein. Der Pfarrer ist mitverbrannt.«

»Ein waschechter Mord. Also ein Fall für uns, die Mordkommission.« Sabrina kicherte albern.

Anscheinend bist du immer noch betrunken, Mädchen.

»Sieht so aus«, erwiderte Rainer ernst. »Besonders witzig ist es eigentlich nicht. Wir brauchen dich und unseren neuen Kollegen hier draußen. Leute müssen befragt werden und so weiter.«

»Bin gleich da. Sorry, bin noch albern von gestern.«

»Sagst du dem Neuen, diesem Hauptkommissar Schneider, bitte Bescheid?«

»Ralf? Na klar. Kein Problem.« Sabrina nickte, ohne dass es jemand sehen konnte.

»Ralf?« Rainer hörte sich erstaunt an.

»Hab ihn schon etwas näher kennengelernt.«

»Beeilt euch.«

»Geht klar. Bis dann.« Sie legte auf. Dann schloss sie für einen Moment die Augen.

»Ralf«, sagte sie, sobald sie endgültig wach war, und schüttelte ihren Bettnachbarn vorsichtig.

»Was ist los?«, rief er, sprang blitzartig aus dem Bett, stellte sich auf Sabrinas luxuriöses Eichenparkett und nahm breitbeinig die Nahkampfgrundstellung ein, wie er sie in der Ausbildung gelernt hatte. Anschließend tastete er hektisch mit den Händen unter seinen Achseln herum. »Verdammt, wo ist meine Waffe?«

»Hallo?« Sie betrachtete ihn mit dem distanziert neugierigen Blick einer Insektenforscherin. Winkte auffällig, falls er sie immer noch nicht gesehen und erkannt haben sollte.

»Wer sind Sie?« Er schaute sie unverwandt an.

»Sag mal, geht's noch? Bist du wach oder schläfst du noch?« Sie musste unwillkürlich grinsen.

So einen hab ich auch noch nicht erlebt.

»Wie? Was? Ach du lieber Gott, Sabrina, richtig?« Plötzliches Erkennen blitzte in seinen Augen auf. »Was ist denn los? Was mach ich hier? Mann, ich hab total schlecht geträumt.« Er schüttelte sich wie ein Hund nach einem Spaziergang im Regen. »War an der Front im Zweiten Weltkrieg.«

»Vergiss den Krieg. Wir sind hier bei mir. Gestern? Bar? Wodka? Klingelt's?«

»Ach du Schande, ja. Mann, da haben wir wohl ein wenig übertrieben letzte Nacht.« Er legte verlegen den Kopf schief.

»Beim Trinken bestimmt.« Sie nickte. »Im Bett bin ich mir da nicht so sicher.«

»Wie meinst du das?«

»Nichts weiter.« Sie lachte. »Immerhin haben wir beide unsere Unterwäsche noch an.«

»Tatsächlich.« Er sah an sich hinunter. »Du lieber Himmel. Ich trinke normalerweise nie so viel.«

»Ich auch nicht.«

»Na, dann wäre das ja geklärt.« Ralf räusperte sich umständlich. Offenkundig war ihm die ganze Angelegenheit irgendwie peinlich.

»Wir müssen los«, fuhr Sabrina, inzwischen dauergrinsend, fort. »Es gab einen Mord in einem kleinen Ort nicht weit von hier. Butterbrezen und Kaffee holen wir uns an der Tankstelle.«

»Wo hab ich denn nur meine Dienstwaffe hin?« Er blickte suchend im Zimmer umher.

»Alzheimer mit 36. Ist das nicht etwas jung?«

»Woher weißt du, wie alt ich bin?«

»Du hast es mir gesagt und dass du bald in Pension gehen willst.« Sie kicherte.

»Scheiß Wodka. Wo ist nur diese verdammte Pistole?« Er kratzte sich ratlos am Hinterkopf.

»Meine lege ich immer in den Wäschekorb, damit sie kein Unbefugter in die Hand nehmen kann.« Sie zeigte auf den großen weißen Behälter aus geflochtenem Holz, der rechts neben dem Fußende ihres großen Doppelbettes stand. »Bestimmt ist deine auch dort. Zumindest bin ich nüchtern sehr zuverlässig und lege sie immer dorthin.«

»Aha.« Er lächelte erleichtert. »Und wir haben ganz bestimmt nicht?« Er lächelte schüchtern. »Ich meine, hier … in deinem Bett.«

»Ich glaube nicht. Kann mich jedenfalls nicht daran erinnern.« Sie grinste nach wie vor amüsiert. »Aber selbst wenn, haben wir es auf jeden Fall beide wieder vergessen, was dann praktisch als ungeschehen durchgehen würde.« Sie stand auf, öffnete die Vorhänge, klaubte ihre Jeans vom Boden auf und ging damit ins Bad. »Es sei denn, es gäbe Folgen.«

»Folgen?«

»Schwanger?«

»Ach so, nimmst du denn keine Pille?«

»Doch. Kondome habe ich auch immer dabei, normalerweise.«

»Gott sei Dank.« Er atmete erleichtert auf.

»Alles gut. War ja eh nix. Wahrscheinlich.«

»Schade eigentlich, dass wir vergessen haben, was war«, murmelte Ralf, nachdem er ihr ausgiebig hinterhergesehen hatte. Er hob ebenfalls seine Jeans und sein T-Shirt auf, die beide neben dem Bett lagen. »Sollen wir zusammen duschen?«, fragte er währenddessen laut.

»Nein«, rief sie aus dem Bad zurück. »Bin gleich fertig, dann kannst du hier rein.«

4

»Wann haben Sie Herrn Danso gestern zum letzten Mal gesehen?« Hanna sah Heiderose Anger neugierig in die wachen hellblauen Augen. Sie war mit der Pfarrersköchin ein Stück abseits der Leute Richtung Friedhof gegangen, um sich ungestört mit ihr unterhalten zu können.

»Gleich nach dem Abendessen gestern Abend bin ich heimgegangen«, erwiderte Heiderose. »Das muss gegen 18.30 Uhr gewesen sein. Der Herr Pfarrer wollte um 19 Uhr in den Alten Wirt, um sich dort mit dem Herrn Dr. Vollmer aus Oberöd und unserem Lehrer, dem Herrn Brauberger, auf ein Bier zu treffen.«

»Er war also im Gasthof?«

»Ich denke mal.« Heiderose nickte. »Am besten fragen Sie hierzu aber die beiden Herren selbst.«

»Danke, das werde ich tun.« Hanna nickte. »Hatte Herr Danso irgendwelche Feinde im Ort? Leute, die ihn nicht mochten oder aus irgendeinem bestimmten Grund etwas gegen ihn hatten?«

»Er war ja noch keine vier Wochen hier. Aber – es gab da schon Stimmen, die von Anfang an nicht unbedingt für ihn waren.« Heiderose betrachtete ausgiebig den Asphalt unter ihren Füßen.

»Wie meinen Sie das?« Hanna wurde hellhörig.

»Sie haben ihn nachts von der Straße aus beschimpft und aufgefordert, wieder nach Afrika zu gehen. Sogar auf die Hauswand des Pfarrhauses hat ein Unbekannter vor einigen Tagen in großen Buchstaben gesprüht, dass er verschwinden solle.« Heideroses Stimme zitterte.

Sie wich Hannas Blick aus. Offensichtlich stand sie nach wie vor unter dem Schock der Ereignisse. Konnte allerdings auch sein, dass sie etwas zu verbergen hatte.

»Warum?« Hanna zog irritiert die Stirn kraus. »Was hat er getan?«

»Keine Ahnung. Manche hier mögen keine Afrikaner.« Heiderose zuckte die Achseln. »Erst recht nicht als Pfarrer, denke ich mal. Außerdem wollen viele den alten Pfarrer wiederhaben.«

»Aha.« Hanna kratzte sich kurz am Hinterkopf. »Wurde der versetzt?«

»Ja. Zu den Ossis. Statt ihm kam dann Herr Danso.«

»Wissen Sie, wer genau etwas gegen ihn gehabt haben könnte und wer da unter dem Fenster geschimpft hat? Oder wer der Sprüher gewesen sein könnte?«

»Da hab ich überhaupt keine Ahnung, Frau Schmiedinger. Ehrlich nicht.« Heiderose schüttelte langsam den Kopf.

»Aber wenn Sie sagen, dass es Menschen gibt, die keinen Pfarrer aus Afrika hierhaben wollen, müssen Sie doch wissen, wer diese Menschen sein sollen.«

»Es wird geredet im Dorf. Ganz allgemein, verstehen Sie? Es gibt da niemand Speziellen.«

»Nein, ehrlich gesagt, verstehe ich das nicht. Irgendwer muss ja mit dem Gerede angefangen haben.«

Schwer zu sagen, ob sie die Wahrheit sagt oder lügt. Möglicherweise muss ich sie mir zu einem späteren Zeitpunkt vornehmen.

»Das ist aber kaum herauszubekommen.« Heiderose

senkte ihre Stimme. »Ich habe mal versucht herauszufinden, wer über mich das Gerücht verbreitet hat, dass ich meine Wohnung nicht ordentlich putzen würde. Unmöglich. Nach zwei Wochen gab ich entnervt auf und sagte mir nur: ›Lass sie reden. Irgendwann hören sie von selbst wieder auf. Spätestens sobald es ein wichtigeres Thema gibt‹.«

»Und?«

»Es traf so ein. Jemand behauptete einige Tage später, dass unser Metzger seine Frau schlägt. Auf einmal war das dann das Tagesgespräch Nummer eins.«

»Sie haben also keine Ahnung, wer im Ort Herrn Danso derart gehasst haben könnte, dass er ihn verbrennen würde?«

»Nein.« Heiderose schüttelte erneut den Kopf.

5

»Hallo, ihr zwei. Gut, dass ihr da seid.« Hanna nickte Sabrina und Ralf mit einem leicht gestressten Lächeln auf den Lippen zu. »Wir haben es mit Brandstiftung und Mord zu tun. Der Pfarrer ist tot. Ein Afrikaner, der vor nicht einmal vier Wochen hier ankam. Kein konkreter Tatverdächtiger. Mit der Pfarrersköchin hab ich bereits gesprochen.«

»Und?« Sabrina sah sie neugierig an.

»Ich werde sie wohl noch mal sprechen, sobald sie sich beruhigt hat. Bis jetzt kam nicht allzu viel dabei heraus.«

»Mit wem sollen wir weitermachen?« Sabrina blickte nachdenklich auf die immer noch rauchenden Trümmer neben der Kirche.

»Am besten geht ihr später in den Alten Wirt, das einzige Wirtshaus am Platz.« Hanna zeigte auf den Maibaum, der gute Hundert Meter entfernt in südlicher Richtung über die Dächer hinausragte. »Schaut mal, wer sich da so herumtreibt und stellt eure Fragen. Motive, Alibis und so weiter. Vielleicht gibt es auch eine Metzgerei oder Bäckerei, die jeden Moment aufmacht. Dort könnt ihr es gleich versuchen.«

»Einfach so ins Blaue?« Sabrina runzelte die Stirn. »Meinst du im Ernst, dass die Geschäfte schon Viertel vor sechs in der Früh aufmachen?«

»Die Bäckerei bestimmt. Fangt am besten dort an. Es scheint hier ein paar bösartige Rassisten zu geben, sagt die Pfarrersköchin. Sieht so aus, als müssten wir herausfinden, wer sie sind, um an unseren oder unsere Täter zu kommen.«

»Woran erkennt man Rassisten?«

»An dem Schmarrn, den sie daherreden. Woran sonst?« Hanna schüttelte unwillig den Kopf. »Wir dürfen keine Zeit verlieren. Rainer und ich knöpfen uns so bald wie möglich den Dorflehrer und den Arzt im Nachbarort vor.«

»Na gut. Bis später.«

Sabrina und Ralf machten sich zu Fuß auf den Weg in die Ortsmitte.

Wenig später standen sie auf einem kreisrunden Platz, dessen Mitte von einem großen Kastanienbaum geschmückt wurde. Gleich daneben streckte sich der Maibaum, den sie bereits von der Kirche aus hatten sehen können, weit hinauf ins bayrische Graublau. Nicht mehr lange, dann würde die Sonne aufgehen und alles in ihr helles Licht tauchen. Rechts von ihnen befand sich der Alte Wirt. Links erstreckte sich eine kleine Ladenzeile über gut 70 Meter. Bäcker, Metzger, Friseur, Getränkehändler und ein Supermarkt.

»Hier gibt es wenigstens noch kleine Geschäfte«, stellte Sabrina erfreut fest. »Ist in der Gegend sonst gar nicht mehr üblich.«

»Wie bei uns im Norden von Regensburg.« Ralf nickte. »Ein Einkaufsgebiet vor der Stadt, wo die großen Discounter sich versammeln, genügt offenbar inzwischen. Da wird eine ganze Kultur von einer Handvoll geldgieriger Investoren kaputt gemacht.«

»Du kommst aus Regensburg?«

»Aus Regenstauf, um genau zu sein. Sagte ich das gestern gar nicht?«

»Keine Ahnung.« Sie zuckte die Achseln.

»Ach so, klar.« Er lächelte verständig.

»Der Getränkehändler scheint schon offen zu haben.« Sie ging grinsend voraus. »Vielleicht hat er heißen Kaffee. Die Plörre von der Tankstelle war echt ekelhaft. Konnte man wirklich nur wegschütten.«

6

Sieben Uhr. Florian Bauer streckte sich gähnend in seinem riesigen Doppelbett. Er hatte wunderbar geschlafen. Tief und fest und zum ersten Mal in seiner neuen Wohnung in seinem endlich fertiggestellten Golfhotel vor den Toren Burghausens.

Die Bauarbeiten hatten länger gedauert als erwartet. Das hatte die Gesamtkosten einigermaßen in die Höhe getrieben. Insgesamt war aber alles gerade noch im Rahmen geblieben. Angst vor der Pleite musste er nicht haben. Noch nicht zumindest. Denn jetzt kam es erst einmal darauf an, wie gut sein Konzept mit Golf, Luxusschlosshotel und schöner Naturlandschaft bei den Kunden ankam.

»Auf, auf. Der frühe Vogel fängt den Wurm«, sagte er laut, stand auf und ging ins Bad hinüber, um zu duschen.

Anschließend zog er sich an und stieg voller Tatendrang die breite Treppe ins Foyer hinunter. Am besten nahm er sich nach dem Frühstück den ganzen Tag Zeit, um ausgiebig überall nach dem Rechten zu sehen. Morgen Vormittag würden die ersten Gäste eintreffen. Eine Reisegruppe aus England. Acht Männer. Ein gewisser Earl of Carrington hatte sie per E-Mail angemeldet. Er selbst war ebenfalls mit von der Partie.

Hoffentlich randalierten die adeligen Inselbewohner nicht nach der zehnten Flasche Champagner, so wie man es von ihren biertrinkenden Landsleuten in den südlichen Urlaubsgefilden dieser Welt kannte, und zerstörten dabei alle möglichen Einrichtungsgegenstände.

Florian hatte sich bei der Renovierung alle Mühe gegeben.

Das Ergebnis war mehr als gelungen, wie er meinte. Das alte Schloss erstrahlte innen wie außen in neuem Glanz. So boten die 25 riesigen Doppelzimmer und zehn großen Einzelzimmer, die er vermietete, jeglichen Komfort wie einen großen Whirlpool, Regenwasserduschkopf, Internetanschluss samt Laptop, Safe, Sonnenterrasse, Minibar, Kabel- und Satelliten-TV sowie die neueste Bettentechnologie, besaßen aber gleichzeitig durch die echt goldenen Wasserhähne, die schweren Vorhänge, die diversen alten Meisterwerke an den Wänden, die exklusiven Kronleuchter und die Verwendung von viel Marmor und edlen Hölzern die Ausstrahlung eines hochherrschaftlichen Wohnsitzes aus vergangener Zeit.

»Beate, ich möchte frühstücken«, rief er seiner Hausdame zu, während er den kleinen Speisesaal betrat. Wie gewohnt war sie längst wach.

»Sehr gerne, Herr Bauer. Eier?«

»Eier, Würstchen, Fisch, das ganze Programm. Schließlich muss ich wissen, wie es meinen Gästen morgen wohl schmecken wird.«

»Gerne, Herr Bauer. Ich sage in der Küche Bescheid. Vorneweg einen Espresso?«

»Unbedingt.« Florian nickte, während er sich an einen Tisch an einem der großen Panoramafenster setzte. Die Sonne ging gerade hinter dem gegenüberliegenden Hügel auf und schickte ihre ersten spätsommerlichen Strahlen durch das frisch polierte Glas.

Er war stolz auf sich. Hatte es mit seinen 40 Jahren noch einmal gewagt, alles in seinem Leben auf den Kopf zu stellen und seine gutgehende Softwarefirma gegen das Wagnis mit diesem exklusiven Golfhotel einzutauschen. Zunächst war er sich gar nicht sicher gewesen, ob das Unternehmen so erfolgreich laufen würde, wie er es sich wünschte. Doch je länger er an dem Konzept gefeilt hatte und den schnellen Fortschritt der Umbauarbeiten beobachten konnte, desto überzeugter war er davon. Jetzt fehlte ihm nur noch die Frau seiner Träume zu seinem Glück. Hanna Schmiedinger war eine würdige Anwärterin auf diese Position und seine absolute Wunschkandidatin. Nur leider schien sie noch nicht so weit zu sein, nach ihren bisherigen Enttäuschungen mit der Männerwelt wieder eine feste Bindung einzugehen. Florian bedauerte das sehr, wusste aber gleichzeitig, dass man in einem solchen Fall außer Abwarten nicht viel tun konnte.

Die Liebe ließ sich nun mal nicht erzwingen.

Auf jeden Fall würde er sie nach dem Frühstück anrufen und sie für heute Abend zu einem festlichen Dinner mit allen Schikanen hierher einladen. Das wäre dann sozusagen die inoffizielle Einweihung seines Gastbetriebes.

Sie durfte ihm diesen Wunsch einfach nicht abschlagen.

Er würde keinerlei Ausreden gelten lassen.

7

»Grüß Gott, Herr Brauberger. Mein Name ist Schmiedinger von der Kripo Traunstein. Das hier ist mein Kollege, Hauptkommissar Talgruber.« Hanna blinzelte. Die aufgehende Sonne schien ihr geradewegs in die Augen, als sie zu dem an die zwei Meter großen breitschultrigen Dorflehrer in Bluejeans und mit Palmen bedrucktem Freizeithemd aufschaute.

»Grüß Gott. Was gibt es denn in aller Früh?« Ludwig sah sie verdutzt aus seinen verschlafenen dunkelbraunen Augen an. Er forderte sie nicht auf hereinzukommen. Blieb stattdessen abwartend barfuß, wie er war, in seiner halb geöffneten Haustür stehen und gähnte ausgiebig.

Offensichtlich hatten sie ihn geweckt. Kein Wunder um 7.20 Uhr an einem schulfreien Samstagmorgen. Bestimmt hatte er gestern Abend im Alten Wirt etwas getrunken und wollte heute gründlich ausschlafen.

»Es ist etwas passiert, Herr Brauberger.«

»Was hab ich damit zu tun?« Er zuckte die Achseln und sah sie erwartungsvoll an.

»Ihr neuer Pfarrer, Adofo Danso, ist letzte Nacht in seinem Pfarrhaus verbrannt.«

»Was? Aber … wir saßen doch vorhin noch zusammen. Also, gestern, meine ich.« Er fasste sich erschrocken an den Kopf, wurde schlagartig blass, schwankte leicht. »Im Alten Wirt. Mit dem Bernd Vollmer, unserem Allgemeinmediziner aus Oberöd.«

»War er anders als sonst?«

»Der Adofo?« Er runzelte die Stirn. »Keine Ahnung. Ich habe ihn gestern zum zweiten Mal getroffen. Ein angenehmer und witziger Zeitgenosse. Wissen Sie, was genau passiert ist? Hat er seinen Herd brennen lassen?«

»Wir gehen von Brandstiftung aus.«

»Tatsächlich?« Ludwig bedachte sie mit einem langen ungläubigen Blick.

»Ja.« Hanna nickte.

»Es ist kalt. Kommen Sie doch bitte herein. Ich mache uns einen Kaffee.« Ludwig hielt die Tür weit auf. Er ließ Hanna und Rainer an sich vorbei.

Drinnen bugsierte er sie in eine gemütliche kleine Wohnküche. Heller Holztisch, dazu passende Stühle, hohe Küchenregale mit verschiedenen Töpfen und Gewürzen und eine große gläserne Terrassentür, die in den mit bunten Herbstblumen bewachsenen Garten hinter dem Haus führte.

»Hatte Herr Danso Feinde im Ort?«, fragte Hanna, während Ludwig eine Tasse heißen Espresso vor ihr auf dem Tisch abstellte.

»Feinde wäre wohl zu viel gesagt. Aber einigen unserer Einwohner war seine Anwesenheit wohl schon ein Dorn im Auge.«

»Welche Gründe gab es dafür?«

»Ein afrikanischer Pfarrer passte vielen nicht ins bayrisch heimatliche Konzept.« Ludwig zuckte die Achseln. »Zumal der alte Pfarrer, Ignatius Schöttler, seine Schäfchen gut im Griff hatte. Er hatte sich hier bei vielen als Seelentröster und Ratgeber unentbehrlich gemacht.«

»Also könnte jemand den neuen ungeliebten Pfarrer verjagt haben wollen, weil er den alten Pfarrer zurückwollte? Dabei ist dann, möglicherweise sogar aus Versehen, das Haus abgebrannt.«

»So könnte es durchaus gewesen sein.« Ludwig setzte sich zu ihnen an den Tisch, nachdem er sich selbst und dem schmalen Rainer ebenfalls einen Espresso mitgebracht hatte.

Der rothaarige Brillenträger bedankte sich kurz bei ihm und konzentrierte sich gleich darauf wieder ausschließlich auf sein Smartphone. Hanna wunderte sich längst nicht mehr darüber, dass ihr engster Kollege seine Nase lieber in den kleinen Bildschirm steckte, als mit erhobenem Kopf der Realität ins Auge zu sehen. Das war eher ihre Aufgabe.

Aber sollte er ruhig im Internet nach hilfreichen Fakten für ihre Fälle recherchieren. Oft genug kam etwas Positives dabei heraus. Sie übernahm ihren Part außerdem auch gerne ohne seine andauernden zweifelnden Kommentare, mit denen er sie gelegentlich gründlich auf die Palme brachte.

»Wer könnte Herrn Danso absichtlich getötet haben?«, wollte sie von Ludwig wissen.

»Keine Ahnung.« Er sah sie direkt an.

Der war es auf jeden Fall nicht. Seine Augen lügen nicht. Darauf verwette ich meine rechte Hand.

»Haben Sie mitbekommen, dass er von irgendwem offen angefeindet wurde?«

»Na ja …« Ludwig zögerte.

»Ja?«

»Es gibt da drei besonders ekelhafte jugendliche Fremdenhasser bei uns im Ort. Die haben ihn sogar einmal beim Bäcker in aller Öffentlichkeit beleidigt und als Negerdepp und so weiter beschimpft.«

»Wie heißen die drei Herren?« Hanna zückte einen Kuli und den kleinen Notizblock, den sie immer bei sich trug. Ein Geschenk ihrer Mutter, die als eingefleischter Krimifan am liebsten bei jedem Fall mitarbeiten würde.

»Hias Zoller, Hans Prem, Richard Dallinger. Sie sind alle drei um die 18 Jahre alt und im Moment mal wieder arbeitslos, weil einfach zu dumm zum Arbeiten, sag ich jetzt mal. Ist zwar bös ausgedrückt, aber wahr.« Ludwig trank einen Schluck Espresso.

»Wissen Sie, wo wir die drei finden?«

»Normalerweise, bis sie ausgeschlafen haben, bei ihren Eltern. Also bis ungefähr zwölf. Aber auf jeden Fall abends im Alten Wirt.« Ludwig zündete sich eine Zigarette an.

»Sind sie dort Stammgäste?«

»Die trinken dort täglich ihr Quantum, ja. Solange ihre Familien das noch finanzieren zumindest. Selbst besitzen sie ja keinen Cent.«

»Wissen Sie, wo die drei Familien wohnen?«

»Moment, ich schreib es Ihnen auf.« Ludwig notierte die Adressen auf einem Zettel.

»Danke, Herr Brauberger. Sie haben uns sehr geholfen.« Hannah legte ihre Visitenkarte auf den Tisch. »Würden Sie mich bitte anrufen, falls Ihnen noch etwas einfällt?«

»Mach ich.« Ludwig erhob sich, um sie hinauszugeleiten.

»Bleiben Sie sitzen. Wir finden alleine raus.« Hanna gab Rainer einen Stups. Dann verließen sie Seite an Seite das Haus.

8

7.45 Uhr. Sabrina und Ralf hatten beim Getränkehändler und in der Bäckerei nichts Weltbewegendes herausbekommen. Der Getränkehändler hatte keinen Kaffee für sie gehabt. Aber in der Bäckerei gab es welchen, also hatten sie dort ein zweites Frühstück eingenommen, während sie nebenher die Angestellten und die Kundschaft befragten.

Jetzt liefen sie durch den Ort und klingelten bei allen möglichen Leuten. Wer hatte was vom Brand mitbekommen? Wer könnte der Täter gewesen sein? Aber entweder wusste tatsächlich niemand etwas oder die Bevölkerung baute eine Mauer des Schweigens gegen die Ermittler aus der Stadt auf. Aus welchen Gründen auch immer. Selbst wenn es nur der Tatsache geschuldet war, dass man in kleinen Gemeinden wie Niederöd prinzipiell gegen Auswärtige zusammenhielt.

»Lass uns aufhören. Hat keinen Sinn.« Sabrina sah Ralf kopfschüttelnd an, nachdem sie in einem kleinen Blumenladen ergebnislos die Verkäuferin und zwei ältere Kundinnen befragt hatten und nun wieder auf der Straße standen.

»Ich würde gerne weitermachen«, erwiderte er. »Wir haben noch nicht einmal die Hälfte der Häuser in der Ortsmitte durch.«

»Was soll das bringen? Nein, wir hören auf.« Sie schüttelte den Kopf.

»Weil du meine Vorgesetzte bist?«

»Bin ich natürlich nicht. Weißt du doch.« Sie schüttelte erneut den Kopf. »Wir sind Kollegen. Ich Kommissarin, du Hauptkommissar. Unsere Vorgesetzte ist nur Hanna.«

»Aber du führst dich schon die ganze Zeit über so auf, als wäre es so.« Er stemmte die Hände in die Seiten und sah ihr geradewegs in die Augen. »Ralf, wir tun dies, Ralf wir machen das.«

»Schmarrn, das bildest du dir ein. Ich will bloß keine sinnlose Arbeit machen.«

»Du kannst nicht wissen, ob sie sinnlos ist, bevor wir alle Leute befragt haben.« Er sprach immer lauter. Sein Gesicht lief rot an. Er schien sich über irgendetwas unglaublich zu ärgern.

»Und wie viele Befragungen sollen wir deiner Meinung nach noch machen, bis wir es wissen?« Sabrina seufzte genervt.

Unzählige Male hatte sie mit den anderen Kollegen solche sinnlosen Zufallsaktionen wie die hier bereits bis zum bitteren Ende durchgezogen. So gut wie nie waren sie dabei erfolgreich gewesen. Doch Ralf schien einer von diesen Pitbullterriern zu sein, die nicht mehr locker lassen konnten, sobald sie sich einmal in einen Gedanken verbissen hatten.

Alles klar, den kannst du gleich wieder abhaken. Du brauchst einfach keine Machos mehr in deinem Leben, die keinen Widerspruch vertragen. Zu anstrengend. Also verhalte dich möglichst professionell, Sabrina, und das war's dann auch.

»So viele wie möglich, werte Kollegin. Es sei denn, du willst den oder die Täter einfach so davonkommen lassen.«

»Das will ich natürlich nicht. Kein Grund, zynisch zu werden.« Sie schüttelte ungläubig den Kopf.

Der hat sie doch nicht mehr alle. Ein echter Choleriker. Bestimmt hat er südländische Vorfahren. Die haben doch alle ein Rad ab in puncto Temperament da unten am Mittelmeer.

»Ich bin nicht zynisch.« Ralf machte den Eindruck eines Dampfdrucktopfes, der kurz vor dem Platzen stand.

»Bist du wohl.«

»Nein, bin ich nicht.« Die Adern an seinen Schläfen begannen herauszutreten und deutlich sichtbar zu klopfen. Sein Gesicht verzerrte sich zu einer angespannten Grimasse.

»Vielleicht solltest du mal zu unserem Psychologen gehen. Du scheinst ein kleines Aggressionsproblem zu haben.«

Von dem lasse ich mir nichts gefallen. Was meint er denn, wer er ist. Kommt in unsere Abteilung und hängt den großen Zampano raus. Den Zahn werde ich ihm schnell ziehen.

»Machen wir weiter oder nicht? Oder muss ich es alleine machen? Kein Problem für mich.« Er stieß die Worte einzeln zwischen seinen zusammengepressten Zähnen hervor.

»Von mir aus.« Sabrina zuckte die Achseln. »Aber ich halte es trotzdem für sinnlos, wenn wir hier nur aufs Geratewohl blind in der Gegend herumfragen.«

»Ich nicht«, brüllte er außer sich. »In so einem kleinen Ort muss einfach jemand dabei sein, der etwas weiß. Ist nur eine Frage der Zeit, bis wir ihn finden.«

»Geht's noch? Was ist das denn für ein Ton?« Sie betrachtete ihn herablassend von oben bis unten. »Reiß dich gefälligst zusammen. Wir sind nicht auf dem Kasernenhof.«

Kann es sein, dass die in der Oberpfalz schwachsinnig und beratungsresistent sind? Oder aus einem der letzten Jahrhunderte?

»Entschuldige, Sabrina«, erwiderte er, auf einmal wieder ganz ruhig, als wäre nichts gewesen. »Manchmal geht der Gaul mit mir durch.«

»Na gut.« Sie nickte knapp.

Der ist doch schizophren. Das hat mir gerade noch gefehlt. Eine durchgeknallte Chefin, der man nicht widersprechen darf, und jetzt auch noch so einen an der Backe.

»Also machst du mit?«

»Ja.« Sie nickte. »Aber ich ruf vorher Hanna an und frage sie, ob sie schon mehr weiß.«

»Hanna? Wer soll das sein?«

»Unsere Chefin, Frau Schmiedinger.«

9

Die Zollers wohnten in einem heruntergekommenen Bauernhaus am Stadtrand. Es stand in einem großen ungepflegten Garten. Obstbäume, Kastanien, hohes Gras, Sträucher. Unter den Fenstern hingen schäbige Blumenkästen mit ausgetrockneten Pflanzen darin. Es schien lange her zu sein, dass hier jemand mit einem grünen Daumen gelebt hatte.

Hanna klingelte. Rainer stand in sein Smartphone vertieft schräg hinter ihr. Sie registrierte es kopfschüttelnd.

Warum legt er das verdammte Ding nicht einfach mal aus der Hand. Das ist ja langsam bedenklich.

Wenig später öffnete ihnen ein schmaler haarloser Mann in Latzhosen. Er trug kein Hemd darunter. Eine kreisrunde Brille, wie die von Rainer, zierte seinen stark nach außen gebogenen Nasenrücken.

»Grüß Gott. Was kann ich für Sie tun?«, erkundigte er sich höflich.

»Herr Zoller?«

»Ja.« Er nickte langsam. »Gregor Zoller mein Name.«

»Grüß Gott, Herr Zoller«, sagte Hanna. »Wir sind von der Kripo Traunstein und würden gerne Ihren Sohn Hias sprechen.«

Erst Hias, dann Hans Prem. Das war der Plan.

Sabrina hatte gerade angerufen, um zu fragen, wie es weitergehen solle, und bereitwillig den Besuch bei Richard Dallinger übernommen. Sie und der Neue kämen gerade in der Ortschaft sowieso nicht viel weiter.

»Hias?« Er sah verwirrt von Hanna zu Rainer und zurück.

»Sie haben doch einen Sohn?«

»Ich denke schon.« Er grinste unvermittelt. Sah aber gleich darauf wieder ernst aus. »Wie sagten Sie heißt er?«

»Hias.«

Ist er dement? Sieht noch gar nicht so alt aus.

»Hias. Richtig, richtig«, murmelte er gedankenverloren. Dann lächelte er breit. »Ich bin übrigens der Gregor Zoller. Grüß Sie Gott. Schade um den Garten. Meine Frau ist letztes Jahr gestorben. Oder war es vor zwei Jahren? Sie hatte immer ein Händchen für die Pflanzen. Mir gelingt einfach nichts.« Er zeigte ins wildwuchernde Rund.

»Grüß Gott, Herr Zoller.« Hanna runzelte irritiert die Stirn.

Sie sah Rainer fragend an. Der bemerkte ihren Blick allerdings nicht, weil er nach wie vor nur Augen für sein Handy hatte.

Unfassbar, lauter Gestörte um dich herum, Hanna. Vielleicht solltest du bei Gelegenheit den Beruf wechseln. Gärtnerin möglicherweise. Das beruhigt ganz bestimmt die Nerven.

Sie wandte sich erneut Gregor zu.

»Was kann ich für Sie tun?« Er sah sie neugierig an.

Der hat echt einen sauberen Hau weg. Irgendwas Psychisches. Fragt sich nur, was. Könnte gut Alzheimer oder Demenz sein. Hoffentlich wird das noch was mit seinem Sohn.

»Den Hias wollten wir sprechen.«

»Den Hias?«

»Ja, wenn es möglich wäre.« Hanna sprach automatisch lauter, als wäre er schwerhörig, was er aber offenkundig nicht war. Er schien lediglich schwer von Begriff zu sein.

»Kommen Sie rein.« Gregor ließ alle beide an sich vorbei in den dunklen Hausflur hinein.

Na, Gott sei Dank. Ganz hirnverbrannt scheint er nicht zu sein.

Es roch nach feuchtem Hundefell und alten Socken.

»Er schläft noch. Sie müssen ihn wecken.« Der Hausherr zeigte auf die schmale Holztreppe, die zwei Meter von ihnen entfernt in die erste Etage hinauf führte. Sie sah nicht besonders vertrauenserweckend aus. Schien dem äußeren Anschein nach stellenweise morsch zu sein.

»Machen wir.« Hanna schritt mutig voran. »Welches Zimmer?«

»Zweite Tür rechts. Ich bin hinter dem Haus im Garten, wenn Sie mich brauchen.«

»Ist recht, Herr Zoller.« Hanna stieg weiter vorsichtig die knarrenden Stufen hinauf. Rainer folgte ihr.

Oben angekommen, klopfte sie laut an Hias Zollers Zimmertür.

»Hias Zoller? Sind Sie wach?«

»Wer will das wissen?«, ertönte es von innen.

»Kripo Traunstein. Wir kommen jetzt zu Ihnen rein.« Sie öffnete die Tür. Als sie im Zimmer stand, sah sie gerade noch einen Schatten zum Fenster hinauswischen. »Er haut ab, Rainer. Hat uns sicher längst gehört. Geh du über die Treppe runter, ich folge ihm durchs Fenster. Und steck endlich dein bescheuertes Handy weg.«

Hanna stieg ebenfalls durch das Fenster auf das Dach hinaus, von dessen unterem Ende Hias gerade ins Nichts hinuntersprang. Offenbar gab es unten einen Misthaufen oder etwas anderes, das seinen Sturz aus immerhin gut drei Metern abfedern würde. Dass er sich absichtlich die Beine brechen wollte, glaubte Hanna nicht. Sie rutschte so schnell sie konnte zu der Stelle, wo sie ihn zuletzt gesehen hatte. Als sie unter sich einen gut gefüllten Heuwagen entdeckte, sprang sie ebenfalls.

Landete weich.

Sah sich nach Hias um.

Doch er war verschwunden.

Angestrengt horchte sie in die Stille hinein, als sie auf einmal Rainer in zehn Metern Entfernung in Richtung Straße spurten sah.

»Ich weiß, wo er hingerannt ist«, rief er und bog in vollem Tempo um die nächste Ecke.

10

Florian zündete sich, zufrieden mit sich und der Welt, auf der großen Südterrasse eine Zigarette zum dritten Espresso an diesem wunderbaren Morgen an. Trotz der ins klare Blau aufsteigenden Sonne war es immer noch kühl. Gut, dass er vorhin in weiser Voraussicht einen leichten Baumwollpullover über sein Hemd gezogen hatte. Das Frühstück, das ihm seine kleine, aber feine Küchenmannschaft gerade gezaubert hatte, war einfach köstlich gewesen. Bestimmt würden seine zukünftigen Gäste ebenfalls höchst zufrieden damit sein. Er blickte voller Besitzerstolz über seinen neuen Golfplatz, den er auf den sanften Hügeln und Wiesen hinter dem Schlosshotel hatte errichten lassen. Alles lag so perfekt im morgendlichen Sonnenlicht. Schade, dass ihn Hanna immer noch auf Abstand hielt. Er würde ihr so gerne seine Welt zu Füßen legen, das alles hier mit ihr teilen und mit ihr an seiner Seite weitermachen. Natürlich hatte ihn der Tod seiner Frau Anne im letzten Herbst zunächst sehr mitgenommen. Nicht einmal die Tatsache, dass sie ihn mit seinem besten Freund und damaligen Geschäftspartner Lothar betrogen hatte, hatte seinen Schmerz dabei geringer gemacht. Doch schon bald wurde seine Zuneigung zu Hanna so groß, dass er die beiden letztlich irgendwo tief in seinem Inneren begrub und dort beließ.

Er kehrte ins Haus zurück, um seinen letzten Kontrollgang zu starten. Als Eigner eines neuen erfolgversprechenden Unternehmens war das seine unbedingte Pflicht. Darüber war er sich bewusst. Er trug hier die Verantwortung für alles. Niemand sonst.

11

Hanna rannte hinter Rainer her. Nach einer Minute hatte sie ihn eingeholt. Zu irgendetwas musste ihr regelmäßiges morgendliches Joggen schließlich gut sein.

»Wo ist er?«, fragte sie ihn.

»Da vorne rechts eingebogen«, erwiderte er keuchend. »Wieso bist du so fit?«

»Training, Rainer. Nicht nur vor dem Computer hocken. Bis gleich.« Sie zog an ihm vorbei.

Als sie um die nächste Ecke bog, entdeckte sie Hias. Er humpelte barfuß den Gehsteig hinunter. Keine 20 Meter von ihr entfernt.

Dabei sah er sich immer wieder um.

Versuchte zu rennen.

Gab es unter spitzen Schmerzensschreien wieder auf.

Versuchte es erneut.

Und noch einmal.

Schließlich ließ er es endgültig bleiben und humpelte im Schritttempo weiter. Hanna würde ihn gleich haben.

Je näher sie ihm kam, desto deutlicher waren Blutspuren auf dem Boden zu erkennen. Er musste sich verletzt haben. Daher das Humpeln. Lange hielt er sicher nicht mehr durch. Bestimmt blieb er gleich stehen und ergab sich.

Sie atmete schwerer. Verlangsamte ihr Tempo ebenfalls.

Beine an Großhirn: Trainingseinheiten demnächst erhöhen.

Noch zehn Meter. Noch fünf. Zwei. Einer.

»Halt endlich an, Hias! Polizei!«, rief Hanna.

Rainer kam von hinten. Er warf sich auf ihn, riss ihn mit sich zu Boden und hielt ihn fest.

Hanna verpasste ihm blitzschnell Handschellen. Dann standen sie auf und zogen ihn mit vereinten Kräften hoch.

»Was ist los, Bürscherl? Warum läufst du vor uns davon?« Hanna kam seinem Gesicht mit ihrem bis auf wenige Zentimeter nahe.

»Da fragst du noch?« Er sah sie erstaunt an.

»Wie bitte?«

»Ihr seid doch sicher die Geldeintreiber von Aljoscha.«

»Wir sind von der Kripo Traunstein.« Hanna zog ihren Dienstausweis aus der Gesäßtasche und hielt ihn ihm vor die Nase.

»Kripo?« Er schüttelte ungläubig den Kopf. »Tatsächlich?«

»Tatsächlich«, sagte Hanna. »Wir haben es auch mehrmals gerufen. Musst du gehört haben.«

»Ich hab es nicht geglaubt.« Hias verzog das Gesicht, als hätte er starke Schmerzen. »Kann doch jeder rufen, dass er von der Polizei ist, und wenn er dich dann hat, macht er dich fertig.«

»Wir wollten eigentlich nur mit dir reden. Vorerst zumindest.«

»Mein Fuß.« Er zeigte nach unten. »Ich glaube, ich bin in eine Scherbe getreten.«

»Rufst du einen Krankenwagen?«, wandte sich Hanna an Rainer.

»Geht klar, Chefin.« Er klickte die gespeicherte Nummer auf seinem Display an.

»Wer ist dieser Aljoscha?«, wollte Hanna währenddessen von Hias wissen.

»Ein Russe, bei dem ich mir Geld geliehen habe. Ich finde keinen Job und bin chronisch pleite. Vaters Rente reicht gerade so für Wohnen, Essen und Trinken.«

»Wie wäre es denn damit, sich bei der Jobsuche mehr anzustrengen?«

»Mach ich doch. Was glaubst denn du. Aber nix ist. Die ganzen Ausländer kriegen es hinten und vorne reingeschoben, und wir arbeitslosen jungen Deutschen sind für jeden bloß die letzten Deppen.« Hias' Stimme klang wütend und enttäuscht zugleich. Aber auch auf eine unehrlich anmutende Weise empört. So als glaubte er selbst nicht so ganz an das, was er sagte. »Das ist dermaßen ungerecht.«

»Man kann auch in die Stadt gehen und dort arbeiten.« Hanna schüttelte den Kopf. Wenn sie etwas hasste, waren es jammernde Weicheier, die ihr Leben nicht in den Griff bekommen wollten. Ihr hatte schließlich auch keiner etwas geschenkt auf ihrem Weg bis hierher. Man nehme nur mal ihren miesen Ex, Paul, der sie bis auf das letzte Hemd ausgenutzt hatte.

»Wo waren Sie letzte Nacht um eins, Herr Zoller?«

»Ach, sind wir jetzt per Sie? Von mir aus. Wie Sie wollen.« Hias zuckte die Achseln. »Zu Hause war ich und hab tief und fest geschlafen.«

»Sie wurden aber im Alten Wirt gesehen.«

»Das war aber lang vorher. Um kurz vor zehn sind wir gegangen. Der Hans Prem, der Richard Dallinger und ich. Sie dürfen die beiden gern selbst fragen, wenn Sie mir nicht glauben.«

»Kannten Sie den neuen Pfarrer, Herrn Danso aus Ghana?«

»Natürlich, wer nicht.« Er nickte. »Ich kenne ihn sogar immer noch, unseren schwarzen Pfaffen, stellen Sie sich vor.«

»Glaube ich nicht.«

»Wieso?«

»Er ist tot.«

»Wie tot?« Hias sah Hanna erschrocken an. »Was ist denn passiert? Herzinfarkt?«

»Wie kommen Sie darauf?« Sie bedachte ihn mit einem neugierigen Blick.

»Nur so. Keine Ahnung. Er schien ein nervöser Typ zu sein, was man so hörte.« Er zuckte erneut die Achseln. »Oder ist er an einer Banane erstickt? Banane, Urwald, Sie verstehen?« Er grinste.

»Er ist in seinem Bett verbrannt.« Hanna grinste nicht.

»Wie ist das denn passiert?« Er hörte auf zu grinsen.

»Jemand, der ihn nicht leiden konnte, hat das Pfarrhaus angezündet, während er schlief.« Hanna beobachtete seine Mimik. Sie wusste aus Erfahrung, dass sich viele Täter bereits durch unkontrollierte Reaktionen ihrer Gesichtsmuskulatur verrieten.

»Ich war es jedenfalls nicht, falls Sie das meinen sollten.« Er schüttelte heftig den Kopf.

»Wir wissen, dass Sie und Ihre Freunde Herrn Danso oftmals verspotteten oder beleidigten.«

»Wer sagt das?«

»Wir wissen es. Das reicht.« Hannas Gesicht blieb verschlossen. »Also?«

»Na gut. Wir haben ihn ab und zu gefoppt, das stimmt.«

Hias zeigte keine Zeichen von Reue. Er grinste nur herausfordernd. »Aber deswegen bringen wir ihn nicht gleich um. Über wen sollten wir denn dann lachen? So blöd sind wir auch wieder nicht, Frau Kommissarin.«

»Soso, gefoppt haben Sie ihn. Wie sah das denn genau aus?«

Was für ein hirnloser Trottel. Unfassbar.

»Nichts Besonderes. Wir haben ihn halt zum Beispiel gefragt, wo er beim Lackierer war und so was. Reine Gaudi.« Er lachte.

»Das ist ja richtig witzig, Herr Zoller.« Hanna verzog keine Miene.

»Ja, nicht wahr? War auch meine Idee, das mit dem Lackieren.« Er klopfte sich stolz auf die Brust. »Der Hansi, also der Hans Prem, hat mal zu ihm gesagt, er solle grinsen, der Pfaffe, damit man ihn besser sieht. Mitten in der Nacht, wegen der weißen Zähne, verstehen Sie. Das war auch so was von saulustig.«

»Es ist kein bisschen lustig. Glauben Sie mir, Herr Zoller.« Hanna schüttelte ungläubig den Kopf. Was war der Kerl nur für ein unfassbarer Vollpfosten. »Aber ich werde den Teufel tun und Ihnen das jetzt erklären. Nur so viel, ich halte Sie für ein mieses rassistisches Arschloch.«

»Sie wollen mich beleidigen?« Er wurde laut. »Das sage ich meinem Anwalt. Der macht Sie fertig. Haben Sie mich verstanden?«

»Tun Sie das ruhig, Sie Kaschperlkopf. Was wollen Sie eigentlich machen, wenn die wirklichen Geldeintreiber von Ihrem Aljoscha kommen?« Hannas Gesicht zeigte nach wie vor keine Regung. Aus den Augenwinkeln sah sie bereits den Krankenwagen heraneilen.

»Keine Ahnung. Werde ich schon sehen. Geht Sie außerdem nichts an.«

»Vielleicht kassieren Sie eine deftige Tracht Prügel von denen.«

»Na und? Mein Bier.« Hias kratzte sich unschlüssig am Hinterkopf.

Sie sollten dir auf jeden Fall die Blödheit aus dem Schädel prügeln, Bub. Ich darf ja leider nicht.

»Haben Sie Herrn Danso gestern Abend im Alten Wirt gesehen?«

»Ja, sicher. Es saß mit dem Dorflehrer und dem Arzt am selben Tisch.«

»Und Sie und Ihre Freunde sind ihm gefolgt, als er nach Hause ging.«

»Wer sagt das denn?«

»Ja oder nein, Herr Zoller?«

»Natürlich nicht. Ich bin auf direktem Weg vom Alten Wirt nach Hause gegangen. Was die anderen beiden gemacht haben, müssen Sie sie schon selbst fragen.«

»Gut, Herr Zoller. Das war's erst mal. Bitte kommen Sie morgen auf die Inspektion in Traunstein, um Ihre Aussage schriftlich zu bestätigen.« Hanna und Rainer begrüßten die Fahrer des Krankenwagens, führten sie zum verletzten Hias, nahmen ihm die Handschellen ab und machten sich auf den Weg zu Hans Prem.

12

»Hansi? Hias hier. Pass auf. Mich haben gerade zwei Bullen aus Traunstein gefragt, ob wir den neuen Pfarrer verbrannt hätten.«

»Ist nicht dein Ernst? Der ist verbrannt?«

»Offenbar hat jemand das Pfarrhaus abgefackelt.«

»Wir?«

»Schmarrn. Natürlich nicht.«

»Gott sei Dank. Ich kann mich an nichts erinnern, nachdem wir bei ihm in der Kirche waren.«

»Ich schon. Wir haben an seine Tür gerempelt, sonst nichts. Trotzdem scheinen die Bullen uns irgendwie in Verdacht zu haben.«

»Wir hätten nicht so viel Schnaps saufen dürfen. Wer hatte die Flasche eigentlich mitgebracht?«

»Ich, und gestern hat das noch ganz anders geklungen. Gebt mir mehr und so.«

»Wie kommen die denn ausgerechnet auf uns?« Hans klang ängstlich und aufgeregt.

»Keine Ahnung. Vielleicht weil wir den Bimbo ein paar Mal verarscht haben. Du darfst ihnen auf keinen Fall von unserer kleinen Verfolgungsjagd gestern Nacht erzählen, hörst du? Sonst meinen sie gleich, dass wir ihn ermordet haben, weil er die Tür nicht aufgemacht hat. Obwohl wir es gar nicht waren. Du weißt ja, wie so was läuft: einmal verdächtig, immer verdächtig.« Hias wischte sich den Schweiß von der Stirn.

Das Davonrennen und die Verletzung am Fuß hatten

ihn einiges an Kraft gekostet, merkte er gerade. Möglicherweise sollte er demnächst weniger trinken und wieder mehr trainieren. So wie früher, als er noch im Fußballverein gespielt hatte.

»Alles klar. Ich sage nichts. Bin im Moment sowieso nicht zu Hause.«

»Ist das Bubi mit der Mutti beim Einkaufen wie jeden Samstag? Ja, so ein braves Bubi.« Hias lachte schadenfroh.

»Fick dich, Depp.« Hans legte auf.

Hias wählte Richards Nummer, um ihn ebenfalls zu warnen. Doch der ging nicht ran.

Also steckte er sein Handy ein, stieg in den Krankenwagen und ließ sich nach Hause fahren. Zu seinem Glück hatte die Wunde in seiner Ferse sauber ausgeblutet, und es gab keine Infektion zu befürchten, sodass er nicht ins Klinikum nach Traunstein musste.

Das wäre auch eher ungut gewesen. Normalerweise durfte er seinen dementen Vater nicht so lange alleine lassen, wenn seine Schwester Barbara in der Arbeit war. Sonst lief der alte Spinner, wie sie ihn insgeheim nannten, wieder davon oder stellte irgendwann sogar etwas besonders Dummes an. Dann wäre der depperte afrikanische Pfarrer möglicherweise nicht der Einzige gewesen, dem das Haus über dem Kopf abgebrannt wäre.

13

»Grüß Gott, Herr Dallinger. Hornsteiner mein Name. Kripo Traunstein. Mein Kollege Hauptkommissar Schneider.«

»Grüß Gott.« Richard schaute abwechselnd von einem zum anderen. »Was gibt's? Bin ich zu schnell gefahren?«

»Was ist los, Richard?«, ertönte gleich darauf eine Frauenstimme aus dem Inneren des kleinen Reiheneckhauses, in dem die Dallingers wohnten.

»Die Kripo ist da, Mama.«

»Die Kripo? Moment.«

Wenig später tauchte eine sehr üppige, in Bluejeans und mit einem abgewetzten grauen Sweatshirt gekleidete Blondine neben Richard auf. Ihr aufgeschwemmtes Gesicht war leicht gerötet. Die Ringe unter ihren Augensäcken ausgeprägt. Offenkundig vertrieb sie täglich ihre Sorgen mit dem einen oder anderen Gläschen Likör.

»Brigitte Dallinger«, sagte sie. »Grüß Gott, die Herrschaften. Was wollen Sie von uns?«

»Von Ihnen nichts«, erwiderte Sabrina. »Aber an Ihren Sohn hätten wir ein paar Fragen. Sollen wir draußen stehen bleiben, wo jeder mithören kann, oder gehen wir zu Ihnen rein?«

»Sie kommen nicht in mein Haus«, blaffte Brigitte mehr ängstlich als unfreundlich. »Nicht ohne richterlichen Durchsuchungsbefehl. Ich kenne meine Rechte.«

»Einen Scheiß kennen Sie, gute Frau«, schnauzte Ralf mehr unfreundlich als sonst was zurück. Er baute sich mit bedrohlicher Miene vor den beiden auf. »Und jetzt verschwinden Sie wieder in Ihr Wohnzimmer und saufen weiter, während wir mit Ihrem Sohn reden. Hamma uns?«

»Sie spinnen wohl?« Brigitte schnappte empört nach Luft. »Entweder Sie entschuldigen sich sofort oder wir machen auf der Stelle die Tür zu. Sie können uns gerne schriftlich aufs Revier bestellen.«

»Mein Kollege entschuldigt sich«, sagte Sabrina schnell. »Ihm geht manchmal der Gaul durch. War nicht persönlich gemeint.«

»Und ob es persönlich gemeint war.« Ralfs Tonfall wurde noch pampiger als zuvor. »Entweder die Schlampe geht zurück in ihr verdammtes Haus oder wir nehmen sie mit aufs Revier und stecken sie in eine Ausnüchterungszelle. Da kann sie dann bis zum St. Nimmerleinstag verrotten. Das riecht doch jeder, dass die voll bis unter die Haarspitzen ist.«

»Komm mal mit«, forderte Sabrina ihn auf. »Und Sie bleiben bitte solange hier«, wandte sie sich an die Dallingers. »Wir sind gleich zurück.«

Sie zog ihren neuen Kollegen am Jackenärmel mit sich fort, bis sie außer Hörweite waren.

»Jetzt lass mich schon endlich los«, beschwerte er sich, als sie beim Gartentor stehen blieben.

»Hast du nicht mehr alle Tassen im Schrank?« Sabrina sah ihn vorwurfsvoll und aufgebracht an. »Wie kannst du diese Frau dermaßen aggressiv und beleidigend anmachen? Wir haben nichts gegen sie in der Hand, und ihr Sohn steht auch noch als Zeuge daneben.«

»Wem glaubt der Richter wohl? Den beiden asozialen Alkoholikern oder uns?« Er schaltete auf stur. Verschränkte mit arrogantem Blick die Arme vor der Brust.

»Vollkommen unwichtig. So wird jedenfalls bei uns nicht ermittelt. Wenn du so weitermachst, gehen wir damit zur Chefin – und du kannst darauf warten, dass du rausfliegst. Wenn die das hier hört, kriegt sie einen Anfall.«

»Benehmen sich so die Partner bei euch? Gleich mal mit dem Chef und dem Rausschmiss drohen?«

»Wenn sich jemand wie ein totaler Vollidiot aufführt, schon. Auf jeden Fall.« Sabrina nickte mit ernstem Gesicht. Ihre Augen bohrten sich eindringlich in seine.

»Verdammter Mist«, fluchte er und stampfte ärgerlich mit dem Fuß auf.

»Allerdings.« Sie blieb abwartend vor ihm stehen.

»Na gut. Red du mit ihnen«, lenkte er schließlich ein. »Ich warte hier und beobachte alles.«

»Besorg dir schnellstens Beruhigungspillen, Ralf. Irgendwas stimmt nicht bei dir.«

Das hat noch Konsequenzen, Freundchen. Darauf kannst du dich verlassen.

Sabrina kehrte zu Richard und seiner Mutter zurück, die brav in der Tür auf sie gewartet hatten.

»Herr Dallinger, es geht um den neuen Pfarrer in Ihrer Gemeinde, den Herrn Danso.«

»Was ist mit ihm?« Richard machte ein unschuldiges Gesicht. Er tänzelte leicht von einem Fuß auf den anderen.

»Er wurde ermordet.«

»Was?« Er hielt geschockt inne. »Wie … denn das?«

»Jemand hat ihm das Dach über dem Kopf angezündet.«

»Das ist ja schrecklich.« Er schien ernsthaft betroffen zu sein. »Aber warum kommen Sie damit zu mir?«

»Hast du was damit zu tun, Richard?« Brigitte packte ihren Sohn herrisch am Arm.

»Nein. Lass mich los«, fauchte Richard. Er schüttelte sie mit einer ungeduldigen Geste ab.

»Aber ihr habt den neuen Pfarrer doch immer verspottet. Habt ihr es diesmal übertrieben?« Brigitte gab keine Ruhe.

»Sie müssen nicht gegen Ihren eigenen Sohn aussagen, Frau Dallinger.« Sabrina sah gespannt von einem zum anderen.

»Wenn er etwas damit zu tun hat, ist er nicht mehr mein Sohn. Dann kann er gleich gehen und braucht nie wiederzukommen.« Brigitte zeigte auf die Straße hinaus.

»Jetzt hör schon auf, Mama. Ich habe nichts gemacht. Wir sind ihm nur ein Stück weit auf seinem Heimweg vom Alten Wirt nachgegangen und haben ihn verarscht. Das war alles.«

»Ihr habt ihn schon wieder verhöhnt?«

»Der Hansi und der Hias sind schuld. Die scheinen Probleme mit Fremden zu haben. Ich nicht. Mir sind die Fremden wurscht.«

»Wann sind Sie nach Hause gegangen, Herr Dallinger?«

»Um kurz vor elf. Um kurz nach elf hab ich mir einen Western angeschaut. Dann hab ich das Licht ausgemacht und bin sofort eingeschlafen. Wir hatten alle drei einige Biere intus.«

»Du sollst doch nicht andauernd saufen. Schau dir bloß mal deinen Vater an. Wo hat ihn die Trinkerei hingebracht? Direkt auf den Friedhof.« Brigitte knickte leicht mit dem linken Bein ein.

»Was haben Ihre Freunde gemacht, als Sie nach Hause gingen?«, fuhr Sabrina fort.

»Die sind auch heimgegangen. Glaub ich zumindest.« Richard zuckte die Achseln.

»Na gut, Herr Dallinger. Bitte verreisen Sie in den nächsten Tagen nicht und kommen Sie am Montag in der Früh bei uns im Revier vorbei, um Ihre offizielle Aussage zu machen.«

»Das wär's dann?«

»Vorerst zumindest.« Sabrina nickte. »Auf Wiedersehen.«

»Hoffentlich nicht zu bald.«

Richard nahm seine nun immer stärker schwankende Mutter am Arm und führte sie ins Hausinnere. Dann schloss er die Tür.

14

»Hallo, Hanna. Florian hier.«

»Servus, was gibt's?« Hanna lauschte konzentriert in ihr Handy hinein.

»Was für eine ausgesprochen freundliche Begrüßung. Soll ich's ein andermal versuchen? Ich dachte, neun Uhr ist auf keinen Fall zu früh, weil du ja bekanntermaßen eine Frühaufsteherin bist.« Seine Stimme klang deutlich verschnupft.

»Entschuldige, bitte.« Sie nahm sich zusammen und sprach so nett und freundlich wie möglich weiter. »War nicht so gemeint, wie es klingt. Ich bin nur seit halb fünf wach und sitze gerade zum ersten Mal heute Morgen mit Rainer bei einer Tasse Kaffee und einem Croissant.«

Du kannst dir deinen pampigen Ton ihm gegenüber langsam wirklich mal abgewöhnen. Das hat er nicht verdient, auch wenn er gelegentlich etwas aufdringlich ist.

»Aber es ist Samstag.«

»Wir haben einen gruseligen Mordfall ganz in der Nähe von Traunstein. Ein afrikanischer Pfarrer wurde absichtlich in seinem Pfarrhaus verbrannt.«

»Oh je. Dann wundert mich deine schlechte Laune natürlich nicht.« Er schien ihre Stimmungslage zu verstehen. Zumindest hörte es sich so an. »Ich mach's auch ganz kurz. Möchtest du heute Abend mit mir das Restaurant meines Hotels einweihen? Es gibt haufenweise italienische Leckereien.«

Schon wieder eine Einladung. Er gibt einfach nicht auf.

»Ich weiß nicht so recht«, erwiderte sie zögernd. »Bin wahrscheinlich ziemlich erledigt heute Abend.«

»Ach komm schon, Hanna. Irgendwann musst du wieder mal mit mir essen. Oder hast du etwas gegen mich?«

»Du weißt genau, dass es nicht so ist.« Sie trommelte ungeduldig mit den Fingern auf ihrem Oberschenkel herum.

»Es gibt ausgesuchte italienische Spezialitäten. Extra für dich aus Milano eingeflogen.« Seine Stimme klang wie die eines geschulten Sprechers von Werbespots.

»Italienisch? Echt?« Sie richtete sich ruckartig auf.

Verdammt. Er kennt meine Schwachstellen.

»Wenn ich es dir sage.«

»Na gut.« Sie nickte unwillkürlich. »Da kann ich, glaube ich, nicht widerstehen. Wann?«

»19 Uhr?«

»Kochst du selbst?«

»Das meiste.«

»Okay, das passt.« Sie wusste, dass sie sich auf ein hervorragendes Menü freuen durfte, wenn sie zusagte. Er war ein exzellenter Koch. »Danke für die Einladung, Florian. Und sorry fürs Anblaffen. Ist alles ziemlich hektisch gerade.«

»Kein Problem. Ich freu mich. Bis später.« Er legte auf.

Nachtragend ist er jedenfalls nicht. Noch ein Pluspunkt zu seinem guten Aussehen und seinen grandiosen Kochkünsten. Trotzdem soll er sich nicht immer so an mich ranschmeißen. Ich will selbst entscheiden wann, wie und wo es so weit ist.

Hanna legte ebenfalls auf. Sie wandte sich Rainer zu, der wie sie auf einem Barhocker an dem wackeligen Bistrotischchen saß, das ihnen die Bäckerin vorhin in der Ecke ihres kleinen Ladens zugewiesen hatte.

»Viel haben wir bisher ja nicht«, stellte sie seufzend fest. »Drei verdächtige Jugendliche, von denen wir einen noch befragen müssen, und ansonsten einen Haufen heiße Luft.«

»Im wahrsten Sinne des Wortes, Chefin.« Er sah kurz von seinem Smartphone auf.

»Glaubst du, dass sie es waren?« Sie rührte nachdenklich mit dem kleinen weißen Plastiklöffel, den sie vorher aus dem Pappbecher an der Verkaufstheke gefischt hatte, in ihrem Kaffee herum.

»Wer?«

»Diese drei Jugendlichen oder einer von ihnen?«

»Schwer zu sagen.« Er zuckte die Achseln. »Scheinen ausländerfeindliche Rassisten zu sein, wie sie es heute wieder massenhaft gibt. Aber ob sie deswegen gleich Mörder sind? Keine Ahnung.«

»Mir erschien dieser Hias zu dumm und zu harmlos für einen vorsätzlichen Mord.« Hanna trank einen Schluck Kaffee, bevor sie zum wiederholten Mal genussvoll in ihr Schokocroissant biss. »Was Sabrina vorhin am Telefon über Richard Dallinger gesagt hat, passt auch nicht unbedingt zum Profil eines Killers.«

»Was hat sie denn gesagt?«

»Ein eher ängstliches Mamabubi wäre er. Daheim wäre er angeblich auch gewesen zur Tatzeit.«

»Aha.« Rainer vertiefte sich erneut in das Display seines Smartphones.

Hanna meinte inzwischen genau zu wissen, was ihn dazu trieb. Das reale Dasein gefiel ihm offenkundig längst nicht mehr. Anscheinend trieben ihn die Arbeit bei der Kripo mit den vielen Kriminellen und seine störrische Mutter, die ihm andauernd Probleme bereitete, immer mehr zur Flucht in sein eigenes Inneres und in die widerspruchsfrei konsumierbare Welt des Internets.

Sie verstand das zwar irgendwie, weil ihr die Menschheit gelegentlich ebenfalls gewaltig auf den Zeiger ging, aber akzeptieren wollte und durfte sie es als seine vorgesetzte Kollegin nicht. Schließlich fanden ihre Fälle in der Realität statt und mussten auch hier gelöst werden und nicht im World Wide Web.

»Könntest du dein verdammtes Handy bitte ausschalten, wenn ich mit dir rede?«

»Klar. Ich dachte, wir wären fertig.« Er steckte sein Smartphone ein und sah sie erwartungsvoll an. »Also?«

»Was sagst du zu den bisherigen Ergebnissen?«

»Nicht viel haben wir bisher.«

»Schau weiter in dein Handy.« Hanna schüttelte entnervt den Kopf. Es gab Tage, da hielt man sich besser zurück, sonst beging man am Ende selbst noch einen Mord.

15

»Schrecklich das Ganze, Frau Anger.« Genoveva Schreyögg schüttelte ungläubig den Kopf. »Verbrannt. Einfach so.«

»Ja, nicht wahr.« Heiderose blickte betroffen drein. Wie schon den ganzen Morgen über, sobald das Thema zur Sprache kam. »Kohlschwarz haben seine Überreste ausgesehen.«

»Bei einem Weißen hätte es da wohl einen größeren Unterschied zu vorher gegeben.«

»Auf jeden Fall.« Heiderose nickte ernst.

»Sie haben tatsächlich nichts gemerkt, als Sie nach dem Abendessen nach Hause gingen? War er vielleicht lebensmüde? Als Pfarrersköchin hat man da doch ein gewisses Gespür.« Die 45-jährige Genoveva sah Heiderose gespannt aus ihren großen grasgrünen Augen an. Sie lehnte sich mit den schlanken Unterarmen auf ihren brusthohen Gartenzaun, um bequemer zu stehen.

»Nichts. Er war ganz normal, der Herr Danso. Wie immer. Selbst hat er das Feuer, glaube ich, nicht gelegt. Obwohl man es natürlich nicht wissen kann. Wir können nicht in unsere Mitmenschen hineinsehen, stimmt's, Frau Schreyögg?«

Heiderose, die für den kurzen Wortwechsel auf der Straße vor Genovevas Haus stehen geblieben war, trat von einem Bein auf das andere. Seit den frühen Morgenstunden war sie unterwegs. Höchste Zeit, dass sie sich bald einmal irgendwo hinsetzte.

»Das ist leider nur zu wahr.« Genoveva nickte eifrig. »Als sich meine Cousine zweiten Grades vor drei Jahren die Pulsadern aufgeschlitzt hatte, kam das auch aus heiterem Himmel für uns alle.«

»Oh, mein Gott, wie furchtbar.« Heiderose wurde blass vor Schreck. »Sie muss sehr verzweifelt gewesen sein.«

»Leider wurde sie zu spät von ihrem Mann gefunden und war bereits mausetot. Im Abschiedsbrief stand, dass sie es nicht mehr aushielte, das hässliche Entlein zu sein. Dabei war sie bildhübsch.«

»Sehen Sie, da haben wir es wieder. Man weiß nie, was in den anderen vorgeht.« Heiderose machte ein zustimmendes Gesicht.

»Zwei Jahre jünger als ich war sie.« Genoveva schüttelte mit leerem Blick den Kopf.

»Das ist ja gar nichts. Viel zu früh für so ein Menschenleben.«

»Vielleicht war es beim neuen Pfarrer ja ähnlich. Zum Beispiel, weil er es vor lauter Heimweh nicht mehr ausgehalten hat.«

»Kann schon sein. Natürlich.« Heiderose sah nachdenklich auf ihre Schuhspitzen.

»Diese Leute aus Afrika sind ja so emotional, sagt mein Mann, der Ludwig. Deshalb täten sie auch so gerne singen und trommeln. Tanzen natürlich auch. So einer bekommt sicher auch schnell einmal Heimweh.«

»Getrommelt hat er eigentlich nicht, der Herr Pfarrer«, meinte Heiderose. »Eher Klavier gespielt. So, jetzt muss ich aber weiter, Frau Schreyögg. Bin seit sechs Uhr in der Früh auf den Beinen. Mir tut schon alles weh.«

»Wir werden alle nicht jünger, Frau Anger. Darf ich Ihnen einen Kaffee anbieten? Wir könnten uns hinter dem Haus auf die Terrasse setzen und ungestört ein bisserl weiterreden.« Genoveva zeigte mit einer einladenden Geste hinter sich.

»Na ja.« Heiderose zuckte zögernd die Schultern.

»Kommen Sie. Der Kaffee ist ruck, zuck fertig.« Genoveva öffnete ihr das Gartentor und ließ sie hinein.

»Aber lange kann ich nicht«, sagte Heiderose, während sie eintrat. »Mein Peter braucht pünktlich um 12 Uhr sein Essen.«

»Es muss jeden Tag alles wie immer sein für den Peter, stimmt's?«

»Hab ich Ihnen ja schon oft erzählt.« Heiderose nickte. »Der Bub braucht eine genaue Regelmäßigkeit mit seinem Autismus.« Sie ging in den hinteren Teil des üppig mit bunten Blumen und Sträuchern bewachsenen Gartens voraus.

»Aber super, dass es heutzutage wenigstens Tabletten für so etwas gibt. Früher haben sie gleich Elektroschocks gegeben.« Genoveva nickte wissend.

»Da sei Gott davor.« Heiderose schlug entsetzt die Hände über dem Kopf zusammen, während sie ums Hauseck bogen. »Schönes Dirndl haben Sie heute übrigens an, Frau Schreyögg. Das dunkle Grün passt sehr gut zu Ihren roten Haaren und Ihren grünen Augen.«

»Danke für die Blumen, Frau Nachbarin.« Genoveva lachte glockenhell. Sie errötete leicht. »Ihr Mantel ist aber auch sehr fesch. Der war sicher nicht billig. Wolle?«

»Kaschmir. Ich habe ihn noch von unserem alten Pfarrer bekommen. Kurz bevor er versetzt wurde. Als Wertschätzung meiner guten Arbeit, wie er meinte.« Heiderose setzte sich an den großen Holztisch auf Genovevas Terrasse. Die Sonne schickte ihre wärmenden Strahlen genau zwischen den Dächern der Nachbarhäuser hindurch auf ihren Platz.

»Meinen Sie denn, dass der Herr Schöttler wieder zu uns kommt, jetzt, wo dieser afrikanische Pfarrer tot ist?« Genoveva machte ein neugieriges Gesicht.

»Wer weiß.« Heiderose zuckte nachdenklich die Achseln. »Schön wäre es schon.«

»Sie haben sich immer sehr gut mit ihm verstanden, gell?«

»Er war halt ein wahrer Menschenfreund und ein toller Mann, der Herr Schöttler. Schade, dass er Pfarrer ist, habe ich mir manchmal gesagt.« Jetzt war Heiderose an der Reihe zu erröten.

»Was keiner weiß, macht keinen heiß.« Genoveva blinzelte ihr verschwörerisch zu. Sie eilte ins Haus. »Bin gleich wieder da, hol nur schnell den Kaffee«, rief sie über ihre Schulter hinweg. »Nicht weglaufen.«

Heiderose blickte versonnen auf die wunderschönen Astern in dem lang gestreckten Beet zu ihren Füßen.

16

Samstag, 13 Uhr, Polizeiinspektion Traunstein.

Hanna hatte alle beteiligten Ermittler sowie die Streifenpolizisten Polizeihauptmeister Anton Gruber und seinen jüngeren Kollegen, Polizeimeister Gerhard Bacher, in den Besprechungsraum gebeten, um sich gegenseitig über den Stand der Dinge im Fall Danso zu informieren und das weitere Vorgehen festzulegen.

Vorher hatte sie zusammen mit Rainer Hans Prem bei sich zu Hause besucht. Vielmehr als bei seinen Freunden war aus ihm auch nicht herauszubekommen gewesen. Er gab freimütig zu, den neuen Pfarrer aus Afrika gelegentlich zusammen mit Richard Dallinger und Hias Zoller verspottet zu haben. Zum Zeitpunkt des Feuerlegens sei er aber längst zu Hause gewesen und habe tief und fest geschlafen. Seine Mutter bestätigte das. Auch er würde wie die anderen beiden und einige weitere Dorfbewohner am Montag früh zur Protokollierung ihrer Aussagen in die Inspektion kommen.

Bis dahin wollte Hanna aber auf keinen Fall damit warten, weiter nach dem wahren Täter zu suchen.

»Wir haben bisher drei tatverdächtige Jugendliche, von denen zumindest bekannt ist, dass sie Adofo Danso ziemlich übel verspotteten und nicht gerne im Ort hatten«, sagte sie, nachdem alle ihre Plätze eingenommen hatten. »Ob sie wirklich die Täter sind, wissen wir allerdings nicht. Es gibt einige Rassisten im Dorf, von denen wir bisher allerdings so gut wie nichts wissen. Hierzu gilt es nun, weitere Namen und mögliche Motive für die Tat herauszufinden.«

»Aber hatten die drei verdächtigen Jugendlichen denn nicht Motiv genug?«, fragte Sabrina. »Die waren es doch bestimmt, so abwertend, wie sie über das Opfer dahergeredet haben.«

»Wenn es tatsächlich so sein sollte, können wir ihnen im Moment zumindest aber nichts beweisen. Ihre Aussagen bezüglich Tatort und Tatzeit decken sich.«

»Die haben sich doch bestimmt abgesprochen.«

»Auch das müssten wir ihnen erst mal nachweisen. Außerdem habe ich grundsätzliche Zweifel an ihnen als Täter.«

»Warum?«

»Ganz einfach. Wärst du so blöd, als Mörder schlecht über dein Opfer zu reden, wenn dich die Polizei ausfragt?«

»Warum nicht?«

»Weil du dann nicht besonders schlau wärst. Das wäre ja schon fast so, als würdest du dich selbst hinhängen.«

»Nicht unbedingt.« Sabrina schüttelte den Kopf. »Es könnte doch auch geschickt eingefädelt sein, um als Zeichen meiner Ehrlichkeit gewertet zu werden. Ich gebe zwar zu, dass ich das Opfer nicht mochte, das ist aber noch lange kein Grund, dass ich ein Mörder bin. So was überzeugt doch fast jeden.«

»Ich glaube aber nicht, dass sie so raffiniert sind.« Hanna schüttelte den Kopf. »Ich vermute eher, dass alle drei dermaßen dämlich sind, dass sie gar nicht wissen, wie sehr sie sich mit ihren negativen Aussagen schaden.

Sie benehmen sich so gesehen also ganz so, als wären sie es nicht gewesen. Das ist zumindest meine Meinung.«

»Aber sie sagten alle drei aus, dass sie sehr betrunken waren«, mischte sich Rainer ein. »Vielleicht können sie sich nicht an die Tat erinnern.«

»Eben.« Sabrina nickte.

»Mag sein«, räumte Hanna ein. »Lasst uns diese Spur deshalb weiterverfolgen. Am Montag nehmen wir sie richtig hart ran, wenn sie ihre Aussagen zu Protokoll geben. Aber lasst uns auch von vorneherein in andere Richtungen ermitteln. Das sind wir den Verdächtigen und dem Opfer schuldig.«

»Okay. Wir kriegen die verdammten Dreckskerle am Arsch«, verkündete Ralf mit lauter Stimme. »Mit solchem Abschaum sind wir bei uns in der Oberpfalz noch immer fertig geworden.«

»Sie sind sicher der Neue, stimmt's?« Hanna sah ihn mit gerunzelter Stirn an.

Was haben wir uns denn da für einen kleinen Choleriker eingefangen? Aussehen tut er ja ganz gut. Aber ganz richtig im Oberstübchen scheint er seinem Tonfall nach nicht unbedingt zu sein.

»Ralf Schneider. Hauptkommissar, Frau Chefin.« Er stand auf und salutierte zackig wie bei der Bundeswehr.

»Gut, Herr Schneider. Wir zwei sprechen uns später. Entspannen Sie sich und setzen Sie sich wieder.« Sie nickte ihm knapp zu.

»Jawohl, Frau Chefin.«

»Im Moment ist das alles«, wandte sich Hanna anschließend an alle Anwesenden. »Fahrt bitte nachmittags nach Niederöd und hört euch diesmal auch im Nachbarort

Oberöd und in der ländlichen Umgebung um. Bauernhöfe, Wochenendhäuser und so weiter. Oberöd gehört im Übrigen ebenfalls zur Kirchengemeinde von Niederöd, genauso wie Unteröd und Hinteröd.«

»Scheint eine reichlich öde Gegend zu sein«, warf Anton Gruber grinsend ein.

Er und Gerhard waren Hanna und ihrer Mordkommission bereits des Öfteren bei der Lösung ihrer Fälle als Verstärkung nützlich gewesen.

»Schaut ganz so aus und ist auch so. Vor allem natürlich in Oberöd.« Hanna grinste ebenfalls. Sie mochte den erfahrenen Streifenpolizisten, der an den Wochenenden auch schon mal mit ihrem Vater Karl Schmiedinger junior im Wirtshaus von Trostberg Schafkopf spielte.

Anton war ein schlauer Kopf. Nach einem Skiunfall in seinem ersten Jahr als Polizist hatte er allerdings einen dauerhaften Schaden an der Hüfte davongetragen. Eine größere Karriere, wie er sie eigentlich verdient gehabt hätte, war ihm deshalb für alle Zeiten verwehrt geblieben.

»Ist es okay, wenn ich alleine fahre, Hanna?« Sabrina sah unsicher von Ralf zu ihrer Chefin.

»Alleine, nein. Wir bilden Zweierteams, falls es gefährlich wird. Wir machen es so: Sabrina geht mit Rainer. Anton und Gerhard verstärken uns als zweites Team, und Hauptkommissar Schneider kommt mit mir. Dann können wir uns gleich besser kennenlernen.«

»Danke, Hanna.« Sabrina atmete sichtlich erleichtert auf.

»Ich koordiniere den Einsatz am Handy. Wenn also irgendwas Konkretes auftaucht, sofort anrufen.« Hanna zog ihre schwarze Lederjacke an und verließ als Erste den Raum.

Die anderen folgten ihr.

17

Hanna raste mit überhöhter Geschwindigkeit auf der Landstraße Richtung Niederöd dahin. Sie fuhr ihren Vorderleuten dabei fast bis zur hinteren Stoßstange auf und überholte sogar in unübersichtlichen Kurven. Ihr Fahrstil war der Grund, warum Rainer so gut wie nie bei ihr mitfuhr. Wenn sie zusammen irgendwohin mussten, saß immer er am Steuer. Hanna bezeichnete ihn deswegen des Öfteren als feiges Weichei. Das beeindruckte ihn allerdings nicht im Geringsten. Schließlich kannte er sie lange genug, um zu wissen, dass sie es nicht ernst meinte.

Jetzt saß Hauptkommissar Ralf Schneider neben ihr auf dem Beifahrersitz. Ganz wohl schien er sich bei Hannas Fahrweise ebenfalls nicht zu fühlen. Besonders, als sie vorhin während der Fahrt frischen Lippenstift aufgetragen hatte und dabei mehr in den Rückspiegel als auf die Straße schaute. Das hatte ihn offenbar ganz besonders beeindruckt.

»Schön, dass wir uns endlich kennenlernen, Herr Schneider«, sagte sie nach einer geraumen Weile der Stille, in der jeder von ihnen seinen eigenen Gedanken nachhing, und lächelte dabei freundlich. »Herzlich willkommen im Team.«

»Danke, Frau Schmiedinger.« Ralf lächelte höflich zurück.

»Sie stammen also aus der Oberpfalz.«

»Jawohl, aus Regenstauf.«

»Wieso sind Sie zu uns gekommen?« Hanna sprach im lockeren Plauderton. Der Neue sollte nicht denken, dass er erst mal verhört wurde, bevor die Arbeit richtig losging. Obwohl es natürlich genau so war.

»Ich wollte mal woandershin. Meine Heimat dort oben kenne ich in- und auswendig.«

»Und Sie wollten ganz sicher ausgerechnet zu uns?«

Lügner. Niemand kommt freiwillig zum Arbeiten hierher in die abgelegene Pampa von Oberbayern.

»Ja, gefällt mir sehr gut hier. Der Chiemsee und die Berge. Salzburg ums Eck. Tolle Gegend.« Er zeigte auf die schnell vorbeifliegende Landschaft.

»Sie hatten also keine Probleme mit Ihrem Vorgesetzten in Regensburg und wurden deshalb hierher versetzt?«

»Nein, wie kommen Sie darauf?« Ralf errötete.

»Weil es in Ihrer Personalakte steht. Glauben Sie etwa, ich lese die nicht? Aufbrausend und unberechenbar, steht da unter anderem und dass Sie Verdächtige schlagen würden.«

»Na ja.« Ralf wand sich. Er machte den Eindruck, als

würde er gerade am liebsten im Erdboden versinken. »Alles Schmarrn. Der Dr. Buschberger, mein Chef in Regensburg, hat gerne mal haltlos übertrieben. Er war selbst ein Choleriker.«

»Da muss ich Ihnen allerdings recht geben. Ich lernte ihn einmal bei einem Kongress kennen. Unangenehmer Zeitgenosse.«

»Sag ich doch.« Ralf nickte.

»Ihre Mutter ist Griechin?«

»Aus Athen.« Ralf nickte erneut. »Warum?«

»Das erklärt auch so einiges.«

»Wie meinen Sie das?«

»Die Südländer sind bekannt für ihr überschäumendes Temperament.« Hanna trat voll aufs Gaspedal. Sie überholte mit zusammengepressten Lippen einen weißen Transporter, der mit 50 Sachen vor ihnen herschlich.

Einfach geil, wenn man 200 PS unter dem Hintern hat, verflucht noch mal.

»Wollen Sie mich provozieren?« Ralfs Gesichtsfarbe wechselte nun von dunklem Rot in ein leichtes Lila. Schweißperlen traten auf seine braungebrannte Stirn.

»Keineswegs. Aber wie mir Sabrina vorhin erzählte, scheinen Sie tatsächlich ein kleines Aggressionsproblem zu haben.«

»So ein Schmarrn.« Er schüttelte den Kopf.

»Hat sie etwa nicht recht?«

»Natürlich nicht. Sie war zu faul zum Weiterarbeiten, und jetzt erzählt sie so einen Schwachsinn.« Er wurde laut. »Sie kennt mich doch gar nicht richtig.«

»Na, da haben wir es ja schon. Hatte sie also doch recht.« Hanna verzog keine Miene.

»Na ja. Ich bin vielleicht schnell auf Hundert«, gab Ralf zähneknirschend zu. »Vor allem, wenn ich mich ungerecht behandelt fühle. Aber ich bin ein guter Ermittler. Da können Sie jeden fragen.«

»Sie wissen schon, dass Sie das mit Ihren Aggressionen schleunigst in den Griff bekommen müssen. Sonst ist auch hier bald ganz schnell das Ende der Fahnenstange für Sie erreicht. Hamma uns?« Hanna blickte humorlos zu ihm hinüber.

Sie beschleunigte erneut, um diesmal einen Traktor zu überholen. Ein Laster kam ihr dabei entgegen. Sie schaffte es gerade noch, vor dem Trecker auf ihre Spur zu kommen.

»Ich versuch's.« Ralfs Gesichtsfarbe hatte während des Überholvorgangs in ein blasses Grau gewechselt. Er hielt sich verkrampft an seiner Tür fest.

»Das wird nicht reichen.«

»Was schlagen Sie vor?«

»Eine Therapie. Gruppen- oder Einzelstunden, das ist mir egal. Auf jeden Fall müssen Sie sich professionelle Hilfe holen.«

Na ja, vielleicht doch ein bisschen hart. Denk bloß mal daran, wie schnell du selbst bei der geringsten Kleinigkeit ausrastest.

»Ich denke drüber nach.«

»Sehr gut. Wir brauchen hier ein Team, in dem sich jeder auf den anderen verlassen kann.« Hannas Ton ließ keinen Zweifel daran, dass sie es ernst meinte. »So, und jetzt knöpfen wir uns den Allgemeinmediziner aus Oberöd vor, diesen Dr. Vollmer. Vielleicht weiß er ja, was gestern Abend in Niederöd passiert ist.«

»Alles klar, Chefin.« Ralf atmete langsam aus. Seine Gesichtsfarbe normalisierte sich. Er schien erleichtert zu sein und Hanna nichts weiter nachzutragen.

Möglicherweise hatte sie diesmal genau den richtigen Tonfall für ein klärendes Gespräch unter Kollegen getroffen. Oft genug hatte das zuvor in ähnlichen Situationen nicht so gut funktioniert. Ihre eigene, grantige und manchmal auch reichlich sture Art war ihr dabei mehr als einmal ins Gehege gekommen.

18

Samstag, 13.50 Uhr, Haus der Angers, Niederöd.

»Ja bitte?« Heiderose sah Sabrina und Rainer, die vor der Haustür in ihrem kleinen Vorgarten standen, mit schief gelegtem Kopf an.

»Hauptkommissar Talgruber von der Kripo Traunstein«, sagte Rainer. »Das ist meine Kollegin, Kommissarin Hornsteiner.« Er zeigte auf Sabrina, die direkt neben ihm stand.

»Geht es erneut um den armen Herrn Pfarrer? Ich hab der dunkelhaarigen Frau Kommissarin doch schon alles gesagt.«

»Wissen wir, Frau Anger. Dürfen wir trotzdem hereinkommen?« Rainer lächelte freundlich. »Es sind ein paar kleine Fragen offen. Nichts Schlimmes.«

»Na gut, kommen Sie rein.« Heiderose ging voraus in ihre gute Stube.

»Setzen Sie sich.« Sie deutete auf eine gemütliche Sitzgruppe, die aus zwei mit rosa Blümchen bedruckten Sesseln und einer Dreiercouch im selben Design bestand. In der Mitte stand ein kleiner runder Glastisch.

»Frau Anger, ist Ihnen inzwischen etwas zur gestrigen Mordnacht eingefallen?«, fragte Rainer, während sie Platz nahmen. »Haben Sie vielleicht jemanden beim Pfarrhaus gesehen? Hatte der Herr Pfarrer mit jemandem aus dem Ort einen Streit? Bitte versuchen Sie sich ganz genau zu erinnern. Der kleinste Hinweis kann uns helfen, den Täter zu finden.«

»Nein, mir ist sonst nichts weiter aufgefallen. Leider.« Heiderose schüttelte langsam den Kopf. Sie setzte sich zu ihnen. »Ich habe Ihrer dunkelhaarigen Kollegin mit dem knallroten Lippenstift bereits alles erzählt, was ich weiß.«

»Das war unsere Chefin, die Frau Schmiedinger.«

»Aha, wie schön.« Heiderose lächelte zurückhaltend. »Ein bisschen düster sieht sie ja schon aus in ihrer schwarzen Kleidung.«

»Kripo, Krimis, gefährlich – Sie wissen schon«, scherzte Rainer.

»Äh, nein.« Sie sah ihn mit einem ratlosen Blick an.

»Egal.« Er winkte ab. »Passt schon. Wohnen Sie alleine hier im Haus?«

»Nein, mein Sohn wohnt bei mir.«

»Wie alt ist er?«, mischte sich Sabrina ins Gespräch, um

auch etwas zu sagen. Schließlich war sie nicht als lebendige Kulisse mitgekommen.

»16.«

»Wie heißt er?«

»Peter. Eigentlich Petrus, nach dem heiligen Petrus. Aber jeder nennt ihn nur Peter.« Heideroses rechtes Augenlid begann auf einmal unkontrolliert zu zucken.

Der Gedanke an ihren Sohn schien ihr Stress zu bereiten. Weder Rainer noch Sabrina entging das.

»Ist er zu Hause?«

»Er müsste irgendwo hier herumschwirren.«

»Kannte er Herrn Danso ebenfalls?«

»Sicher. Ich habe ihn gelegentlich ins Pfarrhaus mitgenommen. Er braucht meine Anwesenheit dringend, wenn er nicht in seiner Schule ist.«

»Wieso das?« Sabrina sah sie erwartungsvoll an.

»Er ist Autist. Kommt nicht mit Fremden zurecht.« Heideroses Augenlid zuckte jetzt wie wild. Sie schien es gar nicht mehr unter Kontrolle zu bekommen.

»Mit Fremden aus Afrika wie Herrn Danso oder mit Fremden generell?«, fragte nun Rainer weiter.

»Mit Fremden generell. Das ist so bei Autisten. Alles Ungewohnte bringt sie aus der Bahn.«

»Könnten Sie ihn kurz herholen, damit wir ihm einige Fragen stellen? In Ihrer Anwesenheit natürlich.« Rainer bedachte Sabrina mit einem bedeutungsvollen Seitenblick.

Ein Autist, der sich nicht mit Fremden zurechtfand, und eine Mutter, die das Nervenflattern bekam, sobald die Sprache auf ihn kam. Da lohnte es sich allemal nachzuhaken.

19

Samstag, 14 Uhr, Breitwieser Hof, südlich von Niederöd.

»Herr Breitwieser, sind Sie da drinnen?« Polizeihauptmeister Anton Gruber horchte gespannt in die halb verfallene Scheune gegenüber dem Wohnhaus der Breitwiesers hinein.

German Breitwiesers Frau Terese hatte ihn und Gerhard hierher geschickt, als sie sie gerade nach ihrem Mann gefragt hatten. Sie selbst hatte nichts zu dem Brand in Niederöd letzte Nacht zu sagen gehabt. Sie wüsste rein gar nichts, käme so gut wie nie weg vom Hof. Ihre vierjährigen Zwillinge und die Tiere im Stall ließen das nicht zu, hatte sie gemeint und die beiden Streifenpolizisten im Sondereinsatz für die Kripo an ihren Mann verwiesen. Der bastle zu ihrem Leidwesen entweder in seiner alten Scheune an irgendwelchen verrückten Sachen herum, die niemand brauchte, oder er säße im Alten Wirt in Niederöd beim Biertrinken und Schafkopfen. Andere Weiber wären dabei gelegentlich auch im Spiel. Jüngere natürlich. Da wäre sie sich hundertprozentig sicher. Ein Elend wäre es mit ihm. Hätte sie damals nur den aus gutem Hause stammenden Maximilian Besler geheiratet. Der wäre am Gymnasium in Traunstein gewesen und sei inzwischen ein hohes Tier beim Chemiekonzern in Burghausen oben, wo er sich eine goldene Nase verdiene. Sie hätte ihn so leicht haben können. Hundertmal habe er sie gefragt, ob sie ihn als Mann nehmen wolle, und hundertmal hatte sie verneint, weil sie ja unbedingt so saublöd sein musste, sich in den schönen German Breitwieser zu verlieben. Das habe sie davon. Der Herrgott schiene es nicht gut mit ihr zu meinen. Wahrscheinlich habe sie in einem früheren Leben viel Böses angestellt, für das sie in diesem nun ordentlich büßen dürfe.

Anton und Gerhard hatten geschaut, dass sie ihrer gemischtreligiösen Jammertirade möglichst schnell entkamen. Sie waren im Laufschritt hierher zur Scheune geeilt.

»Wer will das wissen?«, erschallte ein kräftiger Bariton aus dem Inneren.

»Anton Gruber und Gerhard Bacher«, erwiderte Anton. »Wir sind von der Polizei in Traunstein.«

»Hab ich die Zeche geprellt oder falsch geparkt?«

»Nein, wir haben nur ein paar Fragen an Sie, wegen dem Brand in Niederöd letzte Nacht.« Anton sah Gerhard mit hochgezogenen Brauen an.

»Sie meinen das Pfarrhaus?«

»Hat es sich also bereits bis zu Ihnen herumgesprochen?«

»Der Herman Bieringer vom Stammtisch war vorhin da, um mir Brennholz zu bringen. Er hat mir davon erzählt. Der neue afrikanische Pfarrer soll verbrannt sein.«

»Stimmt, Herr Breitwieser. Könnten Sie bitte zu uns herauskommen? Dann müssen wir erstens nicht so schreien, und zweitens sehe ich die Leute, mit denen ich rede, ganz gerne.«

»Dann telefonieren Sie sicher sehr ungern.«

»Stimmt. Was ist jetzt?«

»Kommen Sie mit Ihrem schweigsamen Kollegen ruhig herein. Ich habe nichts zu verbergen.«

Anton und Gerhard betraten den riesigen Holzbau. Was sie dabei sahen, brachte alle beide auf der Stelle dazu, mit weit offenem Mund zu staunen.

20

Heiderose kam mit ihrem Sohn im Schlepptau zurück. Er war ein Stück kleiner als sie und nicht blond, sondern dunkelhaarig. Aber genauso schlank wie seine Mutter war er, und er hatte ihre hellblauen Augen. Sie blieben nebeneinander mitten im Zimmer stehen. Er schien verängstigt zu sein, sah weder Sabrina noch Rainer direkt ins Gesicht.

»Das sind zwei Kommissare von der Polizei, Peter«, sagte Heiderose laut und deutlich. »Sie wollen dich etwas fragen.«

Peter erwiderte nichts. Er schaute teilnahmslos zum Fenster hinaus.

»Können wir?« Rainer suchte Heideroses Blick.

»Versuchen Sie Ihr Glück.« Sie nickte. »Ich sage Ihnen aber gleich, dass es nicht so einfach ist, ihn zu erreichen. Er lebt in seiner eigenen Welt.«

»Verstanden.« Rainer nickte ebenfalls. »Hallo, Peter. Wir wollen dich etwas über den neuen Pfarrer, Herrn Danso, fragen«, begann er vorsichtig.

Peter reagierte nicht. Er stand da wie ein Zinnsoldat. Die Hände an den Seitennähten seiner Bluejeans.

»Kanntest du Herrn Danso? Den neuen Pfarrer aus Afrika?«

»Der dunkle Pfarrer«, erwiderte Peter, während er weiter zum Fenster hinaussah. »Er kommt aus Afrika. Er ist blöd.«

»Warum ist er blöd?«

»Er ist blöd, der neue Pfarrer.« Peter schwankte wie ein Halm im Wind, blieb aber stehen, wo er stand. »Er kommt aus Afrika. Der schwarze Kontinent. Löwen, Elefanten, Giraffen, Zebras, Affen, Springböcke.«

Rainer war sich nicht sicher, ob er überhaupt von ihm wahrgenommen wurde.

»Hast du ihn letzte Nacht gesehen?«

»Er ist blöd. Ein fremder Mann. Böse ist der schwarze Mann.« Peter sprach wie ein Roboter. Völlig emotionslos. »Zu viele Tiere müssen sterben. Sogar Gorillas. Millionen Ameisen und Termiten.«

»Er ist als Fremder hierher zu euch gekommen, stimmt. Aber er wollte euer Pfarrer sein und für euch da sein.« Rainer schüttelte innerlich den Kopf. Das hier führte gerade offensichtlich nirgendwohin.

Er sah unsicher zu Sabrina hinüber. Ihr schien momentan auch nicht einzufallen, wie man diese seltene Begegnung zu einem positiven Ende bringen könnte. Da musste wohl am besten ein Fachmann her. Psychiater oder Psychologe.

»Redet er mit Ihnen vernünftiger?«, fragte er Heiderose in einem letzten Versuch, vielleicht doch noch jetzt und hier zu einem Ergebnis zu kommen.

»Nicht immer, aber gelegentlich.« Sie nickte.

»Würden Sie ihn bitte fragen, ob er Herrn Danso letzte Nacht gesehen hat? Oder ob er etwas in der Nähe des Pfarrhauses beobachtet hat?«

»Mitten in der Nacht?« Heiderose zog erstaunt die Brauen hoch.

»Na ja. Manche Jungs schleichen sich in der Nacht aus dem Haus.« Rainer zuckte die Schultern. »Zum Beispiel, um ihre Freunde zu treffen. Streiche, Nachtwanderungen. Macht Peter das etwa nicht?««

»Aber das ist doch alles totaler Unsinn«, echauffierte sie sich. »Peter tut so etwas nicht. Als ich um halb sieben vom Einkaufen heimkam, kochte ich uns eine Gemüsesuppe, die ich, wie jeden Abend, um Punkt halb acht auf den Tisch brachte. Die Karotten müssen immer ganz klein geschnitten sein. Sonst isst er sie mir nicht. Dann sah ich fern, und er spielte bis zum Schlafengehen um zehn in seinem Zimmer an seinem Computer herum.«

»Er hat das Haus also nicht mehr verlassen?«

»Nein. Er geht immer pünktlich um zehn ins Bett. Keine Sekunde früher, keine später. Das ist so bei ihm. Es gehört zum Krankheitsbild.« Heiderose klang sehr aufgeregt und unwillig. Offenkundig fühlte sie sich von der momentanen Gesamtsituation überfordert. »Außerdem kann er keiner Fliege etwas zuleide tun. Das sehen Sie doch selbst.«

Peter schien zu spüren, dass mit seiner Mutter etwas nicht stimmte. Er begann rhythmisch mit dem Kopf zu wackeln.

»Der blöde neue Pfarrer!«, rief er laut. »Böse ist der schwarze Mann. Löwen, Elefanten, Giraffen, Zebras, Affen, Springböcke. Alle aus Afrika sind böse.«

»Wie kommt er denn darauf?«, wandte sich Sabrina an Heiderose.

»Keine Ahnung. Möglicherweise hat er es irgendwo im Dorf aufgeschnappt. Die Leute hier reden sehr viel über andere, leider.« Heiderose seufzte resigniert.

»Der blöde neue Pfarrer!«, schimpfte Peter währenddessen weiter. »Der schwarze Mann ist böse. Böse ist der schwarze Mann. Löwen, Elefanten, Giraffen, Zebras, Affen, Springböcke. Zu viele Tiere müssen sterben. Sogar Gorillas.« Er begann laut zu summen.

Rainer meinte die deutsche Nationalhymne zu erkennen.

»Gut, Frau Anger«, sagte er. »Das hier führt offenkundig zu nichts. Außerdem haben wir Ihre Aussage. Sie soll uns für den Moment genügen. Falls noch etwas wäre, würden wir uns wieder bei Ihnen melden.«

»Wie Sie meinen.« Heiderose legte ihre Hand auf Peters Schulter.

Der zuckte sofort erschrocken zurück.

»Soll ich Sie hinausbringen?«, fuhr sie fort, als wäre nichts gewesen. Natürlich kannte sie seine Reaktionen genau.

»Nein, danke. Bleiben Sie lieber hier bei Peter. Wir finden unseren Weg. Auf Wiederschauen.« Rainer empfand Sympathie und Respekt für die alleinstehende Frau, die ganz offensichtlich nicht das leichteste Schicksal erwischt hatte.

»Manche trifft es besonders hart«, sagte er zu Sabrina, als sie draußen auf der Straße standen.

»Das kannst du laut sagen. Mit einem solchen Kind hast du eine Lebensaufgabe. Sie scheint ihn sehr zu lieben.«

»Warum auch nicht.«

»Na klar. Warum auch nicht.« Sabrina nickte.

»Nach Hause?«

»Ja.« Sie nickte erneut. »Wenigstens ein paar Stunden Wochenende sollten wir haben. Morgen ist auch noch ein Tag.«

»Sonntag.« Er grinste. »Ideal zum Arbeiten.«

»Auch egal.« Sie grinste zurück.

21

Antons Augen brauchten eine Weile, um sich an das fahle Licht in German Breitwiesers Scheune zu gewöhnen. Bereits beim Eintreten hatte er festgestellt, dass dies kein normaler Heuschober war. Jetzt staunte er Bauklötze. Genau wie sein Kollege Gerhard.

Abgesehen von der schlechten Beleuchtung sah es um sie herum wie in einer riesigen Werkstatthalle der NASA aus. Auf diversen Tischen und auf dem Boden waren Raketenteile, Werkzeuge, Metallstücke, Lautsprecher, riesige Holzkisten, Satellitenantennen und massenhaft Papiere, die wie überdimensionale Baupläne aussahen, verstreut.

»Was zum Teufel machen Sie hier?« Anton zog fragend die Stirn kraus. Er begriff nicht, wo sie hier hingeraten waren.

»Grüß Gott erst mal. Ich bin der German.« German war klein und sehr dick. Er erinnerte damit an ein Quader. Seine fettigen aschblonden Haare hingen ihm in zusammengepappten Strähnen ins Gesicht.

»Grüß Gott. Wir haben uns ja bereits vorgestellt«, erwiderte Anton. »Was wird das hier?« Er zeigte auf das heillose Durcheinander vor, hinter, unter und über ihnen.

»Sagt er auch manchmal etwas?« German zeigte auf Gerhard.

»Tut er.« Anton nickte. »Wenn er ausgestaunt hat.«

Gerhard schwieg weiterhin. Er grinste nur breit und blickte nach wie vor mit großen ungläubigen Augen um sich.

»Es wird ein Abfangjäger gegen die Außerirdischen«, sagte German. »Die nächste Invasion kommt ganz bestimmt. Die Anzeichen häufen sich. Da brauchen Sie bloß mal ins Internet zu gehen. Dort steht alles, was es darüber zu berichten gibt. Sie müssen nur wissen, wo Sie suchen müssen.«

»Sie bauen ein Kampfflugzeug? Brauchen Sie dafür keine Erlaubnis?« Anton wollte nicht glauben, was er hörte. Er wusste längst, dass es hier bei ihnen im Chiemgau einige Spinner gab. Aber einen wie German Breitwieser hatte er bisher noch nie erlebt.

»Nein, einen Abfangjäger, der ins Weltall fliegen kann, baue ich. Das ist ein riesiger Unterschied. Dafür gibt es keine Erlaubnis. Das macht man einfach.« German schraubte einen Deckel auf einen kleinen runden Zylinder. »Ein Teil der Steuerung«, kommentierte er seinen Arbeitsschritt.

»Einen Abfangjäger für Außerirdische, soso.« Anton kratzte sich unschlüssig am Hinterkopf. Er überlegte, ob German ein klarer Fall für die Nervenheilanstalt war oder ob er sich möglicherweise nur im Wirtshaus blöd gesoffen hatte. »Hat der auch Waffen an Bord, Ihr Abfangjäger?«

»Natürlich. Laserkanonen.«

»Verstehe.« Anton schüttelte unmerklich den Kopf.

»Wann genau sollen sie denn kommen, die Außerirdischen?«, fragte Gerhard, der offenbar genug gestaunt hatte.

Leck mich doch. Der nächste Fall für die Klapse.

»Gar nicht, Gerhard«, zischte Anton unwillig. »Wir sind außerdem nicht wegen der Aliens hier, sondern wegen dem Mord letzte Nacht.«

»Schon gut.« Gerhard senkte seinen Blick. »Man wird ja wohl noch fragen dürfen.«

»Der tote Pfarrer aus Afrika.« German nickte langsam. »Wie gesagt, ich weiß Bescheid.« Er legte seinen Schraubenschlüssel aus der ölverschmierten Hand und sah Anton mit ernster Miene in die Augen. »Täte mich nicht wundern, wenn es die Außerirdischen waren. Die mögen keine Frömmler. Schon gar keine afrikanischen.«

»Tatsächlich. Warum ist das so?« Anton wusste gerade nicht, ob er weinen oder lachen sollte. Auf jeden Fall war er sehr gespannt auf Germans Erklärung.

»Für die Außerirdischen gibt es keinen Gott. Deswegen mögen sie auch keine Gläubigen.« German sprach mit dem ganzen Ernst eines überzeugten Atheisten.

»Ist das so?«

»Ja.«

»Gut, Herr Breitwieser. Wo waren Sie letzte Nacht?«

»Warum wollen Sie das wissen?« Eine Spur von Misstrauen war in Germans Stimme zu erkennen.

»Reine Routine«, wiegelte Anton ab. »Wir befragen so gut wie jeden in der Gegend.«

»Erst im Alten Wirt. Da war der neue Pfarrer übrigens auch. Er saß am Tisch mit dem Lehrer, dem Ludwig Brauberger, und dem Arzt aus Oberöd, dem Dr. Vollmer.«

»Und dann?«

»Ich bin so um neun nach Hause gegangen. Hab dann hier bis halb elf an einem Steuerelement gebastelt. Die anderen waren alle noch dort, als ich ging. Der schwarze Pfarrer auch.«

»Und dann?«

»Dann bin ich ins Bett. Fragen Sie meine Frau, wenn Sie mir nicht glauben.«

»Das machen wir vielleicht sogar. Danke, Herr Breitwieser. Das war's vorerst.« Anton gab Gerhard einen Stupser und drehte sich zum Gehen um. »Übrigens, wenn Sie Waffen in Ihr Flugzeug einbauen, sollten Sie eine Genehmigung einholen«, meinte er währenddessen. »Sonst müssen wir das Terrorkommando bei Ihnen vorbeischicken. Hamma uns?«

»Kein Problem. Ich schreib an die Regierung.« German schraubte das nächste Teil auf seinem Arbeitstisch zusammen. »Ist ja in unser aller Sinne, dass die Kerle vom Mars hier nicht landen und alles niederbrennen.«

»Was für ein versoffener Spinner«, meinte Anton, als er mit Gerhard in ihren Streifenwagen einstieg.

»Aber schlecht finde ich es nicht, was er macht«, erwiderte sein jüngerer Kollege. »Wenigstens kümmert er sich um das Wohl der Menschheit.«

Er ahnte dabei nicht, wie knapp er gerade vor seiner eigenen Einweisung in die nächste Nervenheilanstalt stand.

22

Samstag, 16.30 Uhr, Traunstein.

Die Befragung von Dr. Vollmer in Oberöd hatte keine neuen Erkenntnisse im Mordfall Danso gebracht. Er konnte ihnen nicht mehr sagen als der Lehrer. Also waren Hanna und Ralf nach Hause gefahren, um wenigstens ein paar Stunden für ihre Regeneration zu haben. Sie hatte Ralf gerade, der sich im Übrigen die ganze Zeit über sehr kooperativ und vernünftig verhalten hatte, bei sich zu Hause abgesetzt. Nun fuhr sie zu sich heim in die Wohnung, um sich zu duschen, umzuziehen und ein wenig auszuruhen, bevor sie zu Florians Dinner fahren würde.

Es fing schon gut an. Dreimal musste sie um den Block fahren, um endlich einen Parkplatz zu finden. Als sie dann im Treppenhaus ankam, wurde sie von einem infernalischen Lärm empfangen. Die Handwerker, die eine neue Heizung einbauten, schienen auch am Samstag zu arbeiten. Sie sah zu, dass sie so schnell wie möglich in ihre Wohnung kam, um dem Staub und dem Radau zu entgehen. Nachdem sie aufgesperrt hatte, schlüpfte sie schnell hinein und schlug laut die Tür hinter sich zu.

Sie hatte die Nase gestrichen voll. Andauernd wurde hier etwas anderes renoviert. Der Vermieter kassierte mehr als genug für die kleine Bude, in der sie hauste. Jetzt schien er die alten Mieter mit den günstigen Mietverträgen aus dem Haus haben zu wollen, um seine frisch renovierten Wohnungen für das Doppelte an den Mann bringen zu können. Da hatte er sich aber sauber geschnitten. Hanna würde ihm so viele Steine wie möglich in den Weg legen. Eine gesetzlich erlaubte Mietminderung war der erste Schritt dazu. Gleich am Montag würde sie ihren Anwalt, Dr. Tauber, deswegen anrufen. Wozu bezahlte sie schließlich jeden Monat 30 Euro für ihren Rechtsschutz. Oder waren es 20? Egal.

Nachdem sie geduscht hatte, legte sie sich ins Schlafzimmer, um sich auszuruhen. Doch bei den Bohrgeräuschen und dem lauten Hämmern um sie herum war nicht im Entferntesten an ein Nickerchen zu denken. Also stand sie kurze Zeit später auf und rief ihre Mutter Rosa Schmiedinger, geborene Halsmeier an, die mit Hannas Vater Karl junior Schmiedinger, den Großeltern Babett und Karl senior Schmiedinger sowie Hannas Schwester Julia samt deren Kindern, der achtjährigen Charlotte und dem sechsjährigen Hubert, zwischen Traunstein und Burghausen auf dem Land wohnte. Bei Palling, um genau zu sein.

»Mama, Hanna hier«, meldete sie sich, sobald ihre Mutter abhob.

»Ja, Kind. Schön, dass du anrufst. Wie geht es dir?«

»Schlecht.«

»Ist etwas passiert?« Rosa klang besorgt. Wie es den meisten Müttern eigen war, wenn es um ihre Kinder ging. Egal, wie alt diese waren. »Hoffentlich nichts Schlimmes.«

»Halb so wild. Wir haben nur einen neuen Mordfall, ich bin seit vier in der Früh wach, muss das ganze Wochenende arbeiten, und die Handwerker hier bei mir im Haus veranstalten einen Lärm und ein Chaos, das alles zu spät ist.«

»Aha. Das klingt gar nicht gut.«

»Ich komm heute Abend für die nächsten Tage zu Euch raus auf den Hof, in mein altes Appartement.«

»Da freu ich mich. Ich geh gleich rüber und wechsle die Bettwäsche.«

»Nein, Mama. Das tust du bitte nicht. Leg mir die Sachen einfach hin. Du sollst keinen Stress wegen mir haben.«

Wann wird sie ihr Gluckengehabe nur jemals ablegen? Wahrscheinlich nie.

»Aber es ist kein Stress für mich.« Rosa klang so, als wäre sie bester Dinge. »Ich mache das gerne für dich, Kind.«

»Mama!« Hanna merkte, wie ihr das Adrenalin in die Adern schoss. Ihre Stimme klang ungeduldig.

»Na gut, ich leg dir alles hin. Soll ich dir wenigstens etwas zu Essen aufheben?« Rosa hörte sich fast ein wenig beleidigt an.

Hätte ich bloß nicht angerufen.

»Nein. Ich bin bei Florian Bauer in seinem neuen Golfhotel zum Abendessen eingeladen.« Hanna ging zu ihrem Schlafzimmerschrank. Sie suchte frische Unterwäsche, mehrere schwarze Jeans, schwarze T-Shirts und Sweatshirts sowie eine schwarze Bluse für das Essen bei Florian heraus.

Ihre getragenen Sachen hatte sie vor dem Duschen auf den Stapel vor ihrer Waschmaschine geworfen. Irgendwann demnächst würde sie das Ding anwerfen müssen.

»Nobel geht die Welt zugrunde«, spöttelte Rosa. »Na ja, dann ist dir mein kalter Braten wahrscheinlich sowieso nicht gut genug.«

»Red keinen Schmarrn, Mama. Dein kalter Braten ist sensationell.«

»So? Na, ich weiß nicht.«

»Bleib bitte nicht wach, Mama. Es kann spät werden.«

»Na gut, Kind. Ganz wie du möchtest. Aber eine Wärmflasche darf ich dir doch wenigstens ins Bett legen.«

»Die ist sicher längst kalt, wenn ich heimkomme. Bitte lass alles einfach so, wie es ist.« Hanna verdrehte genervt die Augen.

Ob das Ganze so eine gute Idee war. Ich weiß nicht.

»Also gut, ich lass meine Finger von deinen Sachen«, erwiderte Rosa. »Aber morgen beim Frühstück musst du mir unbedingt von deinem neuen Mordfall berichten.«

Rosa liebte nichts so sehr wie Kriminalromane, wusste Hanna. Sie verschlang sie regelrecht. Jeden Sonntag saß sie um 20.15 Uhr vor dem Fernseher und sah Tatort. Seit Hanna denken konnte, war das so. Da konnte kommen, was wollte.

Aber noch interessanter waren für sie natürlich die realen Fälle ihrer Tochter. Dabei wollte sie immerzu so genau wie möglich auf dem Laufenden gehalten werden. Manchmal hatte sie sogar wertvolle Tipps für ihre Tochter parat, die zur Lösung der Fälle beitrugen.

23

Samstag, 16.45 Uhr, Traunstein.

»Mama, ich bin da.«

Keine Antwort.

Rainer horchte weiter in die Stille seines Elternhauses hinein.

»Mama? Wo bist du?«

Wieder nichts.

»Sie wird doch nicht irgendwas Dummes angestellt haben.« Er lief schnell durch den Flur, öffnete dabei jede

Tür auf seinem Weg und sah in das entsprechende Zimmer dahinter hinein. Danach verfuhr er im ersten Stockwerk auf die gleiche Weise.

Alle Zimmer inklusive der Toiletten und Badezimmer waren leer. Seine Mutter schien vom Erdboden verschluckt worden zu sein oder hatte sich in Luft aufgelöst. Die dritte Variante konnte sein, dass sie aus dem Haus gegangen war.

Moment. Es gab eine weitere Möglichkeit. Er hatte nicht im Garten hinter dem Haus nachgesehen. Während er die Treppe hinunterstieg, verfluchte er bestimmt zum tausendsten Mal die Tatsache, dass er, seit sein Vater vor vier Jahren an Krebs verstorben war, immer noch hier mit seiner inzwischen reichlich sonderlichen Mutter wohnte. Als hätte er in seinem Beruf nicht schon genug Stress an der Backe.

Eigentlich war sie ein klarer Pflegefall mit ihrer zunehmenden Verwirrtheit. Aber er brachte es nicht übers Herz, sie in ein Heim zu bringen, wo sie zwar rund um die Uhr versorgt wurde, aber sicher auch einsam war, ohne ihn und ihre gewohnte Umgebung mitsamt den Nachbarn, die sie alle seit Jahrzehnten kannte. Wenn man alte Bäume versetzt, gehen sie ein, hatte sein Vater einmal zu ihm gesagt. Rainer ahnte gerade nicht zum ersten Mal, dass er damit wohl recht gehabt hatte. Seine Mutter würde einen Umzug sicher nicht überleben. Zumindest drohte sie ihm das jedes Mal an, sobald die Sprache auf dieses Thema kam.

»Hallo, Rainer«, begrüßte sie ihn auf dem Rasen kniend, als er die hintere Terrassentür öffnete.

»Hallo, Mama. Was machst du da? Dein Kleid ist ganz schmutzig.«

Wie ein kleines Kind.

»Ich habe den Rasen geschnitten.« Sie hielt stolz die Küchenschere hoch, mit der sie normalerweise die Kräuter zum Kochen und den Salat zerkleinerte.

»Mit der Schere? Wozu? Ich habe ihn doch erst letzte Woche gemäht.« Er ging zu ihr hinüber.

»Aber nicht gründlich genug. Wenn das dein Vater sieht, trifft ihn der Schlag. Wann kommt er eigentlich heim? Seid ihr nicht zusammen gefahren?« Sie sah ihn neugierig an.

Er half ihr hoch.

»Der Papa kommt nicht mehr heim, Mama. Er liegt seit drei Jahren auf dem Friedhof.« Tränen stiegen ihm in die Augen.

Sie will es einfach nicht wahrhaben.

»Ach ja, richtig. Hab ich ganz vergessen.« Sie schüttelte langsam den mit großen lila Locken bedeckten Kopf. Ein neuer Stylingvorschlag ihres jungen Friseurs Julian gleich um die Ecke. Rainer fand es überzogen für ihr Alter. Er hatte es ihr auch gesagt, als sie von Julian zurückkam. Aber ihr gefiel es hervorragend. Sie hatte ihm klar zu verstehen gegeben, dass ihn ihr Outfit, wie man heute sagte, überhaupt nichts anging und er sich gefälligst um seinen eigenen Kram kümmern sollte. Zum Beispiel könnte er sich mal eine ordentliche Brille zulegen, anstatt wie Harry Potter mit seinem altmodischen Nasenfahrrad durch die Gegend zu laufen.

»Führst du mich heute zum Essen aus?«, fuhr sie fort.

»Wie kommst du darauf?«

»Ich habe keine Lust zu kochen.« Sie strahlte ihn an, als hätte sie ihm gerade erzählt, dass sie im Lotto gewonnen hatte.

»Wo möchtest du denn hingehen? Zum Italiener?«

»Italiener wäre großartig. Dein Vater und ich haben uns früher immer eine Pizza mit allem geteilt. Köstlich. Er hat Pizza geliebt und sein Bier dazu.«

»Ich weiß, Mama.« Rainer nickte leise seufzend. »Also gut, zieh dir was Sauberes an. Wir gehen zum Giovanni rüber. Du kriegst eine Pizza und ich gegrillten Tintenfisch.« Der gegrillte Tintenfisch von Giovanni war der beste weit und breit. Besser konnte der Tag gar nicht ausklingen.

»Tatsächlich?« Sie sah ihn hocherfreut an.

»Tatsächlich. Auf geht's!«

»Ein Gläschen Wein für mich?«

»Natürlich.« Er nickte erneut. »Und einen Grappa zum Espresso nach dem Dessert gibt's auch.«

»Warte kurz, ich bin gleich zurück. Lauf bloß nicht weg«, rief sie ihm von der Tür aus zu. Dann verschwand sie im Inneren des Hauses.

Rainer setzte sich kopfschüttelnd und lächelnd zugleich auf einen der Stühle am Terrassentisch. Er betrachtete den Garten mit den Obstbäumen, Sträuchern und Blumenbeeten darin, als würde er beides zum ersten Mal sehen.

»Schön haben wir es hier«, murmelte er währenddessen leise. Dann blickte er in den blauen Himmel hinauf. »Hast du alles gut gemacht, Papa. Mach dir keine Sorgen, ich lasse sie nicht allein. Dazu hab ich sie viel zu lieb. Genau wie dich.«

24

Samstag, 18 Uhr, Alter Wirt, Niederöd.

»Lupo kommt raus. Er hat den letzten Stich gemacht!«, sagte Herbert Stoffinger, der mit German und den anderen beim Kartenspielen im Alten Wirt in Niederöd saß.

»Genau!« Sebastian Rieder nickte unmerklich.

»Also gut.« Lupo Steiner legte die Eichel Ass auf den Tisch.

»German, du bist dran. Sag mal, schläfst du heute oder was ist los?« Jeder am Tisch wusste, dass Karl Beermoser es nicht gern hatte, wenn das Spielgeschehen verzögert wurde.

Schafkopfen war kein alberner Spaß, sondern eine ernste Angelegenheit. Da gab es Regeln, auch unausgesprochene, und die mussten eingehalten werden. Das war nun mal so, und das machte Karl auch jedem unmissverständlich klar, sobald die Rede darauf kam.

»Ich mach ja schon. Bin heute bisserl abwesend!« German legte den Graszehner auf den Tisch, weil er eichelfrei war. »Jetzt kommt's auf dich an, Karl.« Er sah seinen grantigen Mitspieler erwartungsvoll an. »Eine bessere Schmier hab ich nicht für dich.«

Er und Karl waren in der Schule von der ersten Klasse an immer Banknachbarn gewesen. Täglich hatten sie ihr Pausenbrot getauscht und gegen die Lehrer zusammengehalten.

»So ein Scheißdreck, German. Der dritte Schmarrn, mit dem du heute rauskommst. Was is denn los mit dir?

Magst du oder magst du nicht? Mit was soll ich denn die Eichelsau vom Lupo stechen? Zählst du nicht mit?« Für Karl war das Maß offenkundig voll. »Sollen wir lieber aufhören?«

»Wenn ich ehrlich bin, ja«, erwiderte German laut gähnend. »Hören wir für heute lieber auf. Ich bin zu müd. Ich trink bloß noch aus und geh dann heim. Wahrscheinlich.«

»Dann trinken wir halt noch eine Halbe und ein Obst. Das ist mindestens genauso schön wie spielen.« Lupo hatte heute offenbar auch keine große Lust zum Kartenspielen. Er bestellte für alle noch eine Runde Bier samt Obstler auf seinen Deckel bei Xaver.

Der bierbauchige Wirt stand heute allein hinterm Tresen, weil seine Bedienung, Sabine, daheim auf ihre Mutter aufpassen musste, die gestern aus der Reha gekommen war. Knieoperation. So ging es eben, wenn die alten Knochen immer älter wurden.

»Schon ein Hammer, was dem neuen Pfarrer passiert ist«, meinte German, nachdem sie das Obst auf Ex vernichtet hatten. »Im eigenen Bett verbrannt werden. Wer tut bloß so was?«

»Irgendeiner, der keine Afrikaner mag«, meldete sich Sebastian zu Wort.

»Also so gut wie jeder in der Gegend.« German nickte langsam.

Keiner lachte. Lebende verhöhnen immer gern. Erst recht, wenn es Auswärtige oder Politiker waren. Aber der gewaltsame Tod eines Menschen war allen am Tisch ein zu ernstes Thema.

»Was kommen die auch alle hierher zu uns?« Herbert blickte fragend in die Runde. »Wir fahren doch auch nicht nach Afrika und nehmen denen da unten die Jobs weg.«

»Geh weiter, red doch nicht so einen Schmarrn, Herbi.« German schüttelte unwillig den Kopf. »Wir aus der ersten Welt sind jahrhundertelang nach Afrika gefahren und haben denen dort unten alles weggenommen. Bodenschätze, Elfenbein und so weiter.«

»Das waren doch bloß die Franzosen und die Engländer«, widersprach Herbert. »Allenfalls noch die Holländer.«

»Wir Deutschen schon auch.« German nickte wissend.

»So? Wo denn?«

»Ich sag bloß Kamerun oder Deutsch-Ostafrika.«

»Tatsächlich?«

»Tatsächlich.«

»Da schau ich aber im Internet nach. Das darfst du glauben.«

»Tu, was du nicht lassen kannst, Herbi.« German schaute ihm geradewegs mit festem Blick in die Augen. So als hätte er einen hundertprozentigen Trumpf auf der Hand und würde den Sack gleich endgültig zumachen.

»Das werde ich. Und die Islamisten haben wir auch noch.«

»Was hat das mit dem afrikanischen Pfarrer zu tun? Der war doch Christ.«

»Nichts.«

»Ja und?« German blickte ratlos drein.

»Aber gefährlich sind die, und sie kommen zu uns ins Land.«

»Tatsächlich?«

»Logisch. Andauernd begehen sie ihre Anschläge.«

»Wo war der letzte?«

»Irgendwo. Ganz egal.«

»Der Hias und seine beiden Freunde sollen verdächtig sein«, beendete Karl den Streit der beiden, bei dem es Herbert und German natürlich wieder mal ausschließlich ums Rechthaben ging. Jeder am Tisch wusste das.

»Ich glaube nicht, dass sie es waren.« German schüttelte erneut den Kopf. »Der Hias, der Hans und der Richard sind doch bloß ein paar harmlose junge Spinner, die gerne einen trinken wie wir. Dann trumpfen sie vielleicht ein bisserl auf. Aber die begehen doch keinen Mord. Das wisst ihr doch selbst.«

»Weiß man's wirklich? Aber wer war's dann? Und jetzt komm uns bloß nicht wieder mit deinen Außerirdischen.« Lupo hob oberlehrerhaft den Zeigefinger.

»Hab ich was von den Aliens gesagt?« German sah ihn mit hochgezogenen Brauen an.

»Ich mein ja bloß.« Lupo trank einen Schluck Bier.

»Ich sag nur so viel: Ihr werdet alle noch staunen, wenn sie hier landen und uns alle auslöschen wollen.« German blieb keine andere Wahl, als das Thema kurz aufzugreifen. Die anderen ahnten gar nicht, wie groß die Gefahr war, in der sie alle schwebten. Da konnte man als verantwortungsbewusster Wissenschaftler nicht genug Aufklärung betreiben. Auch wenn es den Aufzuklärenden offensichtlich nicht in den Kram passte. »Seid bloß froh, dass ich für uns alle meine Vorkehrungen treffe.«

»Ich hab's gewusst. Jetzt kommt wieder ein ellenlanger Vortrag über die Invasion vom Mars.« Lupo sah die anderen mit einem breiten Grinsen an.

»Nix da. Das war's schon.« German winkte ab. »Bin schon wieder still. Man warnt ja nur, weil man Bescheid weiß.« Er trank einen Schluck.

»Hatte der Ignatius Schöttler eigentlich ein Gschpusi hier in Niederöd?«, warf Karl in die Runde.

»Nicht, dass ich wüsste«, erwiderte German.

Die anderen murmelten Zustimmung.

»Außerdem dürfen die doch gar nicht, die katholischen Pfarrer«, sagte Herbert. »Mit Messbuben oder Domspatzen vielleicht, aber nicht mit Frauen.«

»Wieso das?«, fragte Karl.

»Na ja, zumindest nicht offiziell«, lenkte Herbert ein. »Mit den Frauen meine ich jetzt.«

»Da muss ich dir sogar ausnahmsweise zustimmen, Herbi.« German grinste genauso breit wie alle anderen am Tisch. »Obwohl das mit den Messbuben oder Domspatzen natürlich auch nicht offiziell geschieht. So viel zur Ehrenrettung unserer Kirche muss schon gesagt sein.«

»Aber der Ignatius Schöttler war nicht so einer«, warf Lupo ein. »Er war anständig und hat uns allen immer geholfen, wo er konnte. Sogar finanziell, wenn ihr euch erinnert.«

Erneutes zustimmendes Gemurmel.

»Er war schon ein super Typ, der alte Ignatius.« Karl trank ebenfalls einen Schluck aus seinem Bierglas. »Der perfekte Dorfpfarrer, wenn man so will. Mir hat er einmal bei einem Kredit bei der Bank geholfen. Ohne ihn wäre ich damals glattweg pleitegegangen.«

»Schade um den verbrannten Afrikaner. Er konnte uns noch gar nicht beweisen, ob er möglicherweise genauso in Ordnung war.« German stand nachdenklich auf.

Er musste auf die Toilette. Das viele Bier forderte seinen Tribut.

Wenn er zurück wäre, würde er sein Glas austrinken. Dann vielleicht noch eine Halbe und ein Obst mit seinen Freunden trinken und spätestens danach nach Hause gehen.

Falls ihm nicht eine weitere Runde Bier mit Schnaps dazwischenkam. Was ohne Weiteres der Fall sein konnte, so wie er sich selbst und die anderen kannte.

25

Samstag, 19 Uhr, Florians Schlosshotel.

Hanna war im Eiltempo zu Florians Golfhotel in Oberwehrbach bei Burghausen gefahren. Froh darüber, dass sie den Baulärm daheim hinter sich gelassen hatte. Sie schwor sich, erst wieder in ihre Wohnung zurückzukehren, wenn die Renovierungsarbeiten im Haus endgültig abgeschlossen waren. Die nötigsten Kleidungsstücke für ihre Abwesenheit hatte sie in zwei Koffern und diversen Taschen in den Kofferraum ihres Dienstwagens geworfen. Ihr Schminkzeug und der Kulturbeutel fürs

Bad befanden sich ebenfalls darin. Sie hatte bereits zu früheren Gelegenheiten in ihrem eigenen Appartement bei den Eltern auf dem Hof genächtigt. Problemlos. Mal sehen, wie es sich diesmal anließ. Doch erst mal war sie bei Florian zum Essen eingeladen.

Sie parkte ihr Auto ganz außen auf dem Gästeparkplatz, um niemandem im Weg zu sein, legte großzügig von ihrem knallroten Lieblingslippenstift aus Frankreich auf und stieg die wenigen breiten Stufen aus grauem Marmor zur Empfangshalle hinauf.

Er empfing sie in der Eingangstür. Offensichtlich hatte er bereits auf sie gewartet und sie kommen hören.

»Hallo, Hanna. Ich freu mich so sehr, dass du da bist.« Er breitete freudestrahlend die Arme aus. »Gut siehst du aus.«

Sie gaben sich Küsschen auf die Wangen.

Florian hätte sie bestimmt liebend gerne richtig geküsst. Aber sie hielt ihn bewusst auf Abstand. Wollte sich erst ganz sicher sein, ob sie wirklich für eine neue Beziehung bereit war. Wusste, dass davor in ihrem Inneren noch einige unliebsame Erfahrungen mit ihrem Ex zu verarbeiten waren. Andererseits war sie aber nicht abgeneigt, Florian bereits jetzt an sich heranzulassen. Kompliziert, aber nicht hoffnungslos beschrieb ihr diesbezügliches Dilemma wohl am besten.

»Dabei bin ich eigentlich total fertig mit der Welt«, erwiderte sie. »Oh Mann, nach diesem Tag kann ich wirklich ein gutes Essen vertragen. Danke für die Einladung.«

»Komm rein.« Er machte einen Schritt zur Seite und ließ sie an sich vorbei. »Du musst total kaputt sein. So früh aufstehen und dann dieser grausame Mord. Noch dazu an deinem wohlverdienten Wochenende.«

»Das Schlimmste ist, wir kommen keinen Schritt voran«, meinte sie, während sie in die prunkvolle Empfangshalle eintrat. »In Niederöd, dem Ort, in dem der afrikanische Pfarrer verbrannt wurde, gibt es zwar jede Menge skurrile Gestalten, aber unseren Mörder konnten wir bisher nicht darunter entdecken. Gehen wir in den Speisesaal?«

Hanna zeigte nach links, während sie ihn fragend ansah. Seit ihrem zweiten und bisher letzten Besuch waren zwar inzwischen bereits drei Wochen vergangen, aber die örtlichen Gegebenheiten waren ihr nach wie vor im Gedächtnis.

»Du hast es nicht vergessen.« Florian nickte mit einem erfreuten Grinsen. »Ja, nach links. Ich habe dort für uns eindecken lassen. Nach dir.«

Sie ging neugierig voraus. Fragte sich, was er wohl Feines gekocht haben mochte.

Als sie im Speisesaal ankamen, fiel ihr, nicht weit von ihnen entfernt, sogleich ein Ecktisch am Fenster auf. Weiße Tischdecke, silbern glänzendes Besteck, wunderschönes weißes Porzellan, glänzende Gläser.

Das musste ihr Platz sein.

»Ich habe meine Hausdame angewiesen, nur weißes Porzellan zu verwenden, weil ich weiß, dass du das so gerne magst.«

»Weißes Porzellan?« Sie sah ihn irritiert an.

»Ja.« Er nickte stolz grinsend.

»Wie kommst du darauf, dass ich das so gerne mag?«

»Hast du das nicht gesagt, als du das letzte Mal hier

warst?« Er kratzte sich mit verwirrtem Gesichtsausdruck am Hinterkopf.

»Nicht, dass ich wüsste.« Sie schüttelte den Kopf. »Muss wohl jemand anderes gewesen sein. Deine Freundin?«

Warum macht er eigentlich andauernd so einen Affentanz um mich herum, wenn er sowieso eine andere hat?

»Wer sollte das sein?« Seine Empörung klang nicht gespielt.

»Woher soll ich das wissen? Ich bin zwar bei der Kripo, aber nicht allwissend.« Sie blickte ihm offen und direkt mitten ins Gesicht.

»Glaubst du wirklich, dass ich …« Er sprach den Satz nicht zu Ende. Sah sie nur entsetzt an.

»Weiß man's?« Sie zuckte die Achseln. »Nein, Spaß beiseite, Florian. Aber das mit dem weißen Porzellan. Da musst du dich wirklich verhört haben. Ich liebe schwarzes Porzellan. Genauso wie meine schwarze Kleidung und meine schwarzen Haare.«

»Mist, dann hab ich das wohl verwechselt.« Er sah zerknirscht aus.

»Schwarz oder weiß, ist doch egal.« Sie winkte großzügig ab. »Beides nur verschiedene Seiten derselben Medaille.«

Ich glaub, ich glaube ihm. Ich würde es sofort merken, wenn er flunkert. Er kann einfach nicht lügen. Glaube ich zumindest.

»Das stimmt wohl. Nimm doch Platz.« Er trat hinter ihren Stuhl und schob ihn zurecht, damit sie sich setzen konnte.

»Danke.« Hanna lächelte angesichts seiner ritterlich anmutenden Aufmerksamkeit. Sie fand es zwar irgendwie seltsam altmodisch, aber nicht unbedingt unangenehm. »Wusstest du eigentlich, wie verhasst Fremde bei uns auf dem Land teilweise sind?«, fragte sie ihn, nachdem sie es sich bequem gemacht hatte.

»Wie kommst du darauf?« Er setzte sich ihr gegenüber.

»Der Mord an dem Afrikaner in Niederöd und die Reaktionen der Dorfbewohner darauf. Das war fast schon traurig, was wir teilweise zu hören bekamen. Dort scheinen echt einige Rassisten zu leben. Mitten unter uns.« Sie blickte beschämt auf ihre Hände.

»Rassisten, die sogar vor einem Mord nicht zurückschrecken?«

»Sieht ganz so aus. Manchmal hätte ich gerne einen anderen Beruf. Man verliert den Glauben an das Gute in uns.«

»Dann heirate mich doch und werde gleichzeitig meine Geschäftspartnerin.« Er grinste breit. »Ich freue mich immer auf Gäste. Egal, woher sie kommen und welche Hautfarbe sie haben. Hauptsache, sie benehmen sich anständig und bezahlen ihre Rechnung.«

Beide lachten.

»Vielleicht überlege ich es mir eines Tages.« Sie streifte ihn flüchtig mit einem Blick aus ihren schönen blauen Augen. Dann betrachtete sie die Gläser auf dem Tisch.

»Nicht dein Ernst.« Er starrte sie ungläubig an.

»Wer weiß?« Ihr Lächeln zeigte sich jetzt geheimnisvoll. Sie legte ihren Kopf schief und sah ihn direkt an.

»Echt?«

»Möglich.« Sie strich sich langsam die blaue Strähne auf der rechten Seite ihrer ansonsten in tiefstem Schwarz glänzenden Haare aus dem Gesicht.

»Du veräppelst mich doch.« Er schüttelte ungläubig den Kopf.

»Weiß man's?«

»Warum dann nicht gleich?«

»Erst mal muss ich schauen, ob du wirklich so gut kochst, wie ich es in Erinnerung habe.« Sie lachte.

»Natürlich. Ich sage meiner Hausdame, Beatrice, Bescheid.« Er stand auf und verschwand hinter dem dunklen Tresen aus Edelholz auf der gegenüberliegenden Seite des Raumes.

Wenig später war er mit einer exotischen Schönheit zurück. Sie hatte eine atemberaubende Figur, tolle schlanke Beine, dunkle Haut, langes schwarzes Haar, große braune Augen und ein bezauberndes Lächeln.

Hanna registrierte es mit gemischten Gefühlen.

Fehlt nur noch, dass sie weißes Geschirr liebt. Dann ist mir absolut klar, wie hier der Hase läuft. Ist er am Ende doch nur ein verdammter Mistkerl wie alle anderen?

26

Samstag, 20 Uhr, Sabrinas Villa am Stadtrand von Traunstein.

Das Telefon klingelte. Sabrina legte ihr Informationsblatt über neue Methoden der Forensik aus der Hand, erhob sich von ihrer neuen Couch aus weichem Nappaleder, ging zu dem kleinen Sekretär neben der Tür, auf dem die Basisstation ihrer Telefonanlage stand, und hob ab.

»Wieso hängst du mich bei der Chefin hin?«, blaffte eine Männerstimme, ohne zu grüßen oder sich mit Namen zu melden.

»Ralf? Bist du das?«

»Wer sonst? Erkennst du meine Stimme nicht mehr? Aus den Augen, aus dem Sinn? Also?« Er hörte sich unfreundlich und sehr verärgert an.

»Was also?« Sie ließ ihren Tonfall arrogant und unnahbar klingen.

Lern du dich erst mal benehmen, Burschi. Dann bin ich vielleicht netter.

»Wieso du mich bei der Chefin hinhängst?«

»Ich häng dich nicht hin.«

»Tust du doch. Sie hat es mir im Auto erzählt.«

»Ich hab ihr nur gesagt, dass mir deine aggressive Art auf die Nerven geht.«

»Und das ist nicht hinhängen?«

»Na gut. Nenn es von mir aus, wie du willst. Aber es ist die Wahrheit.« Sie verdrehte genervt die Augen.

»Also haben wir beide ein Problem.«

»Ist das so?«

Mann, geht der mir auf die Nerven.

Ihr war klar, dass sie wegen seines Ausrastens den Dallingers gegenüber nicht gleich zu Hanna hätte laufen müssen, aber andererseits kam sie mit seiner cholerischen Art wirklich nur schwer zurecht. Schon seltsam. Gestern Abend beim Wodka war er so nett gewesen. Aber sobald es um ihren Fall gegangen war, hatte er sich um 180 Grad verändert. Womöglich wollte er alles besonders richtig machen. Aber das war noch lange kein Grund, die Zeugen und sie so aggressiv anzugehen.

»Ich glaub schon«, meinte er jetzt. »Dabei wollte ich diese Dallingers nur so hart anfassen, damit sie die Wahrheit sagen. Die sind schwere Alkoholiker. Die Mutter wie der Sohn. Solche Leute lügen notorisch.«

»Aber Richard hat ausgesagt, dass er zur Tatzeit im Bett lag. Seine Mutter sagt das Gleiche. Das müssen wir erst mal so hinnehmen.«

Sabrina setzte sich mit dem Telefon in der Hand an ihren großen Esstisch. Genau gegenüber dem Mittelalterbild, das sie neulich auf einer Auktion erstanden und gleich neben der Terrassentür aufgehängt hatte. Es zeigte einen Marktplatz und das Treiben darauf. Im Mittelpunkt wurde gerade eine junge gefesselte Frau zu einem Scheiterhaufen gebracht.

Wie sich die Dinge manchmal ändern konnten. Damals wurde eine wahrscheinlich unschuldige Frau von den Schergen der Inquisition verbrannt. Heute verbrannte irgendwer einen unschuldigen afrikanischen Pfarrer. Zumindest war bisher noch nicht ans Licht gekommen, dass er an irgendetwas die Schuld trug, was möglicherweise den Mord an ihm verursacht haben könnte.

»Wir sind doch nicht in einer Diktatur, wo man beliebig die Geständnisse aus den Leuten herauspressen darf«, fuhr sie fort.

»Na ja, stimmt schon. Hast ja irgendwie recht.« Ralfs Stimme klang lange nicht mehr so unnahbar wie zuvor.

Woher auf einmal die plötzliche Reue?

»Meinst du das ehrlich?«

»Ja.«

»Okay, na gut.« Sie freute sich. Eigentlich fand sie ihn immer noch ziemlich nett. Außerdem hatte er den knackigsten Hintern, den sie seit Langem bei einem Mann gesehen hatte.

»Wie geht es dir? Bist du fit?«, wechselte er unvermittelt das Thema.

»Passt schon. Wieso?« Sie zog neugierig die Brauen hoch.

»Ich dachte gerade, dass ich dich zur Versöhnung irgendwo zum Essen einladen könnte.«

Seine Stimme hatte auf einmal diesen ganz gewissen typischen schmeichlerischen südländischen Unterton von gestern Abend, gegen den sie sich einfach nicht wehren konnte. Auch jetzt nicht.

»Klingt nicht schlecht.«

Was bist du nur wieder mal konsequent, Sabrina. Bewundernswert.

»In einer Stunde in der Stadt?«, gurrte er.

»Okay«, gurrte sie zurück.

27

Sonntag, neun Uhr, Palling.

Hanna schlug verschlafen die Augen auf. Sie lag in ihrem großzügigen Dreizimmerappartement auf dem Hof ihrer Eltern, das diese vor Jahren extra für sie bauen ließen. Allerdings war sie dann auf Wunsch ihres Exmannes Paul in die Stadt gezogen, weil er die Landluft nicht vertrug, und schließlich dortgeblieben.

Die Wohnung war mit allem möglichen Schnickschnack wie Fußbodenheizung oder Kochstelle in der Mitte der großen Wohnküche eingerichtet. Ein wunderschönes Wohnzimmer mit Kamin gab es und eine Terrasse natürlich auch. Doch so schön es hier daheim war, so schön war es für Hanna auch, ihre eigene Unabhängigkeit zu haben. Vor allem jetzt mit ihren 39 Jahren. Da passte man sich nur ungern an längst Vergangenes an.

Gerade war sie von einem grässlichen Lärm geweckt worden. Jetzt herrschte Ruhe. Sie drehte sich stöhnend auf die Seite und schloss noch mal die Augen. Dachte an den Fall, den sie gestern übernommen hatten. Bemerkte, dass, außer dem krassen Rassismus einiger Bewohner von Niederöd, bisher noch nirgends ein eindeutiges Motiv zu finden gewesen war. Wie sollte man auf diese Weise einen Mörder finden? Völlig unmöglich.

Da war es wieder. Das Geräusch, das sie geweckt hatte.

Lautes Kindergeschrei vor ihrem Schlafzimmerfenster. Es konnte nur von Julias Schratzen, Charlotte und Hubert, stammen. Hannas eigentlich sehr geliebte Nichte und ihr nicht minder von ihr geliebter Neffe. Doch was zu viel Lärm war, war zu viel. Vor allem in aller Früh, nach einem so anstrengenden Tag wie gestern.

Wütend stapfte sie zum Fenster hinüber und riss es auf.

»Ruhe da draußen!«, brüllte sie. »Es ist verdammt noch mal Sonntag!«

»Entschuldige, Tante Hanna«, erwiderte Charlotte, die vernünftigere der beiden, kleinlaut. »Wir spielen woanders.«

»Das will ich auch hoffen, zefix!« Hanna knallte das Fenster zu, ging zu ihrem Bett zurück und ließ sich darauf sinken.

Nach der Essenseinladung bei Florian war sie gestern Nacht um halb zwölf angekommen und sofort eingeschlafen. Bevor sie ihn verlassen hatte, hatte er ihr angeboten, in einem seiner Luxuszimmer zu wohnen, bis die Bauarbeiten in ihrem Mietshaus in Traunstein beendet wären. Gratis natürlich. Sie hatte ihm vielmals für das großzügige Angebot gedankt und gemeint, dass sie vielleicht darauf zurückkomme, wenn es ihr bei ihrer Familie zu stressig würde. Im Moment sah es ganz danach aus. Sie hatte nichts gegen die Kinder. Im Gegenteil. Aber das ständige Geschrei und dann noch die laute Musik ihres Großvaters im Kuhstall, damit diese mehr Milch gaben, raubten ihr gerade den letzten Nerv.

»Was soll's? Steh ich halt auf«, sagte sie missgelaunt zu sich selbst.

Sie stieg erneut aus dem Bett, duschte, zog eine frische schwarze Garnitur an, trug ihren roten französischen Lieblingslippenstift auf und machte sich auf den

Weg ins Haupthaus hinüber, wo ihre Mutter Rosa sicher längst den Frühstückstisch gedeckt hatte.

»Was ist mit dem neuen Mordfall?«, empfing Rosa sie mit hellwachem Blick in der guten Stube.

»Lass mich doch erst mal einen Kaffee trinken«, murmelte Hanna. »Ich bin noch gar nicht wach. Charlotte und Hubert haben einen Heidenlärm unter meinem Fenster veranstaltet.«

»Dabei habe ich ihnen extra gesagt, dass sie auf der anderen Hofseite spielen sollen. Tut mir leid. Sie waren wohl neugierig auf ihre Tante.«

»Na ja. Ist schon gut.« Hanna schenkte sich Kaffee in eine große Tasse, gab Milch und Zucker dazu und rührte mit leerem Blick um.

Aber bleiben kann ich hier trotzdem nicht. Das ist mir alles zu eng.

Rosa beobachtete jede Bewegung ihrer Tochter ganz genau. Sie rutschte dabei unruhig auf ihrem Stuhl hin und her. Offensichtlich konnte sie ihre Neugier kaum bezähmen. Endlich wieder ein echter Mordfall, und sie steckte dank Hanna fast mittendrin.

»Nun red doch schon, Kind. Was genau ist passiert?«

»Es war wie in einem deiner Krimis, Mama. Ein neuer afrikanischer Pfarrer wurde anscheinend von irgendwelchen Einheimischen verbrannt, die keine Fremden in ihrem Dorf haben wollen.«

»Bist du sicher, dass es niemand anders war?«

»Wer denn?«

»Ein Andersgläubiger zum Beispiel. Einer von diesen Mohammedanern.«

»Du meinst ein Islamist?«

»Genau.« Rosa nickte. »Die wollen doch alle Christen umbringen, heißt es immer.«

»Und du meinst, dazu fahren die extra nach Niederöd in die letzte Pampa, um einen afrikanischen Pfarrer plattzumachen?« Hanna musste grinsen. Der Gedanke war wirklich zu absurd, um wahr zu sein.

»Warum nicht. Da kennt sie wenigstens keiner.« Rosa zuckte die Achseln.

»Ach, Mama. Sei froh, dass du meinen Job nicht machen musst.«

Hanna trank einen großen Schluck Kaffee, stellte die Tasse auf dem groben Holztisch ab und schmierte sich eine Honigsemmel.

Aber was, wenn sie recht hat? Wenn der oder die Täter gar nicht aus Niederöd kommen?

Vielleicht hatte Adofo Danso Feinde in Afrika oder sonst wo, die ihm bis nach Niederöd gefolgt waren. Verdammt. Von der Warte aus hatten sie die Sache noch gar nicht betrachtet.

Nachdem sie Hubert und Charlotte begrüßt, sich für ihren Anschnauzer entschuldigt und jedem von ihnen einen Zehneuroschein in die Hand gedrückt hatte, kehrte Hanna in ihr Appartement zurück. Dort rief sie Florian an, um ihm mitzuteilen, dass sie sein Angebot mit dem Übernachten gerne annehmen würde.

»Es geht hier irgendwie nicht«, sagte sie.

»Hast du Streit?«

»Nein, auf keinen Fall. Aber es ist so, es geht eben nicht.« Sie schüttelte unwillkürlich den Kopf. »Ich bin da irgendwie raus. Ein kurzer Besuch, immer gerne. Aber für länger, das pack ich einfach nicht.«

»Na, dann komm doch zu mir. Es wird ein First-Class-Aufenthalt. Du wirst es nicht bereuen.«

Sie merkte an seiner Stimme, dass er sich anscheinend sehr über ihre Anfrage freute.

»Also gut, dann komme ich heute Abend?« Wenn sie ganz ehrlich zu sich selbst war, freute sie sich auch. Nicht nur wegen des luxuriösen Zimmers und des guten Essens. Auch wegen ihm.

»Ganz, wie du willst, Hanna. Meine Tür steht immer für dich offen. Weißt du doch.«

»Danke, Florian.«

»Nichts zu danken. Aber jetzt muss ich leider Schluss machen. Die Engländer kommen gerade an. Servus.«

»Alles klar, bis dann.« Sie legte auf.

28

Sonntag, 12.15 Uhr, Polizeiinspektion Traunstein.

»So gut gelaunt heute?« Hanna sah Ralf überrascht an, der leise vor sich hin summend neben ihr in der kleinen, aber gemütlich mit dunklem Holz eingerichteten Kaffeeküche der Abteilung stand.

»Es geht mir gut, Chefin.« Er grinste. »Habe mir Ihre Ansprache gestern zu Herzen genommen und mich mit Sabrina versöhnt.«

»Tatsächlich?« Sie beäugte ihn misstrauisch, während sie sich einen Cappuccino einlaufen ließ. »Scheint gut gelaufen zu sein, die Versöhnung.«

»Allerdings. Es war sehr schön.« Ralf nickte mit einem breiten Lächeln.

»Schon gut.« Sie hob abwehrend die Hand. »So genau will ich es gar nicht wissen.«

»Geht klar«, meinte er leichthin. »Ich würde mir liebend gerne erneut die Dallingers vornehmen. Ganz höflich natürlich. Ich bin mir absolut sicher, dass die beiden gelogen haben.«

Nachdem Hanna ihre Tasse in die Hand genommen hatte, stellte er seine unter den Ausgießer der neuen Espressomaschine. Sabrina hatte sie erst letzte Woche über einen Bekannten günstiger bekommen und freigiebig, wie sie nun mal war, der Allgemeinheit gestiftet. Hanna wusste, wie jeder andere, dass sich die junge Kommissarin ihre Großzügigkeit locker leisten konnte. Die Hornsteiners waren nicht nur wohlhabend, sie waren reich. Etliche Hektar Land in der nächsten Umgebung gehörten ihnen, sowie drei Hotels und vier große Gasthäuser. Sabrinas Onkel Maximilian, der Bruder ihres Vaters, war noch dazu ein bedeutender Landrat in der Gegend. Und jetzt schien sie etwas mit dem Neuen angefangen zu haben. Na sauber.

»Lieber nicht, Herr Schneider.«

»Sie trauen mir also nicht?«

»Sagen wir mal so. Mein Vertrauen in Ihre diplomatischen Fähigkeiten muss erst noch ein wenig wachsen.« Sie kam nicht umhin, breit zu grinsen.

»Was kann ich tun, damit Sie anders über mich denken?«

»Machen Sie einfach eine Zeit lang Ihren Job bei uns. Zusammen mit den anderen. Dann werden wir schon sehen.« Hanna nickte ihm freundlich zu und ging in ihr Büro.

Sie würde später mit Rainer zu den Dallingers gehen. Mal sehen, ob sie mehr aus den beiden herausbekamen als Sabrina und Ralf gestern. Jetzt musste sie erst mal in ihrem Büro einiges aufarbeiten und ihr weiteres Vorgehen planen.

Eigentlich fand sie den Neuen ganz in Ordnung. Er würde sich über kurz oder lang sicher als nützlich erweisen und ins Team einfügen. Auch wenn er dabei gelegentlich eine kleine Nachhilfestunde brauchte.

29

Sonntag, 12.30 Uhr, Hannas Büro.

»Servus, Anton.« Hanna lächelte Polizeihauptmeister Anton Gruber freundlich an.

Sie mochte den alten Haudegen mit dem zerknitterten Gesicht. Jedes Mal, wenn sie ihn sah, wurde ihr warm ums Herz. Mit seiner ganzen unaufgeregten Art strahlte er etwas Beruhigendes aus. Wie ein uralter Baum im Wald.

»Servus, Hanna.« Er setzte sich ihr gegenüber auf den Besucherstuhl. »Ist Rainer gar nicht da?«

»Er kommt in einer halben Stunde. Ist noch zu Hause beim Essen.«

»Hat ihm seine Mutter etwas Feines gekocht?«

»Ich glaub schon. Was kann ich für dich tun?« Sie sah ihn erwartungsvoll an. Wusste, dass man ihn immer wieder mit sanftem Druck zwingen musste, auf den Punkt zu kommen. Sonst würden sie morgen noch so dasitzen und über Gott und die Welt reden.

»Gerhard und ich haben uns doch gestern in der Umgebung von Niederöd nach Verdächtigen umgesehen.«

»Weiß ich.« Sie nickte. »Du hast mir gestern nach dem Einsatz darüber berichtet.«

Hat er das etwa vergessen?

»Stimmt. Aber mir ist noch etwas dazu eingefallen.« Er räusperte sich umständlich.

»Das da wäre?«

Er setzte mehrmals zu einer Antwort an. Offenbar wusste er nicht, wie er anfangen sollte.

»Sprich dich aus, Anton. Wir sind unter uns.«

Mein Gott, warum dauert das nur immer so lange bei ihm?

»Ich glaube nicht, dass eine Verbindung zwischen German Breitwieser und dem Mord an dem afrikanischen Pfarrer besteht«, sagte er schließlich.

»Das hast du gestern auch schon gesagt.«

Leidet er an beginnender Demenz? Ich muss weiterarbeiten, guter Mann. Wenn er nicht so nett wäre, würde ich ihn glatt rausschmeißen.

»Da war ich mir noch nicht ganz sicher. Jetzt bin ich es.«

»Und warum auf einmal?«

»Er will die Menschheit vor den Aliens retten. So einer bringt keinen anderen Menschen um. Selbst wenn er einen sauberen Hau weghat. Das ist mir heute Morgen beim Frühstück klar geworden.«

»Klingt logisch.« Hanna nickte erneut. »Obwohl einer, der an Aliens glaubt, eigentlich prinzipiell verdächtig ist.«

»Gerhard ist übrigens derselben Meinung wie ich.«

»Na dann.« Sie trommelte ungeduldig mit den Fingern auf ihrem Schreibtisch herum. Was Gerhard Bacher dachte, interessierte sie ehrlich gesagt nicht im Geringsten. Sie wusste, dass er unfassbar unintelligent war. Ein reines Wunder, dass er es mit seinem IQ auf Meereshöhe überhaupt zum Streifenpolizisten gebracht hatte. »Sehr gut, Anton.«

»Das wollte ich dir nur gesagt haben. Es hat quasi auf der Seele gedrückt.« Er lächelte erleichtert. »Sein Nachbar, der Milchbauer Moser hatte übrigens ein glaubwürdiges Alibi für die Mordnacht.« Er zog in aller Seelenruhe ein blütenweißes Stofftaschentuch aus seiner Hosentasche und schnäuzte kräftig hinein. »Scheiß Schnupftabak«, kommentierte er die Aktion abschließend und verzog angewidert das Gesicht. »Die neue Sorte sticht in der Nase wie Tausend Nadeln. Nächstes Mal kauf ich wieder die alte.«

»Umso besser für ihn, wenn er ein Alibi hat, der Moser.« Hanna empfand gerade nicht das geringste Bedürfnis über Schnupftabak oder Schmalzler, wie man hier in Bayern sagte, zu reden. Also ging sie erst gar nicht darauf ein.

»Er war gar nicht zu Hause. Befindet sich seit Freitag am Gardasee. Kommt erst morgen zurück.«

»Wer kümmert sich solange um seine Kühe?«

»Seine Frau. Er macht Männerwochenende mit Freunden. Da geht es bestimmt sehr feuchtfröhlich zu.« Anton lachte kurz.

»Das wäre auch was für dich, was?« Hanna lachte ebenfalls.

»Na ja, schon.« Anton errötete ein wenig. »Ein Junggeselle hat immer gerne nette Gesellschaft um sich herum. Männliche oder weibliche ist ganz egal.«

»Danke auf jeden Fall für den Bericht, Anton.« Sie erhob sich von ihrem Platz, um ihm anzudeuten, dass das Gespräch hiermit für sie beendet war. Nette Gesellschaft hin oder her. Sie hatte einen Mörder zu schnappen. Das war im Moment wichtiger als alles andere.

»Gerne. Bin auch schon wieder weg. Wie ich sehe, hast du jede Menge Arbeit auf dem Tisch.«

»Alles klar. Wir sehen uns nachher bei der Einsatzbesprechung. 13.30 Uhr bei mir im Büro.«

»Gerhard und ich sind pünktlich da, Hanna. Bis dann.« Er schlurfte gemächlich zur Tür hinaus.

Er ist einfach ein herzensguter Mensch. Allein, wie er zu dem geistigen Tiefflieger Gerhard hält. Mich würde der Kerl als Kollege wahnsinnig machen.

30

Kurz nachdem Anton gegangen war, kam Sabrina in Hannas Büro. Ihre Bluejeans und das weiße Sakko standen ihr wie immer hervorragend. Sie strahlte über das ganze Gesicht.

»Na, ausgeschlafen?« Hanna schüttelte unmerklich den Kopf. »Muss ja eine heiße Nacht gewesen sein.«

Schon wieder ist sie eine Stunde zu spät. Wir hatten doch zwölf Uhr ausgemacht. Die lernt es nie, die Madame von Gottes Gnaden. Na gut. Es ist Sonntag. Außerdem ist sie offensichtlich in den Neuen verknallt, so wie sie grinst. Wollen wir mal nicht so sein.

»Das war es auch. Ralf und ich haben uns versöhnt.«

»Das habe ich bereits vernommen. Vergesst mir nur die Arbeit nicht bei eurem Geturtel.« Hanna grinste.

»Außerdem bin ich seit Stunden wach.« Sabrina lachte unbekümmert. »Rate mal, wo ich die ganze Zeit über war.«

»Ratespiele können wir bei Geburtstagsfeiern oder Jubiläen veranstalten. Wie oft muss ich das eigentlich noch sagen?« Hanna hörte auf zu grinsen. Ihre angeborene Ungeduld verbot es ihr seit eh und je, Verzögerungstaktiken, egal welcher Art, hinzunehmen. Sie besaß diesbezüglich eine sehr niedrige Toleranzschwelle. An und für sich wusste das jeder in der Mordkommission. Nur Sabrina schien es immer wieder zu vergessen.

»Ist ja gut. Haben wir wieder mal unsere Tage, Chefin?«

»Nein.« Hanna sah sie einfach nur erwartungsvoll an.

»Okay, okay. Also gut, ich war in Niederöd im Alten Wirt beim Frühschoppen.« Sabrina setzte sich unaufgefordert auf den Besucherstuhl vor Hannas Schreibtisch.

»So früh am Tag? Sauber.«

»Nicht, wie du schon wieder denkst. Ich trinke morgens noch nicht.« Sabrinas Tonfall klang schnippisch. »Ich wollte mich dort wegen dem Mord am Pfarrer umhören.«

»Da schau her. So ganz auf eigene Faust?«

»Du bemängelst doch immer mein fehlendes Engagement. Da dachte ich, heute mache ich mal alles richtig.«

»Aha.« Hanna ging nicht weiter darauf ein. Sie hatte keine Lust, sich auf ein Streitgespräch mit ihrer naseweisen Untergebenen einzulassen. Es würde nur in lautem Geschrei enden, wie so oft.

»Willst du gar nicht wissen, was ich herausgefunden habe?«

»Doch natürlich.«

»Vor drei Tagen hat es dort im Alten Wirt angeblich

einen Streit zwischen einem Anlageberater vom Ort und Adofo Danso gegeben.«

»Weißt du den Namen des Mannes?«

»Martin Helmbrecht heißt er. Er ist nicht sehr beliebt bei den Einwohnern. Er wäre ein windiger Kerl aus der Stadt und hielte sich für etwas Besseres, meinten die am Stammtisch. Na was sagst du?« Sabrina setzte ein triumphierendes Lächeln auf.

»Aus der Stadt?«, fragte Hanna, ohne eine Miene zu verziehen.

»München.«

»Was will ein afrikanischer Pfarrer, der erst seit Kurzem in Niederöd ist, von einem Anlageberater?«

»Das habe ich die Stammgäste auch gefragt.«

»Und?«

»Adofo Danso schien kein armer Mann zu sein. Er war wohl ein Häuptlingssohn oder so etwas bei sich zu Hause in Ghana.«

»Und er wollte Geld von dort unten hier bei uns anlegen?«

»So sieht es aus, Chefin.« Sabrina nickte. »Genauer gesagt bei Martin Helmbrecht.«

»Um was genau ging es in dem Streit?«

»Der Pfarrer hatte Helmbrecht vor drei Tagen im Alten Wirt vor allen Anwesenden lauthals als Betrüger beschimpft.«

»Warum das?«

»Das konnten die vom Stammtisch mir nicht sagen, obwohl ich zwei Runden Schnaps spendiert habe.«

»So viel zum Thema ›kein Alkohol am Morgen‹.« Hanna schüttelte vorwurfsvoll den Kopf.

»Sie haben getrunken, ich nicht.« Sabrina sprang empört auf. Sie wurde laut. »Langsam darfst du aufhören, so ekelhaft zu sein. Ich dachte, du freust dich über einen neuen Verdächtigen.«

»Ich freue mich auch. Wie verrückt, Sabrina.« Hanna grinste höhnisch. »Danke, dass du deine Arbeit gemacht hast. Wir sehen uns um 13.30 Uhr bei mir zur Einsatzbesprechung.«

»Leck mich doch, Hanna. Dir ist einfach nicht zu helfen.« Sabrina machte auf dem Absatz kehrt und stürmte wutentbrannt zum Zimmer hinaus.

»Gute Arbeit, Frau Hornsteiner!«, rief ihr Hanna nach.

Sei gefälligst nicht so empfindlich, verwöhnte Zicke.

»Na gut. Nächstes Mal bin ich netter zu ihr«, murmelte sie leise. »Aber nur vielleicht. Wenn ich gut gelaunt bin.«

31

Sabrina stürmte wütend in ihr gemeinsames Büro mit Ralf. Als sie mehr als schwungvoll die Tür hinter sich zuschlug, schaute er erschrocken vom Bildschirm seines Computers auf.

»Hey, Prinzessin, guten Morgen. Wie geht's?«, begrüßte er sie freudig lächelnd.

»Vorhin ging's mir noch gut. Dann war ich bei Hanna im Büro.« Sie warf ihr Sakko achtlos auf das Fensterbrett und setzte sich mit düsterer Miene an ihren Schreibtisch, der dem von Ralf direkt gegenüberstand.

»Was ist passiert?« Er sah sie neugierig an.

»Sie kann so eine blöde Zicke sein.« Sie raufte sich generv t die Haare. Schnappte sich einen Stoß Akten und warf ihn krachend auf den Tisch.

»Die Chefin?«

»Ja.«

»Stimmt.« Er nickte wissend. »Ist mir auch schon aufgefallen.«

»Da präsentiert man ihr einen Verdächtigen, der vielleicht sogar der Täter ist, und sie labert einen nur blöd an.« Sie schnaubte zornig. »Nicht zu fassen. Irgendwann beschwere ich mich an höherer Stelle über sie. Dann kann sie sehen, wo sie bleibt.«

»Lass dich von ihr nicht nerven. Du bist viel hübscher als sie.« Er grinste eindeutig zweideutig.

»Meinst du?« Ihre Stimme klang schlagartig versöhnlicher.

»Absolut.«

»Warte mal.« Sie stand auf, stakste breit grinsend um die Tische herum zu ihm hinüber, setzte sich auf seinen Schoss und küsste ihn.

»Aber wenn uns jemand sieht«, protestierte er, sobald er wieder Luft bekam. »Ich bin hier sowieso nicht sonderlich beliebt.«

»Ist mir so was von egal. Schön war es letzte Nacht.«

»Finde ich auch.« Er strich ihr zärtlich über die Wange. »Nichtsdestotrotz sind wir hier, um zu arbeiten. Stell dir vor, die Chefin kommt rein. Dann hat sie auch noch einen offiziellen Grund, uns zusammenzufalten.«

»Ich weiß.« Sie setzte sich auf ihren Platz. »Ich war übrigens im Alten Wirt und habe dort einen Verdächtigen herausgefunden.«

»Super. Wen?«

»Einen Anlageberater, der mit unserem Opfer Streit hatte.«

»Klingt vielversprechend.« Er schenkte ihr ein verliebtes Lächeln. »Ich war aber auch nicht untätig.«

»Lass hören.« Sie straffte gespannt ihren Oberkörper.

»Die Meldestelle meint, dass Peter Anger ein uneheliches Kind ist. Vater unbekannt.«

»Und?«

»Keine Ahnung.« Er zuckte die Achseln. »Seine Mutter war seit langer Zeit die Pfarrersköchin, und er ist unehelich. Da könnte es doch einen Zusammenhang geben.«

»Wer war der vorherige Pfarrer?«

»Ein Bayer, Ignatius Schöttler.«

»Und bei dem war sie auch Pfarrersköchin?«

»So ist es.« Er hob bedeutungsvoll die Brauen. »Vor 17 Jahren fing sie bei ihm in der Pfarrei an.«

»Und Peter Anger ist 16.«

»Eben.«

»Das muss nichts heißen. Sein Vater kann sonst wer sein.«

»Stimmt.« Er nickte. »Mir ist es nur aufgefallen.«

»Arbeiten die von der Meldestelle denn am Sonntag?«

»Nein, aber wir haben Zugang zu den Daten.«

»Aber doch nur auf Anfrage.« Sie schüttelte irritiert den Kopf.

»Ich nicht.« Er machte ein geheimnisvolles Gesicht.

»Geheimdienst, richtig?« Sie lachte.

»Ein guter Freund an der richtigen Stelle trifft es eher.«

»Das sind die besten Freunde, die man haben kann.«

»Weise Worte aus einem wunderschönen Mund.«

Sie stand erneut auf und eilte lachend zu ihm hinüber.

32

Sonntag, 13.30 Uhr, Polizeiinspektion Traunstein.

»Ich sehe, es sind alle da.« Hanna stellte sich in die Mitte ihres Büros, damit sie jeder sehen und hören konnte. Das allgegenwärtige Gemurmel verstummte schlagartig. »Dann möchte ich mich zunächst einmal bei Sabrina Hornsteiner bedanken, die vorhin schon im Alten Wirt in Niederöd war und einen neuen vielversprechenden Verdächtigen herausgefunden hat. Es handelt sich um einen Anlageberater namens Martin Helmbrecht.«

»Passt schon. Ich mach nur meinen Job.« Sabrina winkte leicht errötend ab.

»Gut gemacht, Sabrina«, sagte Ralf laut, sodass es jeder hören konnte. Es fehlte nur noch, dass er begeistert applaudierte.

Sie warf ihm einen dankbaren und zugleich sehr verliebten Blick zu.

»Rainer und ich werden der neuen Spur nachher selbst nachgehen und uns diesen Helmbrecht sehr genau vorknöpfen«, sagte Hanna. »Für die, die es noch nicht wissen: Er ist ein Anlageberater, der vor wenigen Tagen Streit mit dem Opfer hatte. Es wäre schön, wenn du und Hauptkommissar Schneider im Revier bleiben könntet, um den Einsatz gemeinsam zu koordinieren, Sabrina.«

Sie hat sich ein wenig Ruhe verdient.

»Machen wir.« Sabrina nickte. »Obwohl ich ehrlich gesagt lieber mit euch draußen wäre.«

»Wir holen euch dazu, wenn es erforderlich wird, okay?«

Manchen kannst du es einfach nie recht machen.

»Geht klar, Chefin.«

»Das wäre also geklärt.« Hanna räusperte sich. »Weiter geht es mit den Ergebnissen der Gerichtsmedizin. Unser Dr. Breier hat seinen Bericht gemailt.«

»Was steht drin?«, fragte Rainer ungeduldig.

»Moment«, ermahnte ihn Hanna, die kurz in ihren Ausdrucken nachlesen musste, was sie sagen wollte. »Also, es ist so, dass der Pfarrer eindeutig geschlafen haben musste, als er verbrannte. Keine direkte Gewalteinwirkung. Er hatte sehr schnell eine tödliche Rauchvergiftung erlitten und war erst gar nicht mehr aufgewacht. Danach ist er verbrannt.«

»Also ein schmerzloser Tod«, meinte Sabrina.

»Offenkundig, aber deswegen natürlich nicht weniger grausam.« Hanna räusperte sich. »Der Täter war augenscheinlich ein Feigling, der vor einer körperlichen Auseinandersetzung zurückschreckte, oder er war ihm körperlich unterlegen.«

»Könnte es eine Frau gewesen sein?«, fragte Anton.

»Durchaus.« Sie nickte. »Oder ein Jugendlicher oder Schreibtischtäter, der nicht viel Kraft, aber dafür jede Menge kriminelle Energie hat.«

»Ich sage euch nur, schaut euch diesen Helmbrecht ganz genau an.« Ralf trat unruhig von einem Bein auf das andere. Er sah dabei aus wie ein Rennpferd an der Start- und Ziellinie kurz vor dem Startschuss.

»Sicher«, erwiderte Hanna. »Wir machen das Ganze nicht erst seit gestern.«

Kleiner Klugscheißer! Pass du lieber auf, dass du dich anständig aufführst.

»Anton und Gerhard«, fuhr sie an die beiden Streifenpolizisten gewandt fort. »Bitte nehmt euch die Bewohner von Niederöd um die Kirche herum vor. Irgendwer muss doch etwas gesehen oder gehört haben.«

»Wird gemacht.« Anton legte lässig die Hand an seine Dienstmütze.

»Nehmt die Leute ruhig hart ran. Wir brauchen Ergebnisse. Morgen kommt unser neuer Chef, und der Bürgermeister sitzt mir im Genick. Andauernd nervt er mich mit seinen Anrufen.« Hanna verdrehte die Augen.

»Am Sonntag? Da sitzt er doch nach der Kirche immer im Wirtshaus und säuft«, warf Sabrina ein. »Der soll sich lieber mal um den neuen Kindergarten kümmern, den mein Onkel längst bezahlt hat. Da hat er mehr als genug zu tun.«

»Da kann ich dir nur recht geben, Sabrina.« Hanna lächelte flüchtig. »Aber Bürokrat bleibt nun mal Bürokrat. Vor allem bei uns im Rathaus, wie alle hier wissen.«

Sie spielte dabei auf die zahllosen Steine an, die ihnen bei diversen Ermittlungen von den Stadtvätern bereits in den Weg geworfen wurden. Vor allem, wenn einer von ihnen oder ihren Spezeln selbst Dreck am Stecken hatte, was nicht selten vorkam.

»Dieser Peter Anger, der Sohn der Pfarrersfrau«, meldete sich Ralf zu Wort.

»Was ist mit ihm?« Hanna sah ihn erwartungsvoll an.

»Er ist ein uneheliches Kind. Vater unbekannt.«

»Gut zu wissen. Woher haben wir das?«

»Internetrecherche.«

»Aha. Sehr gut, Herr Schneider.« Sie nickte.

»Vielleicht war sein Vater eifersüchtig auf den afrikanischen Pfarrer, weil Heiderose Anger so eng mit ihm zusammenarbeitete«, gab Sabrina zu bedenken. »Wäre ja möglich. Ein typisches Motiv und wahrlich kein schlechtes. Man müsste dann nur noch herausfinden, wer der Vater war.«

»Sehr gut, Sabrina. Rainer und ich schauen bei Frau Anger vorbei und versuchen diesbezüglich Licht ins Dunkel zu bringen. Gibt es sonst noch Fragen oder Anmerkungen?« Hanna blickte abwartend in die Runde.

Stummes Kopfschütteln.

»Na gut. Dann geht's los. Viel Erfolg, Herrschaften.«

Jetzt übertreibst du es aber fast mit deiner positiven Motivationsweise. Schalt mal wieder einen Gang zurück.

33

Martin Helmbrechts Villa am Ortsrand von Niederöd war beeindruckend anzusehen. Ein ausgedehnter Flachbau mit Erkern und großen Panoramafenstern, in einem kleinen Waldstück am Rande einer Lichtung gelegen.

Hanna ging durch den lang gestreckten Vorgarten bis zur Haustür und klingelte. Rainer folgte ihr in sein Handy vertieft. Sie waren in seinem Dienstwagen unterwegs. Wie meistens, wenn sie zusammen irgendwohin mussten. Er hielt ihre rüde Fahrweise nicht aus, und sie war im Gegenzug froh, wenn sie nicht am Steuer sitzen musste. Nicht, dass sie generell nicht gerne Auto gefahren wäre. Aber wenn sie an einem Fall arbeiteten, hatte sie so schon genug Stress, und sie genoss es, sich nicht auch noch auf den Verkehr konzentrieren zu müssen.

»Was kann ich für Sie tun?« Ein kleiner Mann mit Glatze, Hornbrille und Bierbauch unter dem dunkelblauen Jackett öffnete ihnen. Er sah neugierig zu ihnen hinauf.

Hanna fiel auf, dass er leicht schielte.

»Kripo Traunstein, Herr Helmbrecht. Ich bin Hauptkommissarin Schmiedinger. Der Herr neben mir ist Hauptkommissar Talgruber. Wir hätten einige Fragen an Sie. Dürfen wir hereinkommen?«

»Na gut, wie Sie wollen.« Er ließ sie an sich vorbei in den Hausflur eintreten. »Immer geradeaus, dann kommen Sie direkt ins Wohnzimmer.«

»Wo waren Sie in der Nacht von Freitag auf Samstag, Herr Helmbrecht?« Hanna sah ihn neugierig an, als sie zu dritt im Wohnzimmer standen, das von der Größe her mehr an eine Lagerhalle als an einen Wohnraum erinnerte. Durch die großen Panoramafenster sah man nichts als Wälder und Hügel.

»Worum geht es denn überhaupt?«, erwiderte er. »Setzen Sie sich doch.« Er zeigte auf die helle Sitzgarnitur mit Blümchenmuster links von ihnen. »Darf ich Ihnen einen Kaffee anbieten?«

»Nein, danke. Mir jedenfalls nicht.« Hanna schüttelte den Kopf, während sie und Rainer Platz nahmen, der ebenfalls verneinte. »Sie wissen, dass der neue afrikanische Pfarrer im Ort tot ist?«, fuhr Hanna fort.

»Adofo Danso?« Er sah sie erschrocken an. Wurde schlagartig blass um die Nasenspitze.

»Genau der.« Sie nickte.

»Um Gottes willen. Das ist ja schrecklich.« Martin setzte sich wie in Zeitlupe zu ihnen. Die Nachricht schien ihn unvorbereitet zu treffen. »Was ist passiert?«

»Herr Danso wurde ermordet. Er verbrannte vorletzte Nacht mitsamt dem ganzen Pfarrhaus. Wir vermuten Brandstiftung.«

»Was? Aber wie …?« Martin war bleich wie die Wand hinter ihm. Er zitterte. »Aber wieso? Das ist doch gar nicht möglich.«

»Also, wo waren Sie vorgestern Nacht?«

Entweder er ist ein perfekter Schauspieler oder wirklich geschockt.

»Sie glauben doch nicht, dass ich etwas damit zu tun habe?«

»Wir müssen jeden fragen, der mit Herrn Danso näher zu tun hatte.« Hanna ließ sich nicht anmerken, was sie glaubte oder nicht. Jahrelang hatte sie diesen neutralen Gesichtsausdruck geübt, der die meisten Verdächtigen mehr verunsicherte als ein drohender oder unfreundlicher Blick.

»Ich war von Freitag in der Früh bis heute Vormittag in München auf einem Wochenendseminar«, stammelte er hektisch. »Neue Anlagemodelle in Asien. Es geht um Wasser und Solarenergie.«

»Gibt es Zeugen dafür?«

»Ich war alleine dort.« Er blickte irritiert von einem zum anderen. »Aber die anderen Teilnehmer und die Damen vom Empfang sollten mich wiedererkennen. Wieso fragen Sie das denn alles um Himmels willen?«

»Uns ist zu Ohren gekommen, dass Sie kürzlich einen öffentlichen Streit mit Herrn Danso hatten.« Hannas Gesicht blieb unbeweglich.

»Wo soll das gewesen sein?«

»Im Alten Wirt. Es gibt Zeugen.«

»Ach das. Das war kein Streit.« Martin schüttelte heftig den Kopf. »Wir hatten eine kleine Auseinandersetzung wegen einem fehlgeschlagenen Anlagemodell. Mehr war da nicht.«

»Stimmt es, dass Herr Danso Sie dabei als Betrüger bezeichnete?«

»Wer sagt das?«

»Die Zeugen.«

»Ich kann mich an so was nicht erinnern.« Er betrachtete einen Moment lang seine Schuhspitzen. Dann hob er seinen Blick wieder.

»Tatsächlich nicht?« Hanna sah ihm misstrauisch direkt in die Augen.

Sie bemerkte die kleinen Schweißperlen auf seiner Stirn, die einer Lüge, aber ebenso gut den hohen Temperaturen im Haus geschuldet sein mochten. Er hatte echt verdammt gut eingeheizt, der Herr Anlageberater. Andere bezahlten viel Geld für den Einbau einer Sauna. Er schien sich den Effekt im ganzen Haus zu gönnen.

»Wir hatten eine kleine Auseinandersetzung. Das gebe ich gerne zu, Frau Schmiedinger. Aber es war nichts Besonderes. Das schwöre ich Ihnen.« Seine Stimme klang unsicher. Sein rechtes Augenlid begann unkontrolliert zu zucken.

»Worum ging es dabei?«

Ist er einfach nur aufgeregt, weil wir ihm gerade auf den Pelz rücken, oder hat er Angst, dass wir etwas Schlimmes herausfinden, was wir nicht herausfinden sollen?

»Da ist eine Kleinigkeit schiefgelaufen mit einem der Aktienfonds, in den Herr Danso auf mein Anraten hin eingezahlt hatte.« Er winkte ab.

»Um wie viel Geld ging es?«

»Unerheblich.«

»Wie viel war es genau?« Hanna wusste, dass sie nicht lockerlassen durfte. Meistens kam die Wahrheit nur auf Druck ans Licht.

»200.000 Euro«, murmelte er.

»Das nennen Sie unerheblich?« Ihr Mund blieb vor Staunen offen stehen.

»Verglichen mit Herrn Dansos gesamtem Vermögen war das gar nichts.« Martin errötete.

»Wie hoch war das denn?«

Ob er wohl die Wahrheit sagt?

»Darf ich Ihnen nicht verraten.« Er schüttelte entschieden den Kopf.

»Dürfen Sie schon, wenn Sie damit helfen, den Mord an Herrn Danso aufzuklären.«

»Sicher?« Er schaute fragend von einem zum anderen.

»Sicher.« Hanna nickte.

»Na gut. Wie Sie meinen. Ich weiß nur, dass er auf seinem hiesigen Bankkonto zwei Millionen Euro liegen hatte. Zumindest sagte er das.«

»Das ist nicht gerade wenig.« Sie runzelte überrascht die Stirn. »Ein vielversprechender Kunde für Sie, stimmt's?«

Er scheint tatsächlich ein Häuptlingssohn gewesen zu sein. So viel Geld hat ein normaler Pfarrer normalerweise bestimmt nicht in seinem Besitz. Oder verdienen die so gut? Kann ich mir gar nicht vorstellen.

»Stimmt. Allein schon deswegen hätte ich ihm nie etwas angetan.« Martin schien seine innere Anspannung auf einmal nicht mehr auszuhalten. Er stand auf und lief planlos im Zimmer umher. »Da wäre ich ja ganz schön blöd.«

»Die anderen Dorfbewohner scheinen Sie nicht besonders zu mögen.« Hanna setzte wieder ihr neutrales Gesicht auf. »Man munkelt allgemein, dass Sie es mit der Wahrheit nicht so genau nehmen und die Leute schon mal ordentlich über den Tisch ziehen.«

»Das sind doch alles nur provinzielle Neider. Die hätten am liebsten selbst gerne mein ganzes Geld.« Er errötete.

»Und sie mögen Sie nicht.«

Er scheint sich irgendwie zu schämen. Warum nur?

»Keine Ahnung, warum. Ich ziehe jedenfalls keinen einzigen meiner Kunden über den Tisch. Im Gegenteil.

Ich verhelfe den Leuten zu mehr Geld. Das ist nichts Unanständiges. Dem Pfarrer habe ich schon gar nichts getan. Ich verbrenne doch meine besten Kunden nicht. Da wär ich ja ein super Geschäftsmann.« Martin tippte sich mit dem Zeigefinger gegen die Stirn.

»Solange sich alles im gesetzlichen Rahmen bewegt, gibt es nichts dagegen zu sagen.« Hannas Stimme klang unaufgeregt.

»Kümmern Sie sich lieber mal um diesen alten Nazi, Xaver Schwarzer, den Wirt vom Alten Wirt«, fuhr er aufgebracht fort. »Der hat den Herrn Danso nicht nur einmal hinter seinem Rücken als scheiß Afrikapfarrer beschimpft. Er hat Herrn Danso auch nur in seinem Lokal geduldet, weil er sich dort mit dem Lehrer und dem Dr. Vollmer traf. In der Kirche war er nicht mehr, seit der neue Pfarrer sein Amt übernommen hatte.«

»Das hatten wir ohnehin vor.« Sie erhob sich. »Bitte schreiben Sie mir kurz die Daten der Veranstaltung in München auf, dann sind Sie uns wieder los. Für heute zumindest.«

»Genau«, meldete sich Rainer zu Wort, um sich gleich darauf wieder in das Display seines Smartphones zu vertiefen.

Sein Handy-Tick wird immer schlimmer. Irgendwann werde ich demnächst mal ein ernstes Wort mit ihm reden müssen.

»Ich hab was Besseres. Hier ist der Prospekt der Veranstaltung.« Martin drückte ihr eine aufwendig gestaltete Glanzpapierbroschüre in die Hand. »Rufen Sie einfach den Veranstalter an.«

»Wir werden Ihre Aussage natürlich überprüfen.«

»Na klar. Tun Sie, was Sie nicht lassen können.«

Martin brachte Hanna und Rainer zur Tür. Dort verabschiedete er sich höflich von ihnen.

»Glaubst du ihm?«, fragte Rainer, als sie auf der anderen Straßenseite in seinen Dienstwagen stiegen.

»Weiß nicht so recht.« Hanna schüttelte langsam den Kopf. »Diese Kerle lügen doch schon rein berufsmäßig.«

»Zwei Millionen sind eine Menge Holz. Was, wenn unserem Opfer jemand, der Bescheid darüber wusste, deswegen aus Afrika gefolgt ist.« Er ließ den Motor an.

»Möglich. Genauso gut kann aber jemand aus der Bank etwas darüber ausgeplaudert haben.« Sie schnallte sich an. »Wir müssen die Bankangestellten auf jeden Fall in die Ermittlungen einbeziehen.«

»Und ihre Bekannten.«

»Es könnte auch so gewesen sein: Adofo Danso hob kürzlich eine größere Summe Bargeld ab. Jemandem ist das zu Ohren gekommen. Derjenige hat ihn ausgeraubt und anschließend verbrannt.«

»Warum sollte der Dieb ihn umbringen? Wer schlachtet schon die Kuh, die ihn ernährt? Vielleicht wäre später ja noch mehr bei dem Pfarrer zu holen.« Rainer bog nach rechts in die Hauptstraße ein.

»Der Pfarrer hat ihn beim Stehlen erwischt. Ein Streit. Es wurde ungemütlich.«

»Aber es gab keine Kampfspuren am Leichnam, sagt unser Dr. Breier.«

»Auch wieder wahr.«

»Langsam wird es unübersichtlich.« Er fuhr los.

»Langsam?« Hanna lehnte sich nachdenklich in ihrem Sitz zurück.

34

»Sabrina?«

»Ja, Hanna. Was gibt's?«

»Ihr müsst uns jetzt doch vor Ort unterstützen. Wir sind gerade unterwegs zu den Dallingers und dann noch zu Frau Anger. Bitte fahr solange mit Herrn Schneider in den Alten Wirt in Niederöd und quetscht dort eingehend diesen Xaver Schwarzer aus. Er soll über das Opfer hergezogen haben und ein ortsbekannter Rassist und Nazi sein.«

»Woher weißt du das?«

»Ist das wichtig?«

»Keine Ahnung. Ist es geheim?«

»Also gut. Martin Helmbrecht hat es behauptet.«

Das darf sie doch fragen. Sei nicht albern.

»Okay. Gerne, Hanna. Rassisten und Nazis sind meine Lieblingsverdächtigen. Weißt du ja. Außerdem ist es hier im Büro stinklangweilig. Du bist die Erste überhaupt, die anruft, seit alle weg sind.«

»Dann passt es ja. Bis später.«

»Alles klar, Chefin.«

Hanna legte auf.

Du musst selbst auch nicht immer so zickig sein, Madame. Sie macht doch eh meistens, was du willst.

»Da drüben muss es sein, Rainer.« Sie zeigte auf das unscheinbare Reiheneckhaus auf der gegenüberliegenden Straßenseite. Kein angelegter Garten. Nur eine kleine ungemähte Wiese vor dem Haus. Ein Apfelbaum darauf. Ein Kirschbaum links davon. Das war's.

»Ich stell den Wagen gleich hier ab«, meinte er.

Sie stiegen aus, gingen zum Haus und läuteten.

»Ja, bitte?« Die Frau, die ihnen öffnete, musterte sie mit einem glasigen Blick. Sie schwankte dabei hin und her wie ein dünner Baum im Wind. In der linken Hand hielt sie eine halb geleerte Weinflasche. Ganz offensichtlich war sie betrunken. Ziemlich betrunken.

»Frau Dallinger?«

»Stimmt, ich bin die Brigitte. Wer seid ihr zwei Hübschen?«

»Kripo Traunstein. Ich bin Hauptkommissarin Schmiedinger. Das hier ist mein Kollege, Hauptkommissar Talgruber.« Hanna zeigte auf Rainer, der seine Nase erneut in sein Smartphone gesteckt hatte. »Wir hätten da noch Fragen an Sie und Ihren Sohn wegen dem verbrannten Pfarrer. Dürfen wir reinkommen?«

»Hauptkommissarin, Hauptkommissar. Ganz schön viel Haupt«, lallte Brigitte. Sie grinste schielend und lehnte sich umständlich gegen den Türstock. »Aber wart ihr nicht schon mal hier?«

»Das waren unsere Kollegen.«

»Da war ein ganz unfreundlicher Kerl dabei.«

»Deswegen sind wir jetzt hier. Damit das nicht noch mal vorkommt.« Hanna lächelte verbindlich.

»Aha.« Brigitte blickte misstrauisch von einem zum anderen.

»Ist Ihr Sohn Richard zu Hause?«

Das hat keinen Sinn mit der. Die ist hackedicht. Sollte sich in Lallinger umtaufen lassen.

»Nein.« Brigitte schüttelte den Kopf.

Dabei rutschte sie vom Türstock ab, verlor das Gleichgewicht und fiel mit einem lauten Schreckensschrei direkt in Rainers Arme. Die Weinflasche flog ihr währenddessen aus der Hand und landete drei Meter entfernt im Garten.

Rainer versuchte sie aufzufangen, bekam sie aber wegen seines Smartphones in der Rechten nicht richtig zu fassen und stürzte mir ihr gemeinsam zu Boden.

Er landete als Erster. Auf seinem Rücken. Sie kam gleich darauf mit ihrem Bauch auf seinem Bauch zu liegen. Er stöhnte laut unter ihrem Gewicht. Sein sündhaftteures Handy hielt er nach wie vor in der nach oben gestreckten Hand. Es hatte keinen Kratzer abbekommen.

»Alles gut?« Hanna beugte sich kopfschüttelnd zu den beiden hinunter. »Jemand verletzt?«

»Hilf ihr schnell auf, Hanna. Bevor sie mich zerquetscht.« Rainer verzog schmerzerfüllt das Gesicht. Ihre riesigen Brüste klemmten ihm den Hals ab. Sein Kopf lief vor Atemnot dunkelrot an.

»Okay.« Hanna packte Brigittes Arme und zerrte sie hoch.

Im Stehen angelangt, lehnte sich die übergewichtige Trinkerin schwungvoll bei ihr an und riss sie nun ebenfalls mit sich zu Boden. Allerdings rollte sich Hanna, im Gegensatz zu Rainer, gleich nach ihrer Landung geschickt nach hinten ab und stand danach sofort wieder aufrecht. Das wöchentliche Nahkampftraining in der Polizeisporthalle hatte sich wieder einmal bezahlt gemacht.

Brigitte plumpste, während all das geschah, wie ein riesiger Sack Mehl auf die Stelle am Boden, von der Hanna gerade so blitzartig aufgestanden war. Sie blieb regungslos liegen.

Niemand sprach für einen Moment lang. Niemand bewegte sich.

Kurz darauf kehrte das Leben zuerst in Hanna zurück. Sie zog und zupfte an Brigitte herum, bis es ihr schließlich mit Rainers Hilfe gelang, sie erneut in die Senkrechte zu hieven und diesmal einigermaßen sicher am Türrahmen zu fixieren.

»Wo ist Ihr Sohn, Frau Dallinger?«, fragte Hanna genervt.

Verdammt noch mal, wie kann man sich bloß so vollsaufen?

»Er ist mit seinen Freunden unterwegs.«

»Und wo?«

»Keine Ahnung. Er sagt mir schon lange nicht mehr, wo er hingeht.«

Hanna und Rainer schleppten sie in ihr Wohnzimmer und platzierten sie dort auf der durchgelegenen, mit Flecken übersäten Couch. Danach verließen sie das Haus.

»Sollen wir den ärztlichen Notdienst anrufen?«, fragte Rainer, als er die Tür hinter sich zugezogen hatte.

»Sonst noch was?« Hanna schüttelte unwillig den Kopf. »Die ist das sicher gewöhnt. Wenn wir nicht gekommen wären, hätte sie auch alleine zurechtkommen müssen. Außerdem müssen wir weiter.«

»Ist ein Argument.« Er zuckte die Achseln. »Aber was, wenn sie sich übergibt und daran erstickt? Willst du schuld an ihrem Tod sein?«

»Na gut. Dann ruf halt den Notarzt.« Sie schnaubte genervt. »Aber sag Bescheid, dass er mit seinen Leuten gleich zu ihr ins Wohnzimmer gehen soll. Wir können nicht ewig auf ihn warten. Verdammte Sauferei.«

»Und wie sollen die reinkommen? Ich Depp hab die Tür zugemacht.«

»Ist mir egal. Von mir aus sollen sie die Tür eintreten.«

»Ich sag ihnen, dass sie hintenherum gehen sollen. Die Terrassentür im Wohnzimmer war, glaube ich, offen.«

»Von mir aus.« Hannas Tonfall wurde immer ungeduldiger.

»Ist schon ein Drama manchmal, die Trinkerei«, meinte er. »Den Weg zu den anderen beiden Jungs können wir uns wohl sparen.«

»Wieso?«

»Sie hat doch gerade gesagt, dass Richard mit seinen Freunden unterwegs ist.« Er begann schon mal damit, die Nummer des Notarztes in sein Handy einzutippen.

»Woher willst du wissen, dass sie Hias und Hans damit meinte?«

»Gibt's hier etwa noch mehr von diesen Vögeln?«

»Weiß man's?« Sie zuckte die Achseln. »Wir fahren auf jeden Fall bei den beiden vorbei. Sind sie daheim, gut. Sind sie nicht dort, werden wir sie wohl alle drei suchen müssen.«

»Logisch.« Rainer hielt sein Handy ans Ohr.

»Das stinkt alles ganz gewaltig. Da hat der Kollege Schneider recht.« Hanna presste ärgerlich die knallrot bemalten Lippen zusammen.

Sie ging nachdenklich voraus zu Rainers Dienstwagen, während Rainer das Telefonat mit der Rettungsstelle führte.

35

Sonntag, 14 Uhr, Wirt in Trostberg.

Anton Gruber stieß mit seinem Kollegen Gerhard und Hannas Vater, Karl Schmiedinger junior an.

»Auf uns«, sagte er.

»Auf den Frühschoppen im Allgemeinen«, erwiderte Karl.

»Auf die Rettung der Welt«, meinte Gerhard.

»Wie auch immer, Kollege.« Anton trank kopfschüttelnd. Er verschüttete dabei prompt einige Tropfen des wertvollen goldgelben bayrischen Gebräus in seinem Glas auf das Revers seiner Uniformjacke. »Herrgottsack. Mist blöder«, fluchte er laut und nahm eine Serviette aus dem Plastikhalter auf dem Tisch, um den nassen Stoff trockenzuwischen.

Alles nur wegen diesem hirnamputierten Volldeppen.

Gerhard lächelte nur unbeteiligt. Er schien nicht im Mindesten zu ahnen, wie sehr er seinem älteren Kollegen gerade wieder einmal auf die Nüsse ging.

Wie jeden Sonntag hatten sie sich gerade, nach dem Mittagessen der Schmiedingers, zum Schafkopfen getroffen. Allerdings hatte sich ihr vierter Mann im Bunde, Karl Schmiedinger senior, seines Zeichens Hannas Großvater und Karl Schmiedingers Vater, daheim hingelegt, da ihn seine alte Kriegsverletzung am Knie plagte. Es würde bald schlechtes Wetter geben, hatte er zum Abschied zu seinem Sohn gemeint.

Also hatten Anton, Karl junior und Gerhard beschlossen, heute ausnahmsweise ohne Karten dazusitzen und nur etwas zu trinken. Umgekehrt wäre es weitaus schlimmer gewesen. Da waren sie sich einig.

»Eine saudumme Geschichte mit dem verbrannten Pfarrer«, sagte Anton. »Jetzt meint sicher die ganze Welt, dass bei uns in Bayern alle etwas gegen Fremde und Ausländer haben.«

»Wenn sie keine Aliens sind, sollen sie mir recht sein, die Fremden.« Gerhard hörte auf zu lächeln. »Aber Aliens mag ich nicht. Die sind mir total unheimlich.«

»Wenn du nicht bald mit deinen saublöden Aliens aufhörst, vergesse ich mich, Gerhard!« Anton ballte seine Hände zu Fäusten. Er zählte innerlich bis zehn. Anschließend atmete er langsam durch seine gespitzten Lippen aus. Alltagsyoga. Hatte ihm ein guter alter Freund gezeigt, Mike Stadlhofer aus Prien am Chiemsee. Der schon immer sehr vergeistigte Bürgermeistersohn hatte nach der Schule mehrere Jahre in einem indischen Ashram verbracht und dort einiges über den Umgang mit sich selbst gelernt. Vor allem die gesamte Theorie mit dem positiven Denken hatte es Anton angetan. Gerade weil der Beruf als Polizist diesbezüglich oft genug nicht allzu viel hergab.

»Wenn's aber wahr ist.« Gerhards Miene versteinerte.

»Es gibt keine Aliens und jetzt Schluss damit.« Anton schlug trotz der erneuten Absolvierung einer Alltagsyogaübung, diesmal sogar einer besonders gründlichen, wütend mit der flachen Hand auf den Tisch.

Irgendwann bringe ich ihn um, den Gerhard. Wie kann der mit seinem winzigen Gehirn überhaupt Karten spielen?

»Hanna hat der Rosa gar nicht viel von dem Mord erzählt daheim. Was hat es damit auf sich.« Karl junior sah die beiden breit grinsend an. Er schien sich wie so oft köstlich über das ungleiche Paar zu amüsieren. Dann trank er ebenfalls einen Schluck Bier.

»Ich weiß selbst nicht viel. Nur dass es drei Jungs aus Niederöd gibt, die verdächtig sind, und einen gewissen Martin Helmbrecht. Und einen Haufen Ausländerfeinde gibt es dort.«

»Der Anlageberater Helmbrecht?« Karl junior horchte auf.

»Ich glaube schon.« Anton nickte. Er überlegte kurz. »Doch, doch. So hieß der Mann.«

»Der war auch schon mal bei uns«, sagte Karl junior. »Wollte mir irgendwelche Vorzugsaktien anbieten.«

»Und?« Anton blickte ihm interessiert ins Gesicht.

»Ich lehnte ab. War mir zu riskant. Bin nicht sonderlich geldgierig. Ein windiges Bürscherl irgendwie, dieser Helmbrecht. Ich glaub, er kommt aus München.«

»Aha, einer aus der Großstadt.« Anton nickte. »Das sagt einiges. Gerhard und ich sollen uns jedenfalls nachher noch einmal rund um das Pfarrhaus herum umhören. Hanna meint, dass irgendwer einfach etwas gesehen haben muss.«

»Weil es anders gar nicht möglich ist«, wusste Gerhard mit erhobenem Zeigefinger und wichtigem Gesichtsausdruck.

Niemand beachtete ihn.

»Nachher sollt ihr euch umhören?« Karl junior grinste. »Nicht schon jetzt?«

»Doch. Verrate deiner Tochter bloß nicht, dass wir hier

waren. Aber ein Sonntag ohne unsere Schafkopfrunde ist nun mal kein Sonntag. Und wenn's nur für eine Stunde ist.«

»Meine Lippen sind versiegelt.« Karl junior grinste noch breiter als zuvor.

36

Sonntag, 14.10 Uhr, Niederöd.

Hans und Hias waren tatsächlich nicht zu Hause gewesen. Hanna rief Sabrina noch im Auto an und sagte ihr, sie solle sofort Bescheid geben, wenn die drei Jungs zufällig im Alten Wirt wären. Dann kämen Rainer und sie dazu, um die Kerle richtig hart ranzunehmen.

»Geht klar, Chefin. Wenn du nichts von uns hörst, sind sie nicht dort.«

Sabrina legte auf.

Hanna und Rainer parkten vor Heiderose Angers Haus.

Natürlich hatten Sabrina und Ralf Mutter und Sohn bereits befragt. Aber wegen der Sache mit Peters unbekanntem Vater lohnte es sich auf jeden Fall genauer nachzuhaken. Familiäre Beziehungen bargen schließlich oft genug das Motiv für Gewalttaten.

Nachdem sie ihnen geöffnet hatte, bat Heiderose sie in die gute Stube und bot ihnen einen Platz in ihrer blümchenbedruckten Polsterecke und sodann Kaffee an.

Hanna setzte sich auf die Dreiercouch. Sie verneinte, wie schon zuvor bei Martin Helmbrecht. Rainer nahm das Angebot diesmal dankend an. Er nahm neben ihr Platz.

»Frau Anger«, begann Hanna das Gespräch, sobald er seine Tasse in der Hand hielt. »Warum haben Sie meinem Kollegen nicht gesagt, dass Peter einen als unbekannt eingetragenen Vater hat.« Sie zeigte auf Rainer.

»Ist das wichtig?« Heiderose zog konsterniert die Stirn kraus. »Wir leben doch nicht mehr im 19. Jahrhundert.«

»In einem Mordfall kann jede Kleinigkeit wichtig sein. Also, warum erzählten Sie nichts davon?«

»Es hat mich niemand danach gefragt.« Heiderose schüttelte den Kopf. Sie stellte die Kaffeetasse, die sie sich selbst mitgebracht hatte, vorsichtig auf dem gläsernen Couchtisch zwischen ihnen ab.

»Sie hätten es trotzdem erwähnen können.«

Warum sagt mir Rainer das denn nicht vorher? Wahrscheinlich weil er nur noch in sein scheiß Handy schaut, wie jetzt auch schon wieder, und ihn im Grunde nichts anderes mehr interessiert. Verflucht noch mal.

»Das Thema ist mir unangenehm.« Heiderose knetete nervös ihre Finger.

»Verraten Sie uns jetzt etwas darüber? Haben Sie Ärger deswegen? Erpresst Sie womöglich jemand?«

»Nein. Wie kommen Sie denn auf so etwas? Es gibt nichts zu erzählen. Ich weiß nicht, wer Peters Vater sein könnte – und damit Schluss.« Heiderose schüttelte vehement den Kopf.

»Aber wie kann man das nicht wissen?« Hanna sah sie erstaunt an. »Peter ist Ihr einziges Kind.«

»Waren Sie schon mal auf einem Sommerfest und hatten zu viel getrunken?« In Heideroses Stimme schwang Verbitterung mit.

»Sicher, wer nicht.« Hanna nickte. »Wir leben in Bayern.«

»Ich auch. Sogar viel zu viel.« Heiderose zögerte, bevor sie weitersprach. »Ich weiß nur noch, dass ich am nächsten Morgen hinter dem Bierzelt aufwachte und kein Höschen mehr unter meinem Rock anhatte.«

»So betrunken war ich allerdings noch nie.«

Dann müsste dein Sohn eigentlich ›Hinterm Bierzelt‹ heißen. Hanna konnte sich den alten Witz zumindest innerlich nicht verbeißen. Er drängte sich geradezu mit Gewalt in ihr Bewusstsein.

Gott sei Dank war sie nicht gleich unbedacht damit herausgeplatzt. Das wäre keinesfalls in Ordnung gewesen. Bestimmt hatte sich Heiderose Anger ihr Leben lang selbst genug Vorwürfe wegen der Sache gemacht und brauchte alles andere als Spott deswegen.

»Seien Sie froh«, sagte Heiderose. »Neun Monate später kam jedenfalls Peter zur Welt. Seitdem ziehe ich ihn alleine auf. Nicht einfach, sage ich Ihnen. Aber ich gebe mein Bestes.« Tränen stiegen ihr in die Augen.

»Das verstehen wir. Muss verdammt hart sein für Sie. Hatten Sie denn gar keinen Verdacht, mit wem Sie hinter dem Bierzelt gewesen sein könnten?«

»Nicht den geringsten.« Heiderose starrte vor sich auf den Fußboden. »Eine Gruppe Handelsvertreter nächtigte damals in der Pension Gürtler. Vielleicht gefiel mir einer von denen. Oder es war einer von unseren Leuten. Ich weiß es einfach nicht.« Sie hob in einer hilflosen Geste die Arme.

»Hat Sie das nicht gestört?«

»Nicht gestört?« Heiderose sprang ohne Vorwarnung auf. »Es hat mich halb wahnsinnig gemacht«, schrie sie. »Aber keiner aus dem Dorf hat etwas gesagt, und die Vertreter waren am nächsten Morgen längst über alle Berge. Außerdem ahnte ich ja zu dem Zeitpunkt nichts von der Schwangerschaft. Als ich es erfuhr, war es mir nur peinlich.« Sie weinte nun ungehemmt.

»Könnten wir Ihren Sohn wohl noch einmal sprechen?« Hanna verlieh ihrer Stimme einen mitfühlenden Unterton. »Vielleicht ist ihm inzwischen etwas zur Tatnacht eingefallen.«

Wie war das noch? Ma hat ma Glück, ma hat ma Pech, Mahatma Gandhi. Die arme Frau kann einem echt leidtun.

»Von mir aus.« Heiderose schnäuzte sich laut in ein Papiertaschentuch. Anschließend wischte sie sich mit dem Handrücken die Tränen aus dem Gesicht. »Ich weiß allerdings nicht, was das bringen soll, außer dass er sich wieder total aufregt. So wie letztes Mal. Ich brauchte geschlagene drei Stunden, um ihn einigermaßen zu beruhigen.«

37

Sonntag, 14.10, Alter Wirt, Niederöd.

Sabrina stellte den Motor ab. Sie stiegen aus, gaben sich einen kurzen Kuss, kicherten wie Teenager und gingen dann geradewegs auf die Eingangstür des Alten Wirts zu.

»Hoffentlich ist offen«, meinte Ralf.

»Bestimmt.« Sie drückte auf die Klinke. Die Tür schwang auf.

Nachdem sich ihre Augen an die Dunkelheit gewöhnt hatten, entdeckte Sabrina den Wirt und drei Jugendliche am hinteren Ende der Bar. Die vier stritten laut. Worum es ging, war nicht zu verstehen. Dann begannen sie auf einmal wild aufeinander einzuschlagen.

Bevor sie selbst loslaufen konnte, war Ralf bereits auf den Weg zu ihnen, um das Handgemenge aufzulösen.

»Polizei, hören Sie sofort auf!«, rief er.

Keine Reaktionen. Die vier balgten sich weiter. Lautstark, ohne ihn auch nur im Geringsten wahrzunehmen.

»Freibier!«, plärrte Ralf als Nächstes.

Die Kombattanten hielten inne.

Schlagartig herrschte Stille.

»Na also, geht doch.« Ralf grinste Sabrina flüchtig zu. »Stellen Sie sich bitte nebeneinander am Tresen auf«, kommandierte er in Richtung Xaver, Hias, Hans und Richard, die ihn allesamt verwirrt anstarrten.

»Was ist mit dem Freibier?«, fragte Hias, der sich als Erster im Griff zu haben schien.

»War nur Spaß, damit ihr zu raufen aufhört. Wie heißt ihr, Jungs?«

»Sagen wir nicht«, erwiderte Hias. »Das geht nur uns was an.«

»Sind Sie der Wirt?«, fragte Ralf Xaver.

»Ja.« Er nickte. »Was wollen Sie von uns? Hat einer falsch geparkt vor der Tür?«

»Es geht um den toten Pfarrer.« Ralf blickte von einem zum anderen.

»Da haben wir schon alles gesagt«, meinte Hias. »Wir sind alle zu Hause gewesen, als es passierte.«

»Halt endlich dein Maul, Hias. Was wir gemacht haben, geht niemanden was an.« Richard stand immer noch die Zornesröte ins Gesicht geschrieben. »Wir haben nämlich gar nichts gemacht.«

»Sag ich doch gerade. Halt lieber selbst dein Maul, Richard. Du hast mir gar nichts zu sagen.«

»Aber ich kann dir eine aufs Maul hauen.«

»Dann komm halt her, wenn du dich traust.«

»Ich bin dabei«, sagte Hans. »Hias, du bist und bleibst ein Depp!«

»Ruhe!«, brüllte Xaver.

»Nix da!«, brüllte Hias zurück. Er ging blitzartig mit erhobenen Fäusten auf Richard los.

Erneut entbrannte der Kampf zwischen allen vieren. Diesmal mit fliegenden Fäusten, Flüchen, Stolperern und markerschütternden Schmerzensschreien.

Ralf warf sich beherzt ins Getümmel, um die Streithähne endgültig zu trennen. Dabei erwischte ihn ein

Faustschlag an der Schläfe. Er kippte mit weit aufgerissenem Mund nach hinten. Dabei schlug er krachend mit dem Hinterkopf auf den nächststehenden Tisch auf.

Danach fiel er zu Boden und blieb reglos liegen.

»Ralf!«, rief Sabrina mit schreckgeweiteten Augen. Ihr wurde schlagartig klar, dass sie es nun alleine mit den vier Kerlen aufnehmen musste. »Ihr habt ihn umgebracht, ihr Schweine!«

Hoffentlich ist er nur ohnmächtig.

Sie machte sich hektisch am Halfter ihrer Dienstpistole zu schaffen.

Doch bevor sie sie herausholen konnte, war Hias schon an ihrer Seite und schlug sie ebenfalls zu Boden. Allerdings erwischte er sie nicht richtig, und sie blieb wach.

Die Waffe fiel ihr bei dem Angriff jedoch aus der Hand. Hilflos musste sie mitansehen, wie Hias sie aufhob. Er entsicherte sie gekonnt und zielte damit auf sie.

Woher kennt der Mistkerl sich so gut mit Waffen aus? Bei der Bundeswehr war er noch nicht, genau wie die anderen zwei. Dafür sind sie noch zu jung. Er muss es sonst irgendwo gelernt haben.

»Schau mal nach, was mit dem Bullen los ist, Hans«, kommandierte Hias, während er Sabrina keine Sekunde lang aus den Augen ließ. »Ist er wirklich hin?«

Hans Prem beugte sich zu Ralf hinunter.

»Sieht ganz so aus«, sagte er wenig später mit rauer Stimme. »Ich glaub, der ist tatsächlich mausetot, Hias. Er atmet glaub ich nicht mehr. Seinen Puls kann ich auch nicht fühlen. Kann aber gut sein, dass ich einfach zu blöd dazu bin.«

»Nein!«, schrie Sabrina voller Verzweiflung. »Ihr miesen Schweine! Das werdet ihr bereuen!« Sie schlug laut heulend und zeternd mit den Fäusten auf den Boden ein.

»So ein Mist!« Hias drehte schreiend eine Pirouette. Er stampfte dabei mehrmals ärgerlich mit dem Fuß auf, raufte sich die Haare, hob seinen Blick mit verdrehten Augen an die Decke.

Dann schoss er ohne jede Vorwarnung mehrmals auf die gegenüberliegende Wand.

Alle im Raum erstarrten geschockt. Auch Sabrina.

»Hey, du Depp. Lass mein Lokal heil. Spinnst du jetzt ganz?« Xaver tippte sich mit dem Zeigefinger an die Stirn.

Hias ließ die Hand mit der Waffe wieder sinken.

»Was machen wir jetzt?«, wollte Richard wissen. Von seinem Groll gegen seinen Kumpel schien nichts mehr übrig zu sein.

»Keine Ahnung.« Hias lief nervös auf und ab. »Das ist jetzt echt ein solcher saublöder Mist!«

»Das ist nicht nur Mist. Es ist eine total unglaubliche beschissene Scheiße«, meinte Xaver. »Der Kerl scheint wirklich tot zu sein. Er rührt sich nicht mehr im Geringsten. Schaut doch bloß mal hin. Und eine Zeugin gibt es auch noch.«

»Ist ja schon wieder gut, Xaver«, brüllte Hias. »Wir sehen es selbst.«

»Wisst ihr eigentlich, was los ist, wenn die Bullen einen von ihren Leuten verlieren?«, fuhr Xaver unbeeindruckt fort. »Die kommen und finden uns. Die geben nämlich ab sofort nicht mehr auf, bis sie den Mörder haben.«

»Verdammt noch mal.« Hias sah hilfesuchend von einem zum anderen. »Verdammt, verdammt, verdammt!«

Er feuerte noch einen Schuss ab.
Diesmal direkt über sich in die Decke.

38

Heiderose kam mit Peter zurück. Sie hatte ihn gerade aus seinem Zimmer geholt. Er blieb mitten im Raum stehen und vermied jeden Blickkontakt mit Hanna und Rainer.

»Kennst du mich noch?« Rainer lächelte ihn freundlich an.

Peter reagierte nicht. Er blickte starr zum Fenster hinaus. So, als wäre er alleine hier.

»Peter?« Rainer stellte sich vor ihn, um seinen Blick auf sich zu lenken.

Peter drehte sich wortlos um. Er starrte geradeaus an die Wand.

»Peter!« Rainer wurde laut.

Keine Reaktion.

»Er redet nicht mit mir«, sagte Rainer an Hanna gewandt.

»Das müssten Sie eigentlich vom letzten Mal wissen«, sagte Heiderose.

»Da hat er aber wenigstens irgendetwas gesagt. Wenn auch viel wirres Zeug, aber immerhin.« Rainer zuckte hilflos die Achseln. »Probiere du es doch mal, Hanna. Vielleicht redet er lieber mit einer Frau als mit einem Mann.«

»Versuchen kann ich es ja mal.«

Sie stellte sich vor Peter. Versuchte ihm in die Augen zu sehen.

Überraschenderweise schaute er nicht weg, sondern ließ es sich gefallen. Er schien sogar neugierig zu sein.

»Hast du in letzter Zeit den neuen Pfarrer gesehen?«, fragte sie ihn mit einfühlsamer Stimme.

Er schüttelte unmerklich den Kopf.

»Kanntest du den neuen Pfarrer?«

»Der Afrikaner tötet die Löwen. Er ist schwarz und kennt die Nacht.« Peter grinste.

»So war es das letzte Mal auch«, meinte Rainer, der sich auf die Couch zurückgezogen hatte, um Hanna das Feld zu überlassen. »Er redet nur wirres Zeug.«

»So wirr finde ich das gar nicht.« Hanna schüttelte den Kopf. »Vielleicht spricht er in einer Art Metapher, die wir nicht verstehen. Könnte das so sein?«, wandte sie sich an Heiderose.

»Es kann alles sein.« Heiderose zuckte die Achseln. »Ich werde oft genug auch nicht schlau aus ihm, obwohl er mein eigener Sohn ist.«

»Na gut. Möglicherweise müssen Sie mit Peter zu uns auf die Inspektion kommen. Wir würden dann sehen, dass wir einen Psychologen, der auf Autisten spezialisiert ist, hinzuziehen.« Hanna bedeutete Rainer aufzustehen. »Auf Wiedersehen, Frau Anger.«

Sie reichte ihr die Hand.

Heiderose ergriff sie und schüttelte sie.

Peter sah es. Er begann laut zu zetern.

»Nicht die Hand! Nicht die Hand der fremden Frau. In Afrika sterben die Tiere. Nicht die Hand!«

Hanna und Rainer sahen zu, dass sie so schnell wie möglich aus dem Haus kamen.

Als sie vor Rainers Auto standen, ergriff Hanna das Wort.

»Das ist schwierig«, sagte sie. »Aus dem werden wir nichts herausbringen.«

»Vielleicht hat er wirklich nichts gesehen.« Rainer entsperrte die Türverriegelung.

»Mag sein. Aber ganz sauber kommen mir die beiden nicht vor. Irgendwas ist mit ihnen. Ich weiß bloß nicht, was.« Hanna blickte zurück zum Haus. Sie meinte zu erkennen, dass sich ein Vorhang bewegte.

»Dein berühmt-berüchtigtes Bauchgefühl?« Rainer grinste.

»Grins nicht so blöd. Es hat uns schon oft genug weitergebracht.«

»Stimmt auch wieder.« Er nickte.

Sie stiegen ein.

»Ein selten undurchsichtiger Fall«, meinte sie, während sie sich anschnallte.

»Da kann ich dir nur recht geben.« Rainer startete den Motor. Er fuhr los. »Genau betrachtet könnte so gut wie jeder in diesem Kaff unser Täter sein. Ins Büro?«

»Ja.« Sie nickte. »Nachdem sich Sabrina nicht gemeldet hat, gehe ich mal schwer davon aus, dass die drei Jungs nicht im Alten Wirt waren. Sie wird uns später sicher alles andere berichten.«

»Ich setze mich gleich an den Computer, sobald wir ankommen. Vielleicht stoße ich auf Informationen zu unseren Verdächtigen. In zwei Stunden muss ich dann allerdings nach Hause. Meine Mutter braucht meine Hilfe im Garten.«

»Tu das, Rainer. Sei ein braver Sohn, wie es sich gehört.«

»Verarschst du mich?« Er blickte verunsichert zu ihr hinüber.

»Nie im Leben. Wie kommst du darauf?« Sie lachte.

»Ja, ja. Ich weiß. Wer den Schaden hat, braucht für den Spott nicht zu sorgen.«

»Unser Mamabubi.«

»Mach dich nur weiter lustig. Ich kann ihr nun mal nichts abschlagen. Sie ist allein, seit mein Papa im Himmel ist, und sie hat es nicht leicht.«

»Weiß ich doch.« Hanna legte ihm kameradschaftlich die Hand auf den Oberschenkel. »Ich mach nur Spaß.«

Eigentlich ist es ihm menschlich hoch anzurechnen, dass er seine Mutter nicht in ein Pflegeheim stecken will. Allerdings wird er früher oder später nicht darum herumkommen. Allein schon, weil sie sich irgendwann selbst gefährden wird mit ihrer Demenz.

»Ich kann außerdem später daheim weiterrecherchieren. Internet gibt's nicht nur im Büro, wie man weiß.«

Sie kamen aus dem Ort hinaus. Links und rechts von ihnen begannen die Blätter an den Bäumen bereits sich zu verfärben. Der Herbst hielt immer weiter Einzug ins Land.

»Entspann dich aber zwischenrein auch mal. Ein Burnout braucht hier keiner. Da ist es alles nicht wert.«

»Eh klar, Chefin.«

39

»Da vorne rechts, die graue Stahltür. Das ist er, mein alter Kohlenkeller.« Xaver leuchtete mit der Taschenlampe in seiner Hand ein Stückweit voraus. »Da findet die beiden garantiert niemand.«

Richard und Hans schleppten Ralfs leblosen Körper. Hias ging gleich hinter ihnen. Er hielt Sabrina am Arm fest und bedrohte sie mit ihrer Dienstwaffe. Schubste sie immer wieder grob vorwärts.

»Wenn ihr uns da einsperrt und verrotten lasst, wird euch die gesamte bayrische Polizei auf den Fersen sein«, sagte sie. »Das wisst ihr schon.«

»Halt dein Maul, sonst stirbst du gleich hier.« Hias drückte ihr brutal den Lauf der Pistole in den Rücken.

Sie gingen schweigend weiter. Dann hielten alle an.

Xaver öffnete die Tür zum Keller. Hans und Richard zerrten zuerst Ralf hinein. Dann versetzte Hias Sabrina einen Stoß, sodass sie ebenfalls hineinstolperte. Sie fesselten und knebelten sie. Platzierten sie neben Ralfs ausgestreckt auf dem Boden liegenden Körper.

»Sollen wir ihn auch fesseln?«, fragte Hans die anderen.

»Einen Toten fesseln? Spinnst du?« Richard sah ihn verständnislos an.

»Wir könnten sie ebenfalls umbringen. Dann macht sie garantiert keinen Ärger mehr.« Hias blickte mit glühenden Augen von einem zum anderen. Es sah ganz so aus, als wäre er nach der ganzen Sache im Schankraum auf den Geschmack gekommen.

»Wozu? Damit wir zwei Polizistenmorde an der Backe haben?« Xaver schüttelte verständnislos den Kopf. »Reiner Schwachsinn.«

»Eben«, meinte Richard. »Immerhin war die Sache mit dem toten Polizisten klare Notwehr und ein Versehen, ein unglücklicher Unfall. Das können alle bezeugen.« Er zeigte ins Rund. »Sogar die Polizistin selbst. Da würde die Strafe für Hias sicher nicht so hoch ausfallen. Aber noch ein absichtlicher Mord. Nicht gut.«

»Nicht so hoch! Spinnst du, Alter? Ich will überhaupt keine Strafe. Deswegen lassen wir die Tussi zusammen mit ihm hier unten verfaulen.« Hias packte ihn am Kragen und schüttelte ihn. Er sah ihn mit weit aufgerissenen hasserfüllten Augen an.

»Das kannst du nicht machen.« Richard nahm Hias' Handgelenk. Er drehte es solange herum, bis sein offensichtlich durchgeknallter Kumpel ihn endlich losließ. »Ich mach da jedenfalls nicht mit.«

»Willst du dich vielleicht lieber dazulegen?« Hias hielt ihm Hannas Pistole an den Kopf. Er kicherte irr.

»Wenn du jetzt nicht sofort aufhörst, Hias, ruf ich sofort die Polizei.« Xavers Stimme ließ keinen Zweifel an der Ernsthaftigkeit seiner Drohung zu. »Gib mir auf der Stelle die Knarre. Oder willst du uns etwa alle erschießen?«

»Leck mich doch, Xaver.« Hias spuckte verächtlich auf den Boden.

»Wird's bald?« Xaver blieb unbeeindruckt. Er streckte die Hand aus und wartete.

»Von mir aus. Aber die Alte bleibt hier unten, bis wir irgendwo in Sicherheit sind.« Hias reichte dem Wirt widerwillig grunzend die Waffe.

»Ihr wisst schon, dass das die Sabrina Hornsteiner ist?« Xaver hob bedeutungsvoll die Brauen. »Die Nichte vom Landrat Maximilian Hornsteiner.«

»Ach, du Scheiße.« Richard raufte sich verzweifelt die Haare. »Das gibt Ärger ohne Ende. Die dürfen wir auf keinen Fall umbringen.«

»Unser Weichei spricht. Hört, hört.« Hias spuckte erneut aus. Diesmal in Richards Richtung.

»Hör auf zu spucken, Hias«, mischte sich Hans ein. »Das macht man nicht.«

»Erzähl du mir nicht, was man macht oder nicht macht.«

»Sonst was?« Hans, der einen guten Kopf größer war als Hias, trat nahe an ihn heran. Er sah mit kalten Augen auf ihn hinunter.

»Schlag mich ruhig«, erwiderte Hias trotzig. »Aber wenn ihr sie hier wieder rauslasst und man mich wegen fahrlässigem Totschlag hinhängt, geht ihr alle drei mit mir unter. Das garantiere ich euch. Ich habe genug für Lebenslänglich gegen jeden von euch in der Hand.«

»Blödsinn«, sagte Richard. »Was soll das denn sein? Ich hab zumindest keinen umgebracht.«

»Du sei lieber ganz still, Richard. Oder soll ich lieber Herr Drogenbaron sagen? Was meinst du, was passiert, wenn die Sache mit deinen Hanfpflanzen hinter eurem Haus ans Licht kommt?« Hias schnitt eine höhnische Grimasse. »Die sperren dich ein, bis du schwarz wirst wie unser dahingeschiedener Negerpfarrer.«

40

Sonntag, 19 Uhr, Landstraße nach Burghausen.

Hanna war auf dem Weg zu Florian, um zum zweiten Mal bei ihm zu übernachten. Bevor sie das Büro verlassen hatte, hatte sie Rainer angerufen und ihm aufgetragen, sie sofort zu verständigen, falls er zu Hause an seinem Computer etwas Wichtiges herausfände. Er könne sich deswegen jederzeit bei ihr melden. Auch in der Nacht.

Sie wusste, dass sie den Fall möglichst schnell aufklären musste. Je mehr Zeit verging, umso schwieriger würde es werden.

Ihr Handy läutete. Sie hob ab.

»Hanna?«

»Was gibt's, Mama?«

»Dein Vater ist abgängig.«

»Was ist er? Ich versteh dich kaum. Die Verbindung ist so schlecht.« Hanna ging vom Gas, damit zumindest die Fahrgeräusche leiser wurden.

»Dein Vater.«

»Ja?«

»Er ist gleich nach dem Mittagessen zum Wirt in Trostberg gefahren. Schafkopfen, du weißt schon. Seine Sonntagsrunde mit Anton und dessen Kollegen, diesem, na, … Gerhard. Nicht einmal seinen Nachtisch hat er gegessen.«

»Ja und?«

Warum erzählt sie mir das? Ist doch nichts Neues.

»Er ist bis jetzt noch nicht zurückgekommen.«

»Der kommt schon.« Hanna verdrehte die Augen. Sie war todmüde und hatte nicht die geringste Lust, das Kindermädchen für ihren Vater zu spielen. Denn genau darauf lief das Ganze offensichtlich hinaus.

»Könntest du bitte nach ihm sehen? Ich habe Angst, dass er nach etlichen Bieren heimfährt und sie ihm den Führerschein abnehmen. Er braucht ihn doch so dringend.« Rosa klang, als würde sie jeden Moment in Tränen ausbrechen.

»Du meinst, ich soll ihn heimfahren?«

»Das wäre ganz toll, Hannchen.«

»Ist Opa bei ihm?«

»Nein. Der ist längst hier.«

»Wozu gibt es eigentlich Taxis für Betrunkene?« Hanna schüttelte genervt den Kopf.

Hab ich es nicht kommen sehen? Ich habe. Verdammt noch mal.

»Vielleicht ist ihm etwas passiert«, jammerte Rosa. »Sonst ruft er immer an, wenn er sich verspätet.«

»Bestimmt hat er sein Handy ausgeschaltet. Du weißt doch selbst, wie sehr er die Dinger hasst.«

»Ich mache mir solche Sorgen, wirklich.«

»Na gut. Ich schau, dass ich ihn auftreibe. Bis dann.«

Sie legten auf.

Hanna gab Vollgas. Sie hatte keine Lust, wegen ihrem betrunkenen Vater zu spät zum Abendessen bei Florian zu kommen.

Als sie wenig später den gemütlich im bayrischen Landhausstil eingerichteten Schankraum des Trostberger Wirts betrat, entdeckte sie ihren Vater am dunkelbraunen Holztresen sitzend. Er war der einzige Gast.

Schmachtende Schlagermusik ertönte aus den Lautsprecherboxen, die in jeder Ecke des Raumes unter der Decke angebracht waren.

»Gut, dass du kommst, Hanna.« Die Wirtin, Eva Maier, und sie kannten sich bereits seit Kindertagen. Hatten sogar vier Klassen lang gemeinsam die Schulbank gedrückt. Danach hatten sie sich eine Zeit lang aus den Augen verloren. Hanna war ans Gymnasium in Traunstein gegangen. Eva an die Realschule. Seit Hanna wegen ihrem Job bei der Kripo in die Gegend zurückgekommen war, sahen sie sich öfter.

»Dein Vater hat heute irgendwie gar keine Lust heimzugehen«, fuhr Eva fort. »Warum, will er mir nicht verraten.«

»Na, komm schon, Papa.« Hanna hakte Karl junior unter. Er stützte sich schwankend auf sie. »Hat er bezahlt?«

»Passt schon, Hanna.« Eva winkte mit einem erleichterten Lächeln im Gesicht ab. »Das kann er nächstes Mal machen. Ich habe einen Deckel gemacht.«

»Danke, Eva. Mach's gut.«

»Mach's besser.«

Sie gingen hinaus. Immer schön einen Schritt vor den anderen.

»Du weißt, dass ich sonst nie so viel trinke, Kind«, sagte Karl junior, während sie zu Hannas Auto gingen, das sie ein paar Meter von der Tür entfernt unter einer großen Kastanie geparkt hatte. Er machte dabei ein ernstes, fast trauriges Gesicht.

»Weiß ich, Papa.« Hanna nickte. »Warum dann heute?«

»Es ist wegen dem Jahrestag.«

»Wegen welchem Jahrestag?« Sie hielt ihm die Beifahrertür auf und half ihm auf den Sitz.

Dann ging sie auf die andere Seite und stieg ebenfalls ein.

»Mein bester Schulfreund Herbert ist vor genau zehn Jahren gestorben.«

»Der Herbert war dein bester Schulfreund? Das ist mir neu. Ich dachte immer, er wäre nur ein guter Bekannter gewesen.« Sie startete den Motor und fuhr los.

»Das war er. Aber er war auch mein bester Schulfreund.«

»Und deswegen musstest du heute ein paar Bierchen mehr trinken?« Hanna schüttelte grinsend den Kopf.

Einbildung ist auch eine Bildung. Aber soll er sich das ruhig einreden. Vielleicht hat er mal Abstand von allem daheim gebraucht. Zu verdenken ist es ihm nicht. Er reißt sich wirklich seit Jahrzehnten den Arsch auf für uns alle.

»Genau, mein Kind.« Er nickte. »Anton und Gerhard haben auch auf ein Glas vorbeigeschaut.«

»Alkohol im Dienst, soso. Die beiden sollten doch in Niederöd die Leute befragen.«

»Sie haben nur Wasser getrunken und sind gleich wieder los zur Arbeit. Sie müssten dringend irgendwelche Leute in Niederöd befragen, sagte Anton.«

»Natürlich Papa, und die Sonne geht im Westen auf.« Hanna lachte. »Na warte, die kriegen morgen was zu hören.«

»Bitte nicht.« Er faltete die Hände und schüttelte sie wie ein Italiener vor seiner Brust. »Sonst stehe ich als Verräter da, und sie spielen nie wieder mit mir Karten.«

»Waren sie wirklich nur kurz da?«

»Auf zwei Bier.« Karl junior nickte erneut. »Ich schwöre.«

»Na gut, dann lassen wir ausnahmsweise Gnade vor Recht ergehen.« Hanna schüttelte inzwischen dauergrinsend den Kopf. Tief im Innersten wusste sie, dass man hart arbeitende Menschen gelegentlich ihre ureigenen Bedürfnisse ausleben lassen musste. Auch wenn sie Polizisten waren und es womöglich gegen irgendeine alberne Vorschrift verstieß.

Nachdem sie ihren betrunkenen Vater bei ihrer besorgten Mutter auf dem Hof abgeliefert hatte, fuhr sie so schnell es ging weiter zu Florians Schlosshotel.

Hoffentlich wartete er mit dem Essen auf sie. Zu zweit machte es einfach mehr Spaß als alleine.

Was hindert dich eigentlich daran, dich voll und ganz auf ihn einzulassen. Feigheit? Anderes Thema.

Sabrina und Ralf hatten sich immer noch nicht bei ihr gemeldet. Wahrscheinlich hatten sie nichts Wichtiges herausgefunden und saßen längst irgendwo zusammen beim Essen oder lagen bei ihr zu Hause. Junges verliebtes Glück. Auch darauf hatten Polizisten ein Recht. Da musste man sie jetzt nicht weiter stören. Sie würden sicher morgen früh im Büro ausführlich über alles berichten. Zumindest über den offiziellen Teil.

41

Nachdem sie sich unten in der Lobby begrüßt hatten, setzte sich Florian mit Hanna auf seine private Terrasse in der ersten Etage, um mit ihr gemeinsam zu Abend zu essen.

»Ich dachte, ich lasse hier oben anrichten. Da sind wir unter uns.« Er lächelte charmant, während er ihr ihren Stuhl zurechtschob. »Selbst die betuchten Engländer können ziemlich laut werden, wenn sie einen Schluck zu viel haben.«

»Genau wie die weniger Betuchten?« Sie setzte sich.

»In der Tat.« Er nickte amüsiert. »Engländer bleibt anscheinend Engländer, egal, aus welchem Stall er stammt.«

»Lieb von dir, dass wir hier ungestört essen können.« Sie lächelte erfreut.

»Ich freue mich immer darüber, Zeit mit dir zu verbringen.« Er sah ihr tief in die Augen.

»Was gibt es denn heute?«, versuchte sie schnell abzulenken.

Irgendwann hat er mich so weit, und dann heißt es adieu, schöne Selbständigkeit.

»Als Vorspeise haben wir geräucherten Fisch aus dem Meer, danach Pasta, und dann gibt es einen geheimen Hauptgang. Lass dich überraschen.« Er setzte sich ihr gegenüber, schnappte sich einen Löffel sowie eine Gabel und tat ihnen auf. »Wie war dein Tag?«

»Schwierig. Dieser tote Pfarrer hält uns ganz schön in Atem. Wir haben keine einzige vernünftige Spur zu einem Verdächtigen.«

»Und dann noch das ganze Wochenende arbeiten, du Ärmste.« Er unterbrach das Servieren, langte über den Tisch und legte ihr mitfühlend seine Hand auf den Unterarm.

»Ja, das kommt dazu. Es ist wirklich zum Auswachsen.« Sie bewegte ihren Arm unruhig hin und her. »Kaum haben wir einen Verdacht, löst er sich kurz darauf in Luft auf.«

Warum tatscht er mich auf einmal an? Er weiß genau, dass ich es nicht so gerne mag. Schon gar nicht, wenn ich hungrig bin. Wenn hier eine tatscht, dann bin ich es.

»Erzähl mal genauer. Vielleicht kann ich helfen. Du weißt, dass ich der geborene Kriminalist bin.« Er bemerkte ihr Unbehagen offensichtlich, ließ sie los, nahm schnell erneut das Besteck in seine Hände und beförderte weiter Fisch und Salat auf ihre Teller.

»Ein andermal, Florian. Jetzt will ich etwas essen.« Sie blickte voller Vorfreude auf ihren Teller.

»Natürlich, entschuldige.« Er lächelte Verzeihung heischend. »Lass uns erst mal darauf anstoßen, dass wir an diesem wunderschönen milden Herbstabend draußen zusammen sitzen?«

»Gerne.«

Sie hoben ihre halb gefüllten Weingläser.

»Ein Weißer aus Sizilien«, kommentierte er. »Er wird dir schmecken.«

»Schau ma mal.« Hanna trank und setzte ihr Glas wieder auf dem Tisch ab. »Oha, der kann echt was«, meinte sie zufrieden grinsend. »So darf der Abend gerne weitergehen.«

»Er kommt direkt von den Hängen des Ätnas. Was ganz Besonderes.«

»Schmeckt wirklich genial.« Sie trank gleich noch einen Schluck, um ganz sicherzugehen.

»Freut mich, Hanna. Lass dir das Essen auch schmecken.«

»Danke.«

Der mild geräucherte Fisch mit dem Sahnemeerrettich und den zarten Salatblättern war mindestens eine ebensolche Sensation wie der Wein. Dazu gab es selbstgemachtes Weißbrot. Hanna geriet innerlich ins Schwärmen.

»Euer Neuer soll ziemlich gut aussehen«, meinte Florian, nachdem sie die ersten Bissen schweigend genossen hatte.

»Woher willst du das denn wissen?« Sie sah ihn neugierig an.

»Man hat so seine Informanten.«

»Jetzt hör schon auf, Florian. Im Ernst.«

»Sabrina hat es gesagt.«

»Wie kommt sie dazu?«

»Ich rief heute Mittag auf dem Revier an, um dir zu sagen, dass du jederzeit herkommen kannst. Da war sie dran und hat von ihm erzählt. Sie war regelrecht hin und weg von ihm.«

»Da schau her. Dabei wollte sie gestern nicht mal mit ihm in einem Auto fahren. Das musste ich dann übernehmen.« Hanna grinste breit.

»Ach, tatsächlich?« Er sah sie hellwach an. »Und? Gefällt er dir?«

»Er ist der Hammer, Florian. Ich schwöre es dir.« Sie machte ein bierernstes Gesicht. »Ein Traum von einem Mann.«

»Wusste ich's doch.« Er blickte geschmerzt über den Golfplatz hinweg. »Da braucht bloß einer aus Regensburg dahergelaufen kommen, und schon bist du Feuer und Flamme.«

»Glaubst du das wirklich?«

Da schau her. Er ist eifersüchtig. Kein Wunder. Schließlich sitzt ihm eine sehr gut aussehende Frau im besten Alter gegenüber. Na ja, vielleicht doch eher im zweitbesten. Die 40 ist gar nicht mehr so weit entfernt. Verdammter Mist, das hatte ich ganz vergessen.

»Ist es denn nicht so?« Seine Stimme zitterte leicht. Er vermied es, ihr in die Augen zu sehen.

»Blödmann.« Sie lachte laut. »Wenn du das nicht selber weißt, kann dir keiner helfen. Außerdem bist du viel schlimmer. Ich habe die Blicke zwischen dir und deiner schönen Hausdame vorhin deutlich gesehen.«

»Stimmt doch gar nicht«, protestierte er entrüstet. »Beatrice arbeitet hier. Das ist alles.«

»Stimmt eben schon.«

»Eben nicht.«

»Eben doch.« Sie setzte einen triumphierenden Blick auf. »Soll ich dir was verraten?«

»Was?« Er horchte neugierig auf.

»Ralf Schneider und Sabrina haben was miteinander.«

»Er hat euch alle beide angemacht?«

»Depp. Prost.« Sie hob kichernd ihr Glas.

42

Sonntag, 20 Uhr, Viktors Anwesen außerhalb Salzburg.

»So einen Keller hätte ich auch gern.« Hans zeigte ins Rund des teuer eingerichteten Partyraums mit den ausgesuchten Designermöbeln und dem langen Holztresen am hinteren Ende. »Tische, Tanzfläche, bequeme Sofas. Da kannst du Feten feiern ohne Ende.«

»Ein reicher Bauunternehmer müsste man sein, wie der Viktor.« Hias nahm sich ein Bier aus dem großen amerikanischen Kühlschrank neben der Bar. »Ihr auch eins?« Er sah Hans und Richard fragend an.

»Ist der Papst katholisch?« Richard lachte.

Sie waren vor einer Stunde hier auf dem Anwesen von Viktor Himmelreich angekommen und vertrugen sich längst wieder. Viktor hatte sie eingeladen, sich bei ihm zu verstecken, als sie ihm am späten Nachmittag in ihrer Stammkneipe in Salzburg über den Weg gelaufen waren.

Hias hatte ihm erzählt, dass sie für eine Weile untertauchen müssten. Es wäre da etwas geschehen, wegen einem toten schwarzen Pfarrer aus Afrika, und man würde es ihnen in die Schuhe schieben wollen.

Nur tote schwarze Pfarrer aus Afrika wären gute Pfarrer, hatte Viktor daraufhin erwidert, und dass er stolz darauf wäre, drei tapfere Deutsche beherbergen zu dürfen, die sich gegen die Überfremdung und die rote Brut überall auf der Welt stellten. Es träfe sich überhaupt sehr gut, dass sie sich getroffen hätten. Er wäre nämlich dabei, eine neue Partei zu gründen. Da könnte er ein paar beherzte

Jungs mit dem Herzen am rechten Fleck gut gebrauchen. Sie würden es garantiert nicht bereuen, für ihn zu arbeiten, hatte er dann noch gemeint. Eine strahlende Zukunft wäre ihnen allen gewiss.

Man würde sehen, hatte Hias erwidert, der, wie seine beiden Freunde, längst wusste, dass Viktor ein alter Nazi war. Ein gut bezahlter Job wäre immer eine prima Sache. So viel könne er jetzt schon dazu sagen. Dass Viktor offensichtlich davon ausging, dass sie den toten Pfarrer tatsächlich auf dem Gewissen hatten, ließ er einfach mal so stehen.

Richard und Hans hatten kopfnickend ihre Zustimmung gemurmelt.

Ihnen allen dreien war vor einigen Tagen allerdings zu Ohren gekommen, dass Viktor schwul sein sollte. Eigentlich kein Wunder, hatte Hias gleich gemeint, als sie es vom Wirt ihrer Salzburger Stammkneipe hörten. So hässlich wie der kleine Fettsack mit seinen Schweinsäuglein und den fettigen Haaren aussähe, bekäme er sowieso nie eine Frau.

»Waren die Jungs im Dritten Reich nicht gegen Schwule gewesen?«, hatte Hans eingeworfen.

»Auf jeden Fall«, hatte Richard bestätigt.

»Egal«, hatte Hias die Einwände vom Tisch gefegt.

Dass er damit recht gehabt hatte, war ihnen inzwischen allen bewusst. Solange Viktor sie nicht anmachte, konnte es ihnen schließlich egal sein, was oder wer er war. Hauptsache, sie entkamen erst mal den Fängen der Polizei.

Wie es genau weiterging, würde sich bald zeigen. Sie würden gründlich darüber nachdenken, miteinander diskutieren und sich abschließend für den richtigen Weg entscheiden. Zumindest hofften sie das alle.

»Meint ihr, dass Xaver die Hornsteiner wie abgemacht umbringt?« Hans hatte gerade seine Flasche Bier auf Ex geleert. Er sah die anderen, die mit ihm an einem der bunten Designertische saßen, fragend an.

»Hoffentlich«, grunzte Hias und trank ebenfalls einen großen Schluck. »Sonst schauen wir alt aus.«

»Verdammt alt«, meinte Richard. »Vor allem du.«

»Fängst du schon wieder damit an?« Hias sprang wütend auf.

»War nur Spaß«, erwiderte Richard. »Reg dich ab und setz dich wieder.«

»Ich find das gar nicht witzig.« Hias nahm schnaubend Platz.

»Ist ja wieder gut. Nur keine Panik, Hias. Wir sitzen alle in einem Boot, Alter.« Hans stand auf, um neues Bier für alle aus dem Kühlschrank zu holen.

43

Sonntag, 20.30 Uhr, Alter Wirt, Niederöd.

Nur zwei Stammgäste am Stammtisch. Mehr war am heutigen Sonntagabend wohl nicht zu erwarten. Xaver würde die beiden bald rauswerfen und zusperren. Im Moment gab es Wichtigeres zu tun und zu überdenken, als die beiden trüben Tassen weiter mit Bier und Obstler abzufüllen. Routiniert polierte er die Gläser aus der Spülmaschine unter dem Tresen und stellte sie ins Regal dahinter. Dabei überlegte er, ob es möglicherwiese am besten wäre, wenn er die Polizistin im Keller verdursten und verhungern lassen würde.

Das würde zwar einige Tage dauern und somit die Gefahr, dass sie bei ihm gefunden wurde, erhöhen. Aber es hätte andererseits den Vorteil, dass er sich die Hände nicht schmutzig machen musste. Ihre Dienstwaffe hatte er vorsorglich im Dorfteich verschwinden lassen. Ein Glas rutschte ihm aus der Hand. Es fiel laut klirrend zu Boden.

Er hob die Scherben auf und schnitt sich prompt in den Finger. Verdammter Mist. Gott sei Dank war es nur eine kleine Wunde, die sich schnell schließen würde.

Sobald sie tot war, würde er die beiden Polizistenleichen anschließend in Salzsäure auflösen. Damit sparte er sich den Transport in den Wald, um sie zu vergraben. Dabei wäre die Gefahr, dass ihn jemand beobachtete, viel zu groß.

Genügend Salzsäure würde er von Bernd Grassmann bekommen, der eine kleine Chemiefabrik bei Burghausen betrieb. Der würde ganz bestimmt keine Fragen stellen und dichthalten. Sonst würden einige äußerst unangenehme Details über seinen Umgang mit Sondermüll an die Öffentlichkeit gelangen. Dafür würde Xaver dann schon sorgen. Es war doch immer gut, wenn man als Kneipenwirt sein Ohr direkt an interessanten Gesprächen hatte, an deren Inhalt andere nicht so leicht herankamen. Noch besser war es, wenn man das Gesagte heimlich mit einem kleinen Diktiergerät aufnahm, weil man gerade schnallte, dass die Informationen möglicherweise irgendwann nützlich sein könnten.

So wie jetzt zum Beispiel.

44

Montag, sechs Uhr, Florians Golfhotel.

»Schmiedinger.« Hanna rieb sich mit der freien Hand verschlafen die Augen. Sie hatte gerade geträumt, dass sie von einem Schwarm Haie angegriffen wurde. Das Wasser, in dem sie schwamm, war dunkel und schlammig gewesen. Dann hatte ihr Handy ›Out Of The Dark‹ von Falco gespielt.

»Schönfärber hier, Chefin.«

»Was gibt's?«

Was mochte der Wachhabende vom Dienst so früh am Tag von ihr wollen?

»Es gab gerade einen anonymen Anruf wegen der Sache mit dem verbrannten Pfarrer.«

»Hätte das nicht Zeit bis nachher gehabt?« Hanna hasste es, wenn sie unnötigerweise aus dem Schlaf gerissen wurde. Vor allem, wenn es dabei um dienstliche Angelegenheiten ging, bevor der Tag richtig angefangen hatte.

»Der Anrufer hat mit unterdrückter Anrufernummer bei mir angerufen.«

»Wie schrecklich. Sie sollten ganz schnell einen Psychologen aufsuchen. Nicht, dass Sie noch ein Trauma deswegen bekommen.«

»Witzig, Chefin.« Dem Klang seiner Stimme nach schien Schönfärber Hannas Einwurf nicht im Geringsten lustig zu finden. »Wollen Sie jetzt wissen, um was es geht oder nicht?«

»Doch, klar. Sorry. Bin noch nicht ganz wach. Reden Sie.« Sie bemühte sich um einen freundlicheren Tonfall. *Reiß dich gefälligst zusammen. Er macht schließlich bloß seinen Job, du alte Grantlerin.*

»Der Stimme nach war es ein Mann.«

»Gut zu wissen.«

Komm zum Punkt, Mann.

»Er sagte, dass er Hias Zoller, Hans Prem und Richard Dallinger in der Tatnacht beim Pfarrhaus gesehen hat. Nicht lange, bevor es gebrannt hat.«

»Also doch«, murmelte Hanna. »Diese verlogenen

kleinen Mistkerle.« Sie schlug die Bettdecke zurück und setzte sich auf den Bettrand.

»Wie bitte?«

»Nichts. Reden Sie weiter, Schönfärber.«

»Dann hat er aufgelegt.«

»Das war's?«

»Ja, Chefin. Leider.«

»Danke, Schönfärber. Ich kümmere mich darum. Geben Sie eine Fahndung nach den drei Jungs heraus.«

»Wird gemacht, Chefin.«

Hanna legte auf.

Sie würden verschärft nach den drei jungen Männern suchen.

Normalerweise gingen sie anonymen Hinweisen sonst eher nicht nach. Außer sie waren sehr vielversprechend. Aber weil sie bisher in diesem vertrackten Fall so gut wie gar keinen konkreten Verdächtigen hätten, würde es diesmal sogar Sinn machen.

45

Montag, sechs Uhr, Alter Wirt, Niederöd.

Xaver hatte gerade in seiner Wohnung über dem Schankraum seine Koffer gepackt. Jetzt räumte er hektisch den Tresor aus, der in der kleinen Restaurantküche hinter einem der Hängeschränke in der Wand eingelassen war. Um dranzukommen, hatte er zuvor lediglich ein paar Teller ausgeräumt und dann die Rückwand herausgezogen. Erfreulicherweise hatte sich im Laufe der früheren fetten Jahre so einiges an Schwarzgeld bei ihm angesammelt. Um die 600.000 Euro mussten es sein, wenn er sich recht erinnerte. Damit würde er weit genug kommen. Zumal er allein unterwegs sein würde. Was aus den drei Jungs aus dem Dorf wurde, interessierte ihn bei aller Kameradschaft nicht weiter. Sie würden sich selbst helfen müssen. Letztlich hatten sie den ganzen Ärger selbst verursacht.

Bis vorhin um vier Uhr hatte er wachgelegen und den Plan mit dem Mord an der Polizistin und der Salzsäure nach langem Hin und Her und Für und Wider verworfen. Bei den heutigen Möglichkeiten, die die Polizei hatte, kam so eine Tat letztlich immer heraus. Dann würde er sich auch nicht mehr herausreden können, was jetzt sogar rein theoretisch noch möglich gewesen wäre. Also hatte er sich für Plan B entschieden: die Flucht nach Südamerika. Eine saubere Lösung ohne allzu großes Risiko. Den Flug nach Argentinien hatte er vorhin gebucht. Er hatte dort eine Menge deutscher Freunde aus dem politisch rechts orientierten Umfeld, die längst das schönste Leben auf ihren blühenden Haziendas führten. Sie hatten ihn alle bereits etliche Male auf einen Besuch eingeladen. Doch er hatte nie Zeit gehabt.

Das hatte sich nun mit dem toten Polizisten in seinem Keller schlagartig geändert. Letztlich würde es ihm im Land der Rinder und Gauchos sicher auch beruflich besser gehen als hier im Dorf, wo er in letzter Zeit sowieso kaum nennenswerten Umsatz machte. Die Leute saßen inzwischen lieber vor ihren Fernsehern zu Hause als sich miteinander in der Kneipe zu unterhalten. Familie hatte er keine. Der Polizei erzählen, was wirklich vorgefallen war und dass er an nichts die Schuld trug, kam nicht infrage. Das war er seinen jungen Kameraden im Geiste schuldig. Es war Ehrensache. Außerdem hatte er sich zum Teil mitschuldig gemacht. Allein durch die Gefangene in seinem Keller. Also nichts wie weg. Schwamm über die ganze Sache hier.

Das mit Sabrina Hornsteiner sah er so: Entweder fand sie jemand oder nicht. Letztlich konnte es ihm egal sein, sobald sein Flieger abgehoben hatte. Außerdem hatte sie immer noch eine reelle Chance, sich selbst zu befreien. Die Kellertür war nicht abgesperrt. Wenn sie das nicht schaffte, konnte er ihr auch nicht helfen. Das war dann wohl eher ein Fall von mangelnder Berufskompetenz. Polizisten mussten schließlich für so etwas ausgebildet sein.

46

Montag, acht Uhr, Florians Schlosshotel.

Beatrice verstand nicht genau, worum der Streit der beiden englischen Herren am Frühstückstisch ging. Allerdings registrierte sie, dass er seit einigen Minuten mit sehr viel Engagement und großer Lautstärke geführt wurde.

Es schien also um eine ernstere Angelegenheit zu gehen.

»You are not kidding me!«, brüllte ein blonder Mann im grünen Polohemd seinen dunkelhaarigen Gegner im grauen Flanellhemd gerade an.

»But you do, not me!«, gab dieser ebenso vehement zurück.

Beate beobachtete die Szene wachsam. Sollte die Situation weiter aus den Fugen geraten, würde sie den Chef holen oder sich selbst einmischen müssen, um für Ruhe zu sorgen. So ein unflätiges Benehmen ging im Schlosshotel ja gar nicht. Selbst wenn die Streithähne noch so viel Geld haben mochten. Da war der Chef sicher einer Meinung mit ihr.

Die beiden Männer brüllten sich weiter gegenseitig an.

Bis der Dunkelhaarige im grauen Flanellhemd auf einmal vom Tisch aufsprang und, wild weiter vor sich hin schimpfend, die Treppe hinaufrannte. Offenbar wollte er sich auf sein Zimmer zurückziehen. Doch bereits wenig später war er zurück. Mit einem Golfschläger in seiner Hand, der an seinem unteren Ende mit einem riesigen Eisen bestückt war. Er raste damit wie ein Berserker schreiend auf den blonden Mann im grünen Flanellhemd zu, holte aus und schlug mit aller Kraft zu. Genau auf den Kopf. Es gab ein unschönes Geräusch von brechendem Knochen. Dann kippte der Getroffene leblos vom Stuhl. Aus der klaffenden Wunde in seinem Hinterkopf flossen Blut und gallertartige Hirnmasse aufs Parket.

Die anderen Engländer starrten, genau wie Beatrice, ungläubig auf die skurrile Szene, die in ihrer Unwirklichkeit aus einem schrägen englischen Film hätte sein können.

Eine Weile lang sprach niemand ein Wort. Dann fing ein Serviermädchen zu schreien an. Sie ließ dabei das versilberte Tablett mit frischem Schinken in ihrer Hand fallen. Es krachte scheppernd auf den Boden. Vier der Engländer sprangen von ihren Plätzen hoch. Sie stürmten auf ihren Kollegen mit dem Golfschläger zu. Stühle kippten um. Geschirr fiel zu Boden.

Wenig später hatten sie ihn nach kaum nennenswerter Gegenwehr überwältigt. Einer drehte ihm im Polizeigriff den Arm nach hinten. Ein anderer hatte ihn fest am Schlafittchen gepackt. Mit vereinten Kräften zerrten sie ihn auf seinen Stuhl, und zwei von ihnen hielten ihn anschließend fest. Dabei hatten sie leichtes Spiel. Er machte keinerlei Anstalten sich zu wehren. Stattdessen starrte er wortlos vor sich auf den Frühstückstisch.

Beatrice rannte wie vom Teufel gejagt in den ersten Stock hinauf.

Erst mal muss ich dem Chef Bescheid sagen, und seiner Bekannten, der Frau Schmiedinger. Die ist Kommissarin. Die wissen sicher besser als ich, was zu tun ist.

47

Montag, 8.06 Uhr, Florians Schlosshotel.

»Hallo, Frau Schmiedinger!« Jemand klopfte wie wild an Hannas Tür.

»Um Himmels willen. Was ist denn los?« Hanna öffnete. Sie sah die hübsche Hausdame Beatrice, die aufgeregt nach Luft schnappend vor ihr stand, mit großen Augen an. »Sie sind ja ganz außer Atem. Ist etwas mit Florian? Ist ihm etwas zugestoßen?« Sie merkte, wie ihr eigener Puls anfing, schneller zu schlagen.

»Nein. Mit dem Chef ist alles gut. Er weiß bereits Bescheid.«

»Über was? Das gleich die Welt untergeht?« Hanna zog den weißen Bademantel, den sie gerade noch schnell übergezogen hatte, etwas enger um ihren Hals.

»Es ist etwas Schreckliches passiert.« Beatrice fasste sich hektisch atmend an den Hals. Es sah so aus, als hätte sie Angst, einen Herzinfarkt zu erleiden oder jeden Moment keine Luft mehr zu bekommen. »Ein Mann. Ein Engländer. Er ist tot, glaube ich. Bitte kommen Sie sofort runter in den Speisesaal.«

»Aber anziehen darf ich mich schon noch? Oder randaliert da unten immer noch jemand?« Hanna war schlagartig wach.

»Im Moment ist alles ruhig.« Beatrice schüttelte den Kopf. »Bitte machen Sie schnell.«

»Na gut.« Hanna nickte. »Was ist mit Ihnen? Brauchen Sie Hilfe? Sie sehen gar nicht gut aus.«

»Ich komme klar.« Beatrice winkte ab. Dann machte sie auf dem Absatz kehrt und entfernte sich im Eiltempo.

Hanna schloss die Tür. Sie schlüpfte schnell in ihre übliche Montur: schwarze Jeans, schwarzes T-Shirt, schwarzer Pulli, schwarze Lederjacke und ihre festen schwarzen Stiefel. Anschließend trug sie großzügig von ihrem knallroten französischen Lippenstift auf, ordnete flüchtig mit den Fingern ihre schwarzen Haare mit der schönen dunkelblauen Strähne darin, begab sich in den Flur, zog die Tür hinter sich zu und eilte die Treppe zum Speisesaal hinunter.

Sie kam nahezu gleichzeitig mit Florian unten an. Beide bestaunten die gespenstisch anmutende Szene vor ihnen.

Niemand sprach.

Ein Mann lag reglos am Boden in einer riesigen Blutlache.

Ein weiterer wurde von zwei Engländern und zwei Köchen auf seinem Stuhl sitzend festgehalten. Die Köche hielten dabei riesige Fleischermesser in der jeweils freien Hand.

»Deine Köche haben einen Engländer abgestochen. Ist das zu fassen?« Hanna sah Florian verwirrt an. »So werdet ihr keinen großen Erfolg mit dem Hotel haben.«

Florian zuckte ebenso verwirrt die Achseln.

»Nein!«, mischte sich Beatrice, die gleich links von ihnen stand, mit lauter Stimme ein. »Es war ganz anders. Der dunkelhaarige Herr im grauen Flanellhemd auf dem Stuhl hat den blonden Herrn im grünen Polohemd, der am Boden liegt, mit einem riesigen Golfschläger niedergestreckt.«

»Einfach so?« Hanna kratzte sich ratlos am Hinterkopf. Sie entdeckte die angesprochene Tatwaffe auf dem Boden. Sie lag keine zwei Meter vom Opfer entfernt.

Raue Sitten auf der Insel, kann man da nur sagen.

»Sie stritten vorher.« Beatrice klang gefasster als zuvor. »Worum es dabei ging, habe ich nicht verstanden.«

»Bestimmt hat einer von beiden beim Golfen geschummelt.« Hanna konnte sich trotz der Ernsthaftigkeit der Situation ein grimmiges Grinsen nicht verbeißen. Manchmal hatte sie einfach gestrichen die Nase voll von den ganzen Deppen, die auf diesem Planeten um einen herumtanzten. Sie eilte zu dem Mann in der Blutlache hinüber.

»Es war ganz genau so«, meldete sich einer der Engländer, die den Mann auf dem Stuhl festhielten, währenddessen auf Deutsch zu Wort. Ein schlanker älterer Herr mit schlohweißem Haar. Er trug einen offensichtlich maßgeschneiderten dunkelgrünen Anzug aus Tweed. So, wie er dastand, hätte er direkt aus dem House of Lords kommen können.

»Hat jemand einen Krankenwagen gerufen?«, wandte sich Hanna an alle.

»Nein.« Die immer noch leichenblasse Beatrice blickte schuldbewusst drein. »Oh Gott, das habe ich ganz vergessen.«

»Aber es hat jemand geschaut, ob er noch lebt?«

Allgemeines Raunen und Kopfschütteln.

»Ja, seid ihr alle miteinander nicht ganz dicht?« Hanna starrte entsetzt in die Runde.

Sie beugte sich schnell zu dem am Boden Liegenden hinunter und tastete nach seiner Halsschlagader.

Kein Puls.

Sicherheitshalber legte sie ein Ohr auf seinen Brustkorb, um seinen Atem zu kontrollieren.

Kein Atem.

»Der ist mausetot.« Hanna erhob sich.

»Es hat auch so schrecklich gekracht, als er den Schlag abbekam.« Beatrice verzerrte ihr Gesicht zu einer angewiderten Grimasse. »Es klang so, wie wenn unsere Jungs eine Kokosnuss in der Küche aufschlagen.«

»Aber warum zum Teufel haben Sie denn nicht sofort einen Krankenwagen gerufen?«, wollte Hanna wissen. »Vielleicht hätte man ihn noch retten können.«

»Es ging alles so schnell und das viele Blut. Ich war einfach zu aufgeregt.« Beatrice wählte gerade die Nummer des ärztlichen Notdienstes. »Außerdem wären die bestimmt noch nicht da. Das Ganze ist ja gerade mal 15 Minuten her.«

»Nicht zu fassen.« Hanna schüttelte den Kopf. »Den Notarzt brauchen wir jedenfalls nicht mehr. Legen Sie ruhig wieder auf. Ich rufe unseren Gerichtsmediziner und ein paar meiner Leute her.«

Das hat mir gerade noch zu meinem Glück gefehlt. Wenigstens ist der Sachverhalt klar, und wir müssen nicht auch noch nach einem weiteren Mörder suchen.

»Ach, du Schande!« Florian raufte sich mit hochrotem Kopf die Haare. Ihm schien die ganze Tragweite des Vorfalls gerade erst klarzuwerden. »Was für eine unglaubliche Sauerei. Da kann ich ja gleich wieder zusperren.«

»Ich bin von der Kripo Traunstein. Hauptkommissarin Schmiedinger mein Name. Der Täter bleibt hier bei mir«, kommandierte Hanna ungerührt. »Alle anderen versammeln sich bitte im Vorraum. Und dass mir niemand etwas anfasst.«

Die Engländer, die bisher auf ihren Stühlen gesessen hatten, gesellten sich zu denen, die bereits standen, und verließen mit ihnen gemeinsam den Saal.

»Aber wir müssen das Mittagessen vorbereiten«, protestierte der Größere der beiden Köche. Anscheinend trug er die Verantwortung.

»Sie müssen bis auf Weiteres gar nichts, außer meine Anordnungen zu befolgen. Hamma uns?« Hanna blickte ihm unverwandt ins Gesicht.

»Na gut.« Er folgte achselzuckend gemeinsam mit seinem Kollegen den anderen.

»Sie da!« Hanna zeigte auf den Mann mit dem schlohweißen Haar, der immer noch neben dem Täter stand. »Sie sagten vorhin, die beiden hätten wegen dem Golf gestritten. Um was ging es dabei genau?«

»Jerry Harrington, das ist der blonde Mann am Boden, meinte zu Jim Bold, dem Mann auf dem Stuhl, dass der ihm einen Fehlschlag aufgeschrieben hätte, der gar keiner war.«

»Dann war Herr Bold bisher Ihr Schriftführer?«

»Das kann man so sagen.«

»Und wie ging es weiter?« Hanna trat an die beiden heran. »Wie heißen Sie übrigens?«

»Rex Bonham.«

»Gut, reden Sie weiter, Mr. Bonham.«

»Jim meinte, dass er in seiner ganzen Laufbahn noch niemanden beschummelt hätte, und dass Jerry das sofort zurücknehmen solle.«

»Hat er aber nicht.«

»Genau.« Rex nickte. Er blickte auf Jim Bold hinunter. Hanna meinte eine Spur von Mitleid in seinem Blick zu entdecken. »Und da ist Jim ausgerastet und hat Jerry den Golfschläger übergezogen.«

»Genau.« Rex nickte erneut.

»Das ist aber auch nicht gerade die feine englische Art.«

»Natürlich nicht.«

»War Alkohol im Spiel?«

»Sehr viel Restalkohol möchte ich meinen.« Rex nickte langsam.

»Okay. Wir werden das überprüfen.«

»Dabei wollte er nächsten Monat meine jüngere Schwester heiraten.« Rex' Augen füllten sich mit Tränen. »Ihr Mann ist vor Jahren verstorben, und sie lebt seitdem allein.«

»Jerry?«

»Jim.« Er klopfte seinem Schwager in spe, der die ganze Zeit über nur mit hängendem Kopf dasaß, auf die Schulter.

»Daraus wird in nächster Zeit wohl nichts.«

»Das sehe ich genauso, Frau Hauptkommissarin.«

»Nur weil Sie gar so traurig schauen, Mr. Bonham.« Hanna senkte die Stimme. »Wenn er noch genug Alkohol im Blut hat, ist die Strafe möglicherweise nicht ganz so hart. Ihre Schwester muss die Hoffnung also nicht ganz aufgeben.«

48

Montag, zehn Uhr, Landstraße von Burghausen nach Niederöd.

Rainer nahm Hanna in seinem Wagen mit. Wie meistens, wenn sie zu zweit unterwegs waren. Hanna hatte ihr Auto beim Schlosshotel stehen lassen. Er würde sie abends wieder dort absetzen. Sie wollten in Niederöd die drei jungen Tatverdächtigen mit der Aussage des anonymen Telefonzeugen von heute früh konfrontieren, der sie in der Nacht von Freitag auf Samstag vor dem Pfarrhaus gesehen haben wollte.

»Hoffentlich sind die Burschen inzwischen wieder zu Hause«, meinte Hanna, während Rainer mit 120 Sachen einen Traktor überholte.

Die Sache mit den Engländern war inzwischen einwandfrei geklärt. Der Täter Jim Bold hatte alles gestanden. Er saß bereits in Untersuchungshaft in Traunstein. Zwei Uniformierte hatten ihn hingebracht. Sabrina und Ralf sollten sich so bald wie möglich um die Einzelheiten kümmern.

»Hast du eigentlich was von Sabrina und dem Neuen gehört?«, erkundigte sich Rainer. »Ich konnte sie den ganzen Morgen über nicht erreichen.«

»Nein.« Sie schüttelte den Kopf. »Ich verstehe gar nicht, dass sie nicht wenigstens mal anrufen. Frisch verliebt hin oder her.«

»Wie meinst du das, frisch verliebt?«

»Hast du es nicht mitbekommen? Die zwei haben was miteinander.«

»Ach echt?« Rainer zog überrascht die Brauen hoch.

»Echt.« Hanna grinste.

»Schon seltsam. Sie mag manchmal zu spät kommen, aber unzuverlässig ist sie eigentlich nicht.«

»Meine Rede. Ich versuch es noch mal bei ihr.«

Sie tippte Sabrinas Nummer in ihr Smartphone ein und ließ es mehrmals klingeln.

Nichts.

Was in drei Teufels Namen ist da bloß los?

»Echt komisch«, sagte sie laut. »Wenn sie sich bis Mittag nicht gemeldet haben, müssen wir uns was überlegen.«

»Fahndung?«

»Schauen wir mal. Jetzt fahren wir zuerst zum Alten Wirt.« Hanna lehnte sich seufzend in ihrem Sitz zurück.

Sie wusste, dass sie später einen Termin bei ihrem neuen Oberboss aus Regensburg, Kriminaldirektor Harald Kreisler, hatte. Hoffentlich war der nicht so ein bestechlicher und pedantischer Depp wie der letzte.

Wenn es so weitergeht, dass sie alle Oberpfälzer zu uns runterschicken, haben die dort bald keine Kripo mehr.

Erst der tote Engländer noch vor dem Frühstück, dann die drei rassistischen Jugendlichen aus Niederöd und zu guter Letzt der neue Chef. Herrgott noch mal, die Woche fing schon wieder gut an.

Als sie in Niederöd ankamen, war der Alte Wirt geschlossen. Auch auf ihr lautes Rufen und Klopfen hin öffnete niemand.

Sie fuhren weiter. Zuerst zu Hans Prems Mutter, weil ihr Haus am nächsten lag.

»Die drei sind irgendwo in Salzburg«, sagte sie, nachdem Hanna ihr mitgeteilt hatte, dass sie ihren Sohn sprechen wollten. »Er hat mich heute Morgen angerufen, weil er nicht mit zum Einkaufen gehen kann.«

»Wo genau sie in Salzburg sind, wissen Sie nicht?«

»Leider.« Hans' Mutter schüttelte den Kopf. »Na, der wird was zu hören bekommen, wenn er wieder hier ist«, schimpfte sie dann. »Lässt mich der Saukerl alleine einkaufen gehen. Dabei weiß er ganz genau, dass ich es am Kreuz habe.«

»Danke, Frau Prem.« Hanna lächelte geschäftsmäßig. »Sagen Sie uns bitte Bescheid, wenn Sie etwas Neues erfahren.«

»Wird gemacht. Auf Wiederschauen.«

Hanna und Rainer fuhren weiter zu Brigitte Dallinger.

»Sollen wir da wirklich hin?«, wollte Rainer nach wenigen Minuten wissen. Er zog skeptisch die Stirn kraus. »Die ist doch sicher schon wieder angesoffen. Außerdem wird sie bestimmt nicht mehr wissen als die gute Frau Prem.«

»Wer weiß. Wir müssen die drei Jungs auf jeden Fall unbedingt finden. Irgendwas an deren Fernbleiben von Niederöd kommt mir verdächtig vor.«

»Verdächtig, sagst du? Ich schätze mal, die machen eine ausgiebige Kneipentour. Vollsaufen bis zum Anschlag.« Er lachte humorlos.

»Mag sein. Aber wir haben diesen anonymen Anruf von heute Morgen.« Hanna blickte ernst drein. So hart wie der Tag begonnen hatte, würde er weitergehen, dämmerte es ihr langsam.

»Meistens wenn jemand anonym am Telefon aussagt, will er jemanden hinhängen und tut das nur aus Angst vor Konsequenzen eben nicht offiziell.«

»Ich geb dir recht. Aber irgendwas stinkt an der Sache. Was, wenn sie Angst davor haben, hier zu sein. Hans Prem half nicht mal seiner Mutter beim Einkaufen. So wie die drauf war, hätte er das sicher nicht ohne triftigen Grund abgesagt.«

»Wovor sollten sie denn Angst haben?«

»Vor uns zum Beispiel.«

»Stimmt auch wieder. Aber nur, wenn sie schuldig sind.«

»Pass auf. Dieser Zeuge, der ausgerechnet heute Morgen anruft, will sie in der Tatnacht bei der Kirche gesehen haben. Sabrina und Ralf sind seit gestern wie vom Erdboden verschluckt. Mir kommt das alles seltsam vor.«

»Hanna Schmiedingers berühmter Riecher.« Rainer überholte erneut mit weit überhöhter Geschwindigkeit. Diesmal einen Lastwagen.

»Nenne es, wie du willst.« Hanna klammerte sich an ihrem Türgriff fest. »Zefix noch mal. Und ausgerechnet du meckerst an meiner Fahrweise herum. Dass ich nicht gleich mal ganz ausgiebig lache.« Sie schüttelte ausgiebig den Kopf.

»Ich hab alles im Griff.«

»Ach, und ich nicht?«

Das wird ja immer besser mit diesem Schreibtischhengst.

»Das weiß ich eben nicht.«

»Depp.« Sie lachte kurz auf. »Vielleicht haben wir Glück, und die Dallinger weiß mehr als Frau Prem.«

»Wenn sie einigermaßen klar im Kopf ist.« Rainer tippte sich mit dem Zeigefinger an die Stirn.

»Meine Rede«, stimmte ihm Hanna zu.

»Na gut. Und wenn sie doch betrunken ist, wie ich schwer annehme, haben wir immer noch den dementen Vater von Hias.« Rainer grinste grimmig.

Brigitte Dallinger war tatsächlich einigermaßen nüchtern. Sie meinte, dass des Öfteren von einem gewissen Viktor aus Salzburg die Rede zwischen den Jungs gewesen sei. Er scheine so eine Art Nachwuchshitler zu sein. Die Jungs mochten ihn, weil er für Jobs und mehr Rechte für Einheimische wäre und gegen die Ausländer. Viktor Himmelstoß oder so ähnlich hieße er.

»Danke, Frau Dallinger«, sagte Hanna. »Das hilft uns weiter.«

Sie ging mit Rainer zu dessen Wagen zurück.

»Und jetzt«, fragte er, sobald sie drin saßen.

»Zurück in die Inspektion«, erwiderte sie, während sie sich anschnallte. »Der Engländer muss noch ausführlich verhört werden. Vielleicht sind Sabrina und Ralf bereits dabei. Wenn nicht, wird das wohl an uns hängen bleiben. Außerdem musst du schnellstens im Internet herausfinden, wer dieser Viktor Himmelstoß ist.«

Rainer ließ den Motor an. Er fuhr zügig los.

49

Montag, 10.10 Uhr, Flughafen München.

Die riesige Passagiermaschine nach Buenos Aires rollte auf die Startbahn. Xaver genoss mit einer riesigen Sonnenbrille auf der Nase seinen bequemen Fensterplatz mit viel Beinfreiheit. Eine außerordentlich hübsche Südamerikanerin hatte sich vorhin auf den Platz neben ihm gesetzt. Er hatte es erfreut registriert.

Der Pilot gab Gas.

Die Landschaft flog vorbei.

Sie hoben ab.

Es ging steil nach oben.

Xaver sah, dass die zierliche Frau zu seiner Seite ihre schlanken Finger fest in die Armstütze krallte. Offensichtlich hatte sie Angst.

Wenig später erreichten sie die geplante Reisehöhe.

Das Flugzeug kippte langsam in die Waagrechte.

Die Anschnallzeichen erloschen.

Xaver freute sich schon auf einen schönen Whiskey, sobald die Bordbar geöffnet hätte. Er musste unbedingt mit sich selbst auf die gelungene Flucht anstoßen. Dass er womöglich nie wieder nach Niederöd zurückkehren konnte, bereitete ihm keine Probleme. Er war ein für alle Mal durch mit den Langweilern im Dorf. Auch mit den jüngeren Langweilern wie Hans, Richard und Hias. Geld war aus seiner Kneipe nicht mehr viel rauszuholen, und politisch ging es in Europa sowieso den Bach runter. Ein vernünftiger Nationalismus würde sich dort in hundert Jahren noch nicht einstellen. Seine vielen deutschen Freunde am anderen Ende des Atlantiks ließen da insgesamt weitaus Besseres erwarten. Ihre E-Mails und Briefe klangen zumindest sehr vielversprechend.

»Wenn's läuft, dann läuft's«, sagte er unvermittelt zu der hinreißenden Südamerikanerin im Minirock.

»Wie bitte?« Sie sah ihn leicht irritiert an.

Ihr auffälliger Augenaufschlag dabei signalisierte ihm ein gewisses Interesse ihrerseits an seiner Person.

Gegen eine fesche Argentinierin ist nicht das Geringste einzuwenden. Das ist was ganz anderes als die hässlichen Ausländerweiber bei uns. Wieso bin ich eigentlich nicht schon viel früher abgehauen? Ja, ja. Die Gewohnheiten haben uns anscheinend im Griff, bis wir sie irgendwann endlich aufgeben.

»Ach nichts.« Er winkte ab. »Schöner Tag heute, nicht wahr.«

»Ja, schöner Tag.« Sie nickte und zeigte zum Fenster hinaus. »Die Sonne scheint, ruhiger Flug bisher.«

»Sind Sie Argentinierin?« Xaver lächelte charmant.

»Ja.« Sie nickte. »Woher kommen Sie?«

»Ich bin ein Bayer auf dem Weg in ein neues Leben.«

»Hört sich gut an.«

»Ist auch gut.« Xaver schaute zufrieden drein. »Haben Sie Angst vor dem Fliegen?«

»Wieso fragen Sie?«

»Sie haben sich vorhin beim Start sehr gut festgehalten.«

»Das haben Sie bemerkt?« Sie klimperte mit den Wimpern.

»Schöne Frauen bemerkt man eben.« Xavers Stimme hatte einen gewissen Unterton.

»Stattliche Männer auch.« Sie legte leicht den Kopf schief.

»Und haben Sie?«

»Angst? Nur vor dem Start und vor der Landung«, erwiderte sie. »Ich mag es nicht, wenn es so schrecklich wackelt. Ich heiße übrigens Maria.«

»Sehr erfreut. Ich bin der Xaver.«

Sie hielt ihm ihre feingliedrige Hand hin. Er nahm sie behutsam in seine und deutete einen kleinen Handkuss an.

Währenddessen sah er von Weitem die Stewardessen mit dem Getränkewagen anrücken.

»Darf ich Sie zur Beruhigung auf einen Drink einladen, liebe Maria?«, fragte er.

»Nur wenn ich den nächsten übernehmen darf, lieber Xaver.« Sie blickte ihm lang und sehr tief in die Augen.

Er grinste von einem Ohr zum anderen.

Sag ich doch. Wenn's läuft, dann läuft's.

50

Montag, 10.20 Uhr, Schlosshotel bei Burghausen.

Die übrig gebliebenen Engländer waren geschockt abgereist. In einem Hotel, in dem einer von ihnen erschlagen wurde, wollte keiner von ihnen bleiben, hatten sie gemeint. Obwohl es einer von ihnen gewesen war, der den Totschlag begangen hatte.

Florian hatte sie ausgecheckt. Natürlich hatte er jedem die gesamte gebuchte Aufenthaltszeit berechnet. Alles andere wäre ja noch schöner gewesen. Jetzt saß er rauchend auf der großen Frühstücksterrasse und haderte mit sich selbst.

»Natürlich muss das wieder ausgerechnet dir passieren«, murmelte er dumpf vor sich hinbrütend. »Du baust ein sauteures Luxushotel – und gleich am Anfang geht alles schief. Typisch. Was, wenn das alles die Runde in den Medien macht? Dann bist du erledigt, verdammter Mist.«

Er rief nach Beatrice.

»Was kann ich für Sie tun, Chef?«, fragte sie mit unsicherer Stimme.

Das schlechte Gewissen stand ihr nach wie vor ins Gesicht geschrieben. Sie wusste sicher ganz genau, dass sie heute Morgen falsch reagiert hatte und zuerst den Notarzt hätte rufen müssen, anstatt ihn und Hanna zu holen.

»Passen Sie auf, Beatrice.« Florian räusperte sich. »Vergessen Sie den ganzen Vorfall so schnell wie möglich. Wir alle reagieren nicht immer logisch und vorschriftsmäßig.«

»Meinen Sie das ehrlich?« Sie fuhr sich mit dem Handrücken über die feuchte Stirn. »Ich fühle mich so schlecht. Ich hätte gleich einen Krankenwagen rufen müssen. Und jetzt ist der Mann tot und alle sind weg.« Sie zeigte mit einer hilflosen Geste auf die Terrasse und das Haus. Ihre Schultern fielen nach vorn.

»Stimmt. Aber wir zwei haben niemanden umgebracht, richtig?«

»Richtig.« Sie nickte mehrmals. »Ich hatte solche Angst.«

»Verstehe ich.« Er nickte ebenfalls. »Hilft uns aber nicht weiter.«

»Da haben Sie auch wieder recht, Chef.« Sie hielt sich wankend und zitternd an der Stuhllehne neben ihm fest.

Oh Gott, jetzt fällt sie mir auch noch in Ohnmacht.

»Setzen Sie sich, Beatrice«, sagte er schnell, bevor es tatsächlich so weit kam. »Es ist alles wieder gut.«

»Danke, Chef.« Sie nahm neben ihm Platz. »Dass ich ausgerechnet Sie so enttäuscht habe, Herr Bauer. Sie sind immer so nett zu mir.« Ihre Augen füllten sich mit Tränen.

»Noch mal, Beatrice. Sie haben mich nicht enttäuscht. Ich will, dass Sie weiter für mich arbeiten. Jeder macht mal einen Fehler.«

»Meinen Sie wirklich, Chef? Ich wollte gerade meine Sachen packen.« Sie schniefte.

»Auf gar keinen Fall. Sie bleiben hier.«

»Danke, Chef. Das werde ich Ihnen nie vergessen.«

Sie weinte ungehemmt.

»Schon gut. Wird ja alles wieder.«

Florian war peinlich berührt. Schöne Frauen sollten seiner Meinung nach am besten nicht weinen. Es schadete ihrem Teint und ihrer Anmut. Trotzdem beugte er sich zu ihr hinüber, nahm sie freundschaftlich in den Arm und tätschelte ihren Rücken. Hanna würde es ihm verzeihen. Außerdem sah sie es nicht einmal. Was sollte also sein.

»Und wenn niemand mehr herkommt, weil bei uns ein Mord geschah?« Beatrice hielt inne. Sie sah ihn mit großen rotgeränderten Augen an. »Dann müssen wir doch bald zusperren. Oh Gott, und ich bin schuld an allem.«

Sie weinte erneut. Laut und mitleiderregend.

»Es gab keinen Mord, Beatrice.« Florian fixierte sie mit einem eindringlichen Blick. »Es gab einen bedauerlichen Unfall. Genau das und nichts anderes wird jeder im Haus den Medien erzählen. Sorgen Sie bitte dafür. Es ist unsere einzige Chance, dass sich das Ganze nicht zu einer Katastrophe auswächst.«

Er erhob sich von seinem Stuhl.

Sie stand ebenfalls auf. Nahm ein Papiertaschentuch zur Hand und schnäuzte kräftig hinein.

»Wir müssen jetzt alle zusammenhalten«, sagte Florian. »Unbedingt, verstehen Sie?«

»Ja, Chef.« Sie nickte erneut.

»Gut.« Er nahm sie sanft am Arm und führte sie in den Frühstücksraum. »Sorgen Sie bitte dafür, dass die Sauerei gründlich beseitigt wird. Dann sehen wir weiter, okay?«

»Wird gemacht.« Sie eilte davon.

Florian ging in sein Büro, um sein weiteres geschäftliches Vorgehen mit sich selbst abzustimmen. Einen Partner wie früher mit seiner Softwarefirma hatte er ja nicht. Eins war dabei klar. Er würde so schnell garantiert keine Buchungen mehr von irgendwelchen Engländern annehmen. Selbst wenn sie aus noch so vornehmen Verhältnissen stammten.

51

Montag, 10.30 Uhr, Alter Wirt, Niederöd.

Sabrina erschrak.

Hatte sich Ralf gerade tatsächlich bewegt oder war es nur Einbildung von ihr gewesen. Sie bekam dank des Knebels in ihrem Mund nur sehr schlecht Luft, konnte nicht mehr klar denken. Andauernd verschwamm alles vor ihren Augen. Außerdem war es nahezu finster in ihrem kalten Verlies unter dem Alten Wirt.

Da geschah es wieder. Ralfs Kopf bewegte sich tatsächlich ein Stück weit über den Boden. Er stöhnte sogar leise. Sie konnte ihr Glück nicht fassen. Er war also doch nicht tot, wie sie angenommen hatte. Bestimmt hatte er eine schwere Kopfverletzung. Aber er lebte. Vielen Dank, lieber Gott.

Tränen der Erleichterung schossen ihr in die Augen.

Sie schlug kräftig mit ihrem Absatz auf den Boden, um ihn auf sich aufmerksam zu machen.

Er stöhnte erneut. Doch er bewegte sich nicht mehr.

Und was, wenn er gelähmt ist? Er ist voll mit dem Genick auf die Tischkante geknallt. Nein! Das darf einfach nicht wahr sein. Ich gefesselt, er bewegungslos.

Immer wieder trat sie mit ihrem Fuß auf. Er antwortete nicht jedes Mal mit Stöhnen.

»Sabrina?«, flüsterte er schließlich mit rauer Stimme. »Bist du das?«

Sie schlug zweimal ihre Hacke in den Boden. Dann ließ sie sich umkippen und robbte wie eine Schlange zu ihm hinüber.

Als sie bei ihm war, richtete sie ihren Kopf so aus, dass ihr Gesicht genau vor seinem liegen blieb. Sie stupste ihn vorsichtig mit ihrer Nase an.

Er schlug langsam mit flatternden Lidern die Augen auf.

»Mhmhm«, machte sie durch ihren Knebel hindurch. Sie sah ihn dabei mit einem verzweifelten Blick an.

»Wo sind wir?«

»Mhmhm.«

»Ich verstehe«, flüsterte er. »Also gut. Ich versuche dir den Knebel wegzubeißen. Du musst aber ganz nah an mein Gesicht kommen. Ich kann meinen Körper nicht bewegen. Irgendwas ist mit meinem Rücken.«

Sie nickte. Rückte mit ihrem Mund an seinen heran.

Also ist er doch gelähmt. Verdammt. Bitte lass es nur eine Prellung sein, lieber Gott.

Ralf biss in den Stoff und zerrte daran.

Nichts bewegte sich.

Er versuchte es erneut. Noch mal. Zupfte und zerrte immer wieder mit seinen Zähnen an dem feuchten Stoffstück. Zwischenrein ließ er seinen Kopf erschöpft auf den kalten Betonboden sinken. Sabrina betete inständig, dass er es schaffen möge. Stupste ihn weiter mit ihrer Nase an. Versuchte ihn dabei immer wieder mit ihren Blicken anzustacheln. Sie wusste genau, dass es ihre einzige Chance zu überleben war, wenn er sie mit den Zähnen von ihrem Knebel und ihren Fesseln befreien konnte. Zumal er offenbar vom Oberkörper abwärts gelähmt war.

Auf einmal hörte er auf. Rührte sich nicht mehr.

Reagierte nicht mehr auf ihre Nasenstüber.

52

Montag, elf Uhr, Polizeiinspektion Traunstein.

»Schnell, holt Hilfe!« Polizeimeister Erwin Hirschbichler starrte mit schreckgeweiteten Augen auf den vorhin eingelieferten Engländer in der Ausnüchterungszelle. »Heilige Scheiße! Der schaut gar nicht gut aus.«

Jim Bold hing mit herausgestreckter Zunge vom Griff des kleinen Fensters im oberen Wandbereich herab. Er hatte sich offenkundig dort aufgehängt.

Mit seinem eigenen Hemd, so wie es aussah.

Erwins Kollege, Polizeimeister Rudolf Brecher, kam herein. Er half ihm so schnell wie möglich dabei, den leblosen Körper loszuknoten und auf die Pritsche zu legen.

»Was machen wir jetzt mit ihm?«, fragte Erwin. »Der ist mausetot.«

»Wir warten auf den Notarzt. Er muss jeden Moment da sein. Herrgott noch mal, wie kann sich denn einer mit seinem Hemd aufhängen? Das hab ich ja noch nie gehört.« Rudolf starrte ungläubig auf den leblosen Körper unter ihnen.

»Noch nie?« Erwin setzte einen skeptischen Blick auf.

»Na ja, fast noch nie.«

»Wir hätten lieber mal nach ihm schauen sollen, anstatt eine nach der anderen im Park hinten zu rauchen.«

»Geh, Schmarrn. Wer kann denn so was ahnen?«

»Aber die Vorschriften …«

»Pass auf, Erwin. Ich sag dir, wie es läuft.« Rudolf hob den Zeigefinger. »Wir haben extra vor einer Stunde nach ihm geschaut, weil er ein Ersttäter war, wie man uns sagte, und wir haben nichts bemerkt.«

»Aber das stimmt doch gar nicht.« Erwin schüttelte aufgeregt den Kopf.

»Na und? Aber wir sind aus dem Schneider. Ihm kann es sowieso egal sein. Er lebt nicht mehr.« Rudolf zeigte auf Jim.

»Wie lange dauert es eigentlich, bis man tot ist, wenn man sich aufhängt?«

»10 bis 15 Minuten. Dann bist du hinüber.«

»Echt?«

»Echt.« Rudolf nickte. »Ich hab das mal irgendwo im Internet gelesen.«

»Super Quelle.«

»Es war eine medizinische Fachseite.«

»Was suchst du auf so was?«

»Das ist doch scheißegal«, zischte Rudolf ärgerlich. »Jedenfalls ist es so.«

»Na gut, wie du meinst.« Erwin zuckte die Achseln. »Ist das ein Abschiedsbrief dahinten?« Er zeigte auf das Papier, das auf dem anderen Ende der Pritsche lag.

»Bin ich Hellseher?« Rudolf ging hin und hob es auf.

»Und?«, fragte Erwin, der an seinem Platz stehen geblieben war.

»Es ist ein Abschiedsbrief. Ich lass ihn am besten da liegen.«

Der Notarzt kam herein. Orangefarbene Weste, kurze graue Haare, runde Brille auf der Nase.

»Was ist passiert?«, fragte er, während er sich hinkniete, um seinen Koffer zu öffnen.

»Der Gefangene, ein Engländer übrigens, hat sich mit

seinem Hemd am Fenstergriff erhängt«, erwiderte Rudolf. »Wir konnten ihn nur noch tot abknüpfen.«

»Genau«, bestätigte Erwin.

»Lassen Sie mich mal hin.« Der Mediziner beugte sich über Jim. »Müssen Sie nicht regelmäßig kontrollieren, was in den Zellen während der Untersuchungshaft vorgeht?«

»Nur bei Verdacht auf eine labile Persönlichkeit.« Rudolf sprach unaufgeregt. »Wir haben aber trotzdem vor einer Stunde hereingeschaut. Sicherheitshalber sozusagen. Da war alles noch in Ordnung mit ihm.«

»Genau«, meinte Erwin.

»Weshalb war er denn hier?«

»Er hat jemanden erschlagen.«

»Da schau her. Dann sind jetzt wohl zwei Engländer weniger auf der Welt.«

»Sieht ganz so aus.« Rudolf machte ein ernstes Gesicht.

»Auf jeden Fall fängt die Woche schon wieder gut an.« Erwin schüttelte erneut den Kopf.

»Er hat sich übrigens tatsächlich stranguliert«, meinte der Arzt schließlich. »Der Gerichtsmediziner weiß später sicher Genaueres darüber zu sagen.«

53

Montag, 11.30 Uhr, Viktors Keller, Salzburger Land.

Hias, Richard und Hans waren längst wach und hatten sich von ihren bequemen Sofas erhoben. Sicherheitshalber blieben sie aber in ihrem Versteck und überlegten gemeinsam, was als Nächstes zu tun sei.

»Wir brauchen unbedingt falsche Papiere. Dann hauen wir ab ins Ausland«, meinte Hias.

»Woher nehmen und nicht stehlen?«, erwiderte Hans. »Oder hast du irgendwo ein heimliches Konto?«

»Viktor hat jede Menge Geld. Wir könnten ihn anhauen.«

»Meinst du etwa, er gibt es uns einfach so?« Richard legte zweifelnd die Stirn in Falten.

»Wenn nicht, drohen wir ihm damit, dass wir ihn als Schwulen outen. Was meint ihr wohl, was seine Nazifreunde dazu sagen.« Hias lachte humorlos. »Oder wir holen es uns mit Gewalt. Der Typ ist klein und fett. Der kann sich niemals gegen uns drei wehren.«

»Ich weiß nicht, ob es so gut ist, wenn wir immer mehr verbrannte Erde hinter uns zurücklassen.« Richard sah die anderen beiden nachdenklich an.

»Was könnten wir sonst tun? Es bleibt uns nichts anderes übrig.« Hias holte sich eine Flasche Bier aus dem Kühlschrank. Er öffnete sie mit den Zähnen, setzte sich an einen der Tische und trank einen großen Schluck.

Die anderen beiden setzten sich ebenfalls.

In diesem Moment kam Viktor zur Tür herein. Er hatte

ein Tablett mit Kaffeetassen, Besteck, Tellern, Wurst, Butter, Käse, Eiern und Semmeln darauf dabei, das er vor ihnen abstellte.

»Hallo, die Herren«, begrüßte er sie. »Ich dachte mir, dass ihr vielleicht hungrig sein könntet.«

»Sind wir.« Hias nickte ihm zur Begrüßung knapp zu. Kein Lächeln. Keine besondere Freundlichkeit in der Stimme. »Obwohl dein Bier auch ganz schön satt macht.«

»Schlechte Laune?« Viktor machte große Augen. »Was ist passiert?«

»Nichts. Geht so.« Hias nahm sich eine Semmel, schnitt sie auf und legte eine dicke Lage Schinken hinein.

»Kann ich euch irgendwie helfen? Braucht ihr mehr Schnaps? Kein Problem.«

»Wir brauchen falsche Papiere, Viktor. Geld haben wir auch keins. Aber wir müssen unbedingt ins Ausland.«

»Kein Problem. Können wir alles machen.« Viktor setzte sich mit geheimnisvollem Gesichtsausdruck zu ihnen. »Aber warum wollt ihr euch vorher nicht erst mal anhören, was ich euch zu sagen habe?« Er sah sie abwartend an, während er damit begann, sich eine Buttersemmel zu schmieren.

»Na gut. Wir sind ganz Ohr.«

»Ich habe euch doch gestern von meiner neuen Partei erzählt.«

»Richtig«, sagte Hias.

Die anderen beiden nickten.

»Falls ihr eintretet und mir dabei helft, diese relativ kleine Partei ganz groß zu machen, könnt ihr so gut wie alles von mir haben.«

»Tatsächlich.« Richard hob erstaunt die Brauen.

»Ich kann euch alles besorgen.« Viktor sah sie begeistert an. Mit Feuereifer in der Stimme fuhr er fort. »Neue Papiere und sogar eine neue Identität. Dafür kenne ich einen hervorragenden Schönheitschirurgen. Wenn der mit euch fertig ist, erkennt euch eure eigene Mutter nicht mehr.«

»Das klingt vielversprechend.« Hias aß eine zweite Semmel. Während er kaute, sprangen die Adern an seinen Schläfen im Takt auf und ab.

»Ich will gar nicht wissen, vor wem ihr euch versteckt oder was ihr ausgefressen habt.« Viktor schmatzte laut, während er mit großen Bissen seine Buttersemmel verzehrte. »Ich will euch einfach nur sehr gerne in meiner Mannschaft haben.«

»Und was müssen wir in deiner Partei tun?«

»Ihr müsst mich beschützen und einige leitende Aufgaben übernehmen. Große Verantwortung.« Viktor hob vielsagend die Brauen. »Aber es lohnt sich, wie gesagt.«

»Und dafür bekommen wir eine neue Identität. Wie im Thriller? Versprochen?« Richard war nach wie vor misstrauisch. Ihm kam das Ganze nicht koscher vor. Hatte der kleine dicke Bauunternehmer tatsächlich so gute Verbindungen oder log er nur, um sich vor ihnen wichtigzumachen?

»So ist es.« Viktor grinste zuversichtlich.

»Und um was geht es genau in dieser Partei?«, wollte Hans, der die ganze Zeit über schweigend daneben gesessen hatte, wissen.

»Wir ändern die Welt und machen sie uns untertan.« Viktor bekam einen verklärten und gleichermaßen entrückten Gesichtsausdruck. »Die ganzen Kanaken, Molukken, Neger und Juden haben ausgeschissen, Männer. Die Welt gehört ab morgen ihren rechtmäßigen Besitzern, nämlich uns, der Herrenrasse. Vom Mississippi bis zum Auermühlbach. Von Kanada bis nach Australien und Neuseeland. Vom Nordpol bis zum Südpol.«

»Aber dafür braucht es eine riesige Armee mit sehr vielen Soldaten«, wandte Hias ein.

»Die werden wir auch haben. Wir werden mit ihr alles überrollen, alles beherrschen. Diejenigen, die uns dabei im Weg stehen, die werden wir mit Stumpf und Stiel ausrotten.« Viktor hob seine Faust und schüttelte sie mit grimmiger Miene in Richtung Decke.

»Haben die ganz normalen Bayern wie wir dann wieder mehr Arbeit?« Hans sah ihn neugierig an.

»Geld, Wohnraum, Lebensraum und Arbeit. Jawohl, meine Junge. So schaut es aus. Wir werden wieder wer sein, und die ganzen Untermenschen schicken wir in die Wüste zurück, wo sie hergekommen sind.« Viktor rang mit den Händen wedelnd erschöpft nach Luft. Er hatte sich regelrecht in Rage geredet.

»Aber die Wüste wird doch auch uns gehören«, gab Hias zu bedenken. »Oder nicht?«

»Natürlich. Alle Wüsten werden uns gehören. Dann schicken wir sie eben nicht hin, sondern vernichten sie gleich hier an Ort und Stelle, die ganzen Wertlosen. Bis zum Endsieg. Bis nur noch wir übrig sind.« Viktor schlug mit glühendem Blick seine flache Hand auf den Tisch. »So, und jetzt esst erst mal tüchtig, Männer. Nachher bringe ich euch noch mehr Schnaps und Bier. Bis dann, meine Herren. Heil, Himmelreich.«

Er stand auf, stolzierte mit geschwellter Brust aus dem Raum und zog die Tür hinter sich zu.

»So unrecht finde ich das gar nicht, was er sagt«, meinte Hias, als Viktor weg war.

»Geht mir genauso.« Hans nickte. »Außerdem versteckt er uns hier, bringt uns Essen und will uns auch noch einen ausgeben. So einer kann nicht grundfalsch sein.«

»Sind wir jetzt schon Nazis, oder was?« Richard sah seine Freunde geschockt an. »Dass wir gegen die Ausländer sind, ist logisch. Die nehmen uns die Arbeit und die Frauen weg. Aber ein richtiger Nazi sein, das ist was anderes.«

»Wenn's genug Schnaps und Bier dafür gibt. Warum nicht?« Hans zuckte die Achseln.

»Finde ich auch«, schloss sich ihm Hias an.

»Ihr spinnt ja total.« Richard sprang mit rotem Gesicht auf. »Der lässt uns doch sofort fallen, wenn es hart auf hart geht. Außerdem hat er voll einen an der Klatsche. Wahrscheinlich kommt er das nächste Mal mit seinen schwulen Freunden her, und wir dürfen denen unsere Ärsche hinhalten.«

»Wer hier wohl spinnt.« Hias bedachte Richard kopfschüttelnd mit einem mitleidigen Blick.

54

Montag, 13.15 Uhr, Polizeiinspektion Traunstein.

Der neue Chef, Harald Kreisler, hatte Hanna gleich nach der Mittagspause zu sich gerufen. Als sie sein Zimmer betrat, saß ein geschniegelter kurzgeschorener Schönling um die 45 Jahre im Maßanzug hinter dem Schreibtisch des Kriminaldirektors. Schlank und durchtrainiert, wie es den Anschein machte.

Ist er das tatsächlich?

»Sie hatten nach mir verlangt, Herr Kreisler. Hanna Schmiedinger«, stellte sie sich ihm höflich vor.

»Schön, dass wir uns endlich kennenlernen, Frau Schmiedinger. Ich hatte Sie eigentlich gestern schon erwartet. Setzen Sie sich.« Er zeigte auf den Besucherstuhl vor seinem Schreibtisch.

Er ist es. Ein Yuppie-Arsch aus Regensburg. Na sauber.

»Zu viel zu tun, Herr Kreisler. Sogar am Sonntag.« Sie nahm Platz. »Der Fall mit dem toten Pfarrer bereitet uns großes Kopfzerbrechen.«

»Wie ist der Stand der Dinge?«

»Einige Verdächtige, aber keine Beweise.«

»Haben Sie schon mal darüber nachgedacht, dass diesem Pfarrer jemand aus seiner Heimat gefolgt ist, um ihn zu töten?« Kreisler sah sie erwartungsvoll an.

»Haben wir. Aber es wurde bisher kein Afrikaner in Niederöd und Umgebung gesehen.«

»Dann ermitteln Sie ruhig in dieser Richtung weiter. Vielleicht hat sich ein Schwarzer im Schutz der Dunkelheit eingeschlichen und das Pfarrhaus abgebrannt. Man weiß doch, dass diese Afrikaner untereinander zerstritten sind wie nur was. Ich sag bloß Kindersoldaten.«

»Das ist aber nicht wirklich Ihr Ernst, Herr Kreisler?« Hanna starrte ihn verblüfft an. »Afrikanische Kindersoldaten hier bei uns?«

Heiliger Bimbam. So ein hirnloser Wichtigtuerkaschper hat uns gerade noch gefehlt.

»Kann doch sein. Lassen Sie es jedenfalls nicht außer Acht.« Kreisler lehnte sich selbstzufrieden zurück. »Tja, und mit dem toten Engländer in der Zelle kommt noch mehr Kopfzerbrechen auf uns zu.« Seine Miene zeigte sich verschlossen. Er fuhr sich langsam über die schwarz glänzenden Haare. »So etwas darf einfach nicht passieren.«

»Da bin ich Ihrer Meinung.«

»Und warum ist er dann tot?«

»Na ja, das konnte so niemand voraussehen. Er wirkte nicht außergewöhnlich labil, als ich ihn festnehmen ließ. Eher ziemlich wütend.«

Höre ich da einen Anklang von Vorwurf in seiner Stimme?

Hanna wusste, dass er eigentlich recht hatte. Ein Selbstmord in der Zelle war ein absolutes No-Go. Vor allem in der Untersuchungshaft. Viele Ersttäter bekamen dort einen schweren Schock ob der schlagartig geänderten Lebensumstände, in denen sie sich auf einmal befanden. Dennoch wollte sie nicht die ganze Schuld auf sich alleine nehmen. Es kam schließlich nicht jeden Tag vor, dass sich die Verdächtigen, die sie verhafteten, in ihrer Zelle umbrachten. Außerdem hatte sie ihn nicht persönlich dort untergebracht. Da hätten andere ihre Arbeit besser machen und ab und zu nach ihm sehen müssen. Doch am Ende half das natürlich alles nichts. Sie wusste genau, dass sie als stellvertretende Leiterin der Mordkommission einen großen Teil der Verantwortung dafür tragen musste. Es gehörte allerdings schon auch eine Menge Pech dazu, wenn so ein unerquickliches Vorkommnis einen selbst betraf. Letztlich stellte ein Unglück wie dieses eine echt seltene Ausnahme dar, mit der man normalerweise gar nicht rechnete.

»Die Medien werden uns in der Luft zerreißen. Wäre ich doch bloß in Regensburg geblieben. Da war es ein Paradies gegen dieses unprofessionelle Chaos hier.« Harald bedachte Hanna mit einem arroganten Blick aus seinen kalten grauen Augen.

»Aber es konnte doch wirklich niemand ahnen, dass der Mann derart aufgewühlt war.« Sie nagte nervös an ihrer dick mit ihrem französischen Lippenstift geschmückten Unterlippe. »Rein äußerlich hat man ihm nichts angemerkt.«

»Trotzdem, Sie hätten Vorkehrung treffen müssen.«

»Hätte ich ihm etwa das Hemd wegnehmen sollen, mit dem er sich erhängt hat? Wer kommt denn auf so was?« Sie schnaubte empört. »Außerdem habe ich ihn nicht persönlich eingesperrt. Das waren andere.«

»Nackt in der Zelle geht natürlich auch nicht. Da haben Sie irgendwo schon recht.« Er spielte nervös mit dem Kugelschreiber auf seiner Schreibunterlage herum. »Dennoch haben wir unsere Sorgfaltspflicht verletzt. Das Ganze wird ein Nachspiel haben. Darauf können Sie sich gefasst machen.«

»Dann soll's halt so sein.« Sie winkte achselzuckend ab. »Er hätte sich übrigens so oder so umgebracht. Hatte Krebs im Endstadium. Das stand in dem Abschiedsbrief, den er hinterlassen hat.«

»Jemand hat ihm Stift und Papier gegeben? Seid ihr hier alle völlig wahnsinnig? Was, wenn er sich mit dem Stift erstochen hätte?« Kreislers Blick war ein einziger blanker Vorwurf.

»Hat er aber nicht.«

»Hätte er aber können.«

»Er wollte eigentlich unbedingt, bevor er sterben musste, noch heiraten, um seine Freundin als Witwe, die offiziell alles erbt, zu hinterlassen. Damit sich seine gierige Schwester nicht alles schnappt, wie er offenbar befürchtete.«

»Das stand auch in dem Abschiedsbrief?«

»Wortwörtlich.« Hanna nickte. »Er hat sogar eine Art Testament aufgesetzt. Wir lassen es seiner Freundin in England zukommen. Vielleicht hat sie Glück, und das Gericht dort drüben erkennt es an.«

»Sind wir die Polizei oder gute Samariter?«

»Beides, würde ich sagen, Herr Kreisler.«

»Wenigstens sind wir mit diesem Abschiedsbrief einigermaßen aus dem Schneider.« Harald atmete tief aus. »Er hätte sich wohl so oder so umgebracht. Übrigens, laufen Sie immer in Schwarz herum wie bei einer Beerdigung?«

»Passt es Ihnen etwa nicht?« Hanna stemmte die Hände in die Hüften. Sie reckte provozierend ihr Kinn nach vorne.

»Es ist zumindest ungewöhnlich.« Er schüttelte verständnislos den Kopf. »Mein Geschmack ist es jedenfalls nicht.«

»Dann werden Sie sich eben dran gewöhnen müssen, Herr Kreisler. Eine Uniform müssen wir bei der Kripo nicht tragen, soweit mir bekannt ist. Ist sonst noch was?« Sie fixierte ihn mit einem aufmüpfigen Blick.

»Nein, schon gut.« Er winkte genervt ab. »Kümmern Sie sich um die Sache mit dem Engländer. Schadensbegrenzung, Frau Schmiedinger. Darauf müssen wir größten Wert legen. Und schicken Sie mir die Kollegin Sabrina Hornsteiner hoch.«

»Die ist noch nicht da.«

»Wo ist sie?«

»Wissen wir nicht.« Hanna zuckte die Achseln. »Ralf Schneider, der gemeinsam wegen dem toten Pfarrer mit ihr unterwegs war, geht uns ebenfalls ab. Ich habe schon zigmal bei beiden angerufen.«

»Dann finden Sie endlich heraus, wo sie sind, und schicken Sie sie zu mir. Aber pronto.« Harald war bereits die ganze Zeit über angespannt gewesen. Jetzt plärrte er die Worte unbeherrscht heraus.

»An Ihrem pampigen Kasernenhoftonfall werden Sie noch arbeiten müssen, Herr Kreisler. Es sei denn, Sie wollen hier bei uns nicht alt werden.« Sie blickte ihm ohne Angst ins Gesicht. Nur eine natürliche Autorität war von jeher eine Autorität in ihren Augen. Jemand, der ohne schlechtes Benehmen und Drohgebärden auskam. Solch autoritäres Gehabe lehnte sie aus tiefstem Herzen ab.

Komm du mir ruhig weiter blöd, du geschniegelter Affe. Da habe ich schon ganz andere als dich überstanden.

»Was? Wollen Sie mir etwa drohen, Schmiedinger? Sie sind wohl vollkommen verrückt.« Er sprang mit rotgefärbtem Gesicht auf. Seine Unterlippe zitterte vor Aufregung. »Schauen Sie bloß zu, dass Sie Land gewinnen, Sie impertinente Person, Sie ausg'schamte.«

Hanna zuckte gleichmütig die Achseln, machte auf dem Absatz kehrt, trat auf den Flur hinaus und schlug grußlos die Tür hinter sich zu.

55

Montag, 13.30 Uhr, Alter Wirt, Niederöd.

Ralf stöhnte und murmelte etwas, das Sabrina nicht verstand.

Zu gerne hätte sie ihm gesagt, er solle nicht so nuscheln. Aber der Knebel in ihrem Mund ließ das nicht zu. Sie hatte ein Stoßgebet nach dem anderen gen Himmel gesandt, damit er endlich wieder aufwachte. Hatte dem lieben Gott so gut wie alles dafür verspochen. Wollte sogar gelegentlich wieder den Gottesdienst am Sonntag besuchen.

Jetzt schien er sie endlich erhört zu haben.

Sehr gut. Möglicherweise konnte sie das mit dem Gottesdienst gleich wieder vergessen. Gott hatte sicher Verständnis dafür, wenn man ein unter Druck gemachtes

Versprechen nicht einhielt. Schließlich war er ein Gott der Vergebung.

»Ich bin wach, Sabrina«, sagte Ralf klar und deutlich. »Hab wohl noch mal eine Weile geschlafen.«

Seine Stimme klang kräftiger. Es schien ihm besser zu gehen als heute Vormittag. Sie nickte eifrig, wobei sie nicht wusste, ob Ralf die Bewegung in der nahezu vollständigen Dunkelheit überhaupt erkennen konnte. Nur durch den Türschlitz am Boden drang fahles Licht in den Raum.

»Lass uns mit deinem Knebel weitermachen, dass wir wenigstens miteinander reden können«, sagte er. Dass er bereits an ihrem Knebel gezupft hatte, schien er also trotz seiner erneuten Ohnmacht nicht vergessen zu haben.

Sie nickte. Drehte sich erneut mit dem Gesicht zu ihm, sodass er wieder mit seinem Mund an ihren herankam.

Niemand war bisher dagewesen, um ihnen Wasser oder etwas zu essen zu bringen. Es sah ganz so aus, als wollten sie sie hier unten sterben lassen. Umso wichtiger war es, sich mit vereinten Kräften zu befreien.

Ralf zerrte erneut an dem Stoff. Wieder und wieder.

Dann wurde der Widerstand mit einem Mal weniger. Er zog den Knebel nach unten über ihr Kinn.

Sabrina schnappte einige Male erleichtert nach Luft. Dabei spuckte sie die letzten Stoffreste aus.

»Ich dachte schon, ich ersticke«, sagte sie, während sie ihn dankbar ansah.

»Was ist eigentlich passiert?«, fragte er. »Ich weiß nur noch, dass wir in den Alten Wirt kamen und ich eine Schlägerei schlichten wollte. Dann war es bei mir zappenduster.«

»Du bist mit dem Genick auf eine Tischkante geschlagen und warst ohnmächtig. Sie haben uns in den Keller hier geschleppt. Es war seit Stunden niemand hier, um uns etwas zu trinken zu bringen.«

»Sie wollen uns umbringen?«

»Schaut so aus.« Sie nickte erneut.

Er spürte, wie ihre Haare dabei seine Stirn berührten.

»Tischkante sagst du? Deswegen kann ich mich also nicht bewegen. Hoffentlich hab ich mir nicht das Genick gebrochen.«

»Das hoffe ich auch.« Tränen schossen ihr ohne Vorwarnung in die Augen. »Du musst trotzdem versuchen, meine Fesseln aufzubeißen. Dann kann ich uns vielleicht hier rausbringen.«

Sie drehte ihm ihren Rücken zu, hinter dem ihre Hände zusammengebunden waren.

»Dann musst du aber weiter hochrutschen«, sagte er. »So komme ich nicht ran.«

»So gut?«, fragte sie, nachdem sie sich ein Stück weit bewegt hatte.

»Ja, ich kann den Knoten spüren.« Er begann sich an die Arbeit zu machen. »Verdammt, der sitzt fest wie Beton.«

»Streng dich an, wenn du willst, dass wir weiterleben.«

»Nur wenn du mir den Zahnarzt bezahlst.«

»Versprochen. Aber jetzt häng dich rein. Auch wenn's weh tut.«

Gott sei Dank. Er konnte schon wieder Witze machen. Es schien ihm langsam besser zu gehen. Möglicherweise kamen sie doch noch hier raus. Sie fühlte sich eindeutig zu jung zum Sterben.

56

Montag, 13.40 Uhr, Polieiinspektion Traunstein.

Hanna kehrte mit Wut im Bauch vom neuen Chef zu Rainer ins Büro zurück.

»Herrgott noch mal«, platzte sie laut heraus, während sie sich auf ihren Platz setzte. »Da vergessen die Wachleute im Revier, nach dem Engländer zu schauen, und am Ende bin ich es, die an seinem Selbstmord schuld sein soll. Scheiß Welt!«

»Das ist nicht gerecht.« Rainer blickte von seinem Computer auf. »Aber letztlich bist du die zweite Chefin nach ihm. Logisch, dass er einen Sündenbock sucht, bevor er selber dafür verantwortlich gemacht wird.«

»Ich weiß.« Sie schlug ärgerlich mit der flachen Hand auf ihren Schreibtisch. »Verflixt, wo bleiben nur Sabrina und Ralf? Ich finde das langsam nicht mehr lustig. Frisch verliebt hin oder her.«

Sie holte ihren knallroten Lieblingslippenstift heraus und bemalte zur Beruhigung ausgiebig ihren wohlgeformten Mund.

»Keine Ahnung.« Rainer zuckte die Achseln. »Ich finde es langsam auch merkwürdig. Sabrina ist zwar oft zu spät, aber grundsätzlich ist sie absolut zuverlässig.«

»Wenn sie sich bis zum Nachmittag nicht gemeldet haben, gebe ich eine Suchmeldung raus.« Hanna schaltete ihren Computer ein. »Wo waren die beiden zuletzt?«

»Im Alten Wirt in Niederöd.«

»Richtig. Aber der war zu, als wir dort vorbeifuhren.«

»Stimmt.« Rainer nickte.

»Hast du endlich herausgefunden, wer dieser Viktor Himmelstoß ist und wo er wohnt?«

Muss ich hier eigentlich alles selbst machen, verdammt noch mal?

»Endlich? Kann ich zaubern wie die Jungs in Las Vegas?« Er sah sie mit hochgezogenen Brauen an.

»Entschuldige.« Sie brachte ein schiefes Lächeln zustande. »Aber der neue Chef hat mich gerade dermaßen auf Hundert gebracht, dass ich alles auf der Stelle hinwerfen könnte.«

»Schon gut.« Rainer winkte ab. »Ich kann zaubern wie die Jungs in Las Vegas. Er heißt richtig Viktor Himmelreich und wohnt außerhalb von Salzburg«, las er ihr aus seinen Recherchen vor. »Ein sehr reicher Bauunternehmer mit sehr rechtslastigen politischen Ansichten. Er gründet gerade sogar eine Partei, wie man hört. Außerdem soll er sich in der Salzburger Schwulenszene herumtreiben. Genaues ist aber, zumindest im Internet, nicht darüber bekannt.«

»Sofort Amtshilfeersuchen an die Salzburger Kollegen«, sagte Hanna schnell. »Erklär denen, dass wir ihnen nachher Anton und Gerhard als Verstärkung schicken. Sie sollen die drei Burschen aus Niederöd umgehend hierher aufs Revier bringen, falls sie tatsächlich bei diesem dubiosen Viktor sind.«

»Wird gemacht, Chefin.« Rainer vertiefte sich umgehend in sein E-Mail-Programm.

Wenn er schreiben konnte, anstatt zu telefonieren, entschied er sich immer für das Schriftliche. Dabei musste er sich wenigstens nicht mit Gegenfragen oder schlecht gelaunt daherpampenden Menschen herumschlagen. Das Leben war so schon hart genug. Vor allem, wenn einer bei der Kripo war und daheim auch noch eine schwierige Mutter hatte, um die er sich andauernd kümmern musste.

57

Ralf kaute und zerrte an Sabrinas Fesseln.

Seinen Kopf und den Mund konnte er Gott sei Dank nach wie vor bewegen. Dass es mit dem Rest seines Körpers nicht so war, drängte sich ihm allerdings immer mehr ins Bewusstsein, und es machte ihm Angst.

»Was, wenn ich mich nie wieder richtig bewegen kann?«, fragte er Sabrina, während er eine kurze Pause machte. »Da mag ich gar nicht mehr leben, das schwör ich dir.«

»Wart's ab«, erwiderte sie. »Vielleicht ist es gar nicht so schlimm.«

»Gar nicht so schlimm? Wenn man den eigenen Körper abwärts vom Genick nicht mehr spürt? Machst du Witze?«

Seinen fragenden Gesichtsausdruck konnte sie in der Dunkelheit natürlich nicht erkennen. Trotzdem behielt er ihn eine Weile lang bei.

»Nein.« Ihre Stimme klang rau. Offensichtlich war sie sich im Klaren darüber, dass er es im Moment nicht gerade leicht hatte. »Aber ich finde, du darfst jetzt nicht aufgeben.«

»Leichter gesagt als getan. Verdammter Mist.«

Hätte er sich bewegen können, er hätte mit der Faust auf den Boden geschlagen oder gegen irgendetwas getreten. Da dies aber nicht möglich war, entlud sich sein Ärger in einer Art verstandestötender Implosion, wie er sie vorher noch nie erlebt hatte.

Seine Angst wurde stärker.

»Du brauchst erst mal einen Arzt.« Sabrina konnte die Unsicherheit in ihrer Stimme mit dem gewollt beruhigenden Tonfall, den sie anschlug, nicht vor ihm verstecken. »So viel ist klar. Aber dafür müssen wir dringend hier raus. Gib jetzt bitte nicht auf.«

»Was soll das Leben noch für einen Sinn haben, wenn es so bleibt mit meinem Körper? Soll ich die Fälle etwa im Rollstuhl lösen?«

Verdammt, das ist bisher das Härteste, was mir passiert ist. Ich fühl mich wie ein lebloser Sack Steine, mit dem jeder machen kann, was er will.

»Ich würde dich schieben.«

»Wenigstens was.«

Da sagen die Leute immer, dass dir Humor über alles hinweghilft. Stimmt nicht. Ist sogar totaler Blödsinn.

»Das wird schon wieder. Denk auch mal an mich. Nur weil du lebensmüde bist, muss ich ja nicht mitsterben.«

»Wenn du es sagst.« Er schüttelte unmerklich den Kopf.

Panik machte sich in ihm breit.

Den Rest seines Lebens hatte er sich wahrlich anders vorgestellt, als es gerade zu befürchten stand.

Heiraten, vielleicht sogar Sabrina, die er wirklich unfassbar schön, klug und lieb fand. Das wäre es. Ein Haus, Kinder, gemeinsame Freunde, zusammen mit den Kindern in den Urlaub fahren.

Das ganz normale kleine Glück.

Mehr verlangte er gar nicht.

Er war von jeher ein Familienmensch. Aufgewachsen auf dem Land, nördlich von Regensburg. Mit jeder Menge Onkel und Tanten, und mit sechs Geschwistern, von denen er der Jüngste war. Um allen zu beweisen, dass er nicht nur das verwöhnte Nesthäkchen war, hatte er sich gleich nach dem Abitur zum Studium an der Polizeihochschule in München gemeldet. Nun war er bereits in seinem zwölften Jahr als Kommissar bei der Kripo. Die Zeit verging wirklich wie im Flug. Jedes Jahr etwas schneller. Aber für eine Pension als Schwerbehinderter war es zu früh. Das konnte und wollte er sich im Moment nicht mal im Entferntesten vorstellen. Lieber starb er gleich hier unten in diesem feuchten und dusteren Kellerloch.

»Würde es dir etwas ausmachen, weiter an meinen Fesseln zu knabbern?«

Sabrina hörte sich für seinen Geschmack reichlich ironisch an. Fast so, als meinte sie, er wäre zu faul, um weiterzumachen. Natürlich hatte sie gut reden. Sie lag schließlich nicht nahezu vollständig gelähmt im Schmutz, sondern war nur gefesselt.

So etwas konnte man ändern.

Oder auch nicht.

Das war natürlich auch möglich.

Was ist das alles bloß für eine riesengroße Scheiße.

»Jammern können wir immer noch genug, wenn wir draußen sind«, fuhr sie ungeduldig fort. »Was meinst du?«

»Hast recht, Madame. Ich geb mein Bestes.« Er machte sich unter Spucken, Husten und Prusten an die Arbeit.

»Ja, so ist es gut«, feuerte Sabrina ihn währenddessen an. »Nur noch ein bisschen. Nicht aufhören. Gleich hast du es geschafft. Ich spüre schon, wie es lockerer wird.«

Ralf hielt kurz inne.

Da spürst du mehr als ich, Mädchen. Die Knoten sind viel zu fest. Die krieg ich in Tausend Jahren nicht auf. Schon gar nicht mit dem Mund.

58

Montag, 13.50 Uhr, Viktors Keller, Salzburger Land.

»Was, wenn wir ewig hier unten in diesem Partyraum bleiben müssen? Das halte ich nicht aus«, sagte Richard.

Er litt unter Klaustrophobie. Fuhr deswegen auch nie mit einem Aufzug, selbst wenn er zehn Stockwerke hochlaufen musste. Im Auto konnte er nicht hinten sitzen, weil ihn die Lehnen vor der Nase beengten. Auf der Bierbank oder im Lokal musste er immer ganz außen am Tisch sitzen, damit er jederzeit den Fluchtweg freihatte. Daheim in seinem Zimmer ließ er immer mindestens ein Fenster geöffnet. Sogar im Winter. Mit den vielen Drogen, die er einwarf, hatte das Ganze seiner Meinung nach aber nichts zu tun. Schließlich hatte er die Probleme und Ängste bereits in seiner Kindheit gehabt.

Sie lagen inzwischen alle drei wieder auf ihren Sofas. Die waren weicher als die Stühle und boten ihnen ausreichend Platz, um sich bequem darauf auszustrecken.

»Das wirst du schon aushalten müssen, Herr Drogenbaron«, erwiderte Hias. »Zumindest, bis wir eine bessere Idee haben.«

»Muss ich nicht. Wenn ich gehen will, gehe ich. Wer sollte mich daran hindern?« Richard reckte herausfordernd das Kinn nach vorne.

»Ich zum Beispiel, Herr Drogenbaron.« Hias richtete sich halb auf. Er blickte genauso herausfordernd zurück.

»Jetzt fangt nicht schon wieder zu streiten an, ihr Deppen«, mischte sich Hans ein. »Lasst uns lieber zusammen überlegen, wie es weitergeht. Ewig können wir hier nicht bleiben. Da hat Richard schon recht. Es sei denn, wir wollen Nazis in Viktors Partei werden.«

»Wo sollen wir deiner Meinung nach denn hin, Hansi Bubi?«, fragte Hias. »Die finden uns doch, sobald wir in einen Zug einsteigen oder irgendwo über eine Grenze müssen.«

»Wahrscheinlich ist die Polizistin jetzt auch schon tot, wenn Xaver getan hat, was er versprochen hat. Dann sucht die Polizei sicher mit Hochdruck nach uns.« Hans blickte mit Sorgenfalten auf der Stirn von einem zum anderen.

»Dann lasst uns halt doch Nazis werden«, schlug Hias vor. »Jeder eine neue Identität vom Chirurgen, wie Viktor vorgeschlagen hat, und fertig ist die Laube.«

»Ich nicht.« Richard schüttelte den Kopf. »Auf gar keinen Fall. Nazis sind Arschlöcher. Sie mögen zwar keine Fremden wie wir, aber sie sind einfach Arschlöcher.«

»Du brauchst natürlich wieder eine Extrawurst. Das ist uns allen klar, Herr Drogenbaron.« Hias blickte seinen Kumpel grimmig an.

»Hör endlich mit deinem scheiß *Herr Drogenbaron* auf, sonst fängst du eine, die du nie wieder vergisst.« Richard erhob sich. Er wusste, dass Hias der brutalere von ihnen war. Dafür war er aber weitaus stärker. Und im Moment war er auch wütend, was seine Angst vor einer Auseinandersetzung erheblich verminderte.

»Da lach ich doch bloß, Richard.« Hias stand ebenfalls auf. »Wo willst du denn die Armee von Arbeitslosen herkriegen, mit der du mich besiegen kannst.«

»Eindeutiger Fall von Größenwahn.« Richard schüttelte ungläubig den Kopf. »Geh zum Psychiater, Alter.«

»Hört endlich auf«, schrie Hans, dem es offenkundig endgültig zu blöd mit den ewigen Streitereien der beiden wurde.

»Sonst macht unser Mamabubi was?« Hias grinste höhnisch.

»Du bist ein Arschloch, Hias. Weißt du das eigentlich? Andauernd machst du nur irgendwelchen Stress. Glaubst du im Ernst, du bist was Besseres als Richard und ich?« Hans war ebenfalls von seiner Couch aufgestanden.

Sie taxierten sich wie drei scharfgemachte Kampfhähne im Ring.

»Okay, Leute. Vergessen wir's.« Hias winkte ab. »Bringt nichts, wenn wir aufeinander losgehen. Der Feind sitzt woanders.« Er setzte sich.

Hans und Richard taten es ihm gleich.

»Ich habe einen Onkel in Serbien«, fiel es Hans auf einmal ein. »Er ist mit seiner serbischen Frau dorthin ausgewandert. Verdammt, warum bin ich da nicht längst draufgekommen?«

»Du meinst, er würde uns helfen?«, erkundigte sich Richard.

»Auf jeden Fall. Wir sind so miteinander.« Hans legte den Mittelfinger seiner rechten Hand über den Zeigefinger. »Seit er die Serbin, also meine Tante Sofia, geheiratet hat, gehört er zur Familie, und die Familie geht über alles dort.«

»Würden die zum Beispiel auch jemanden für ihre Familie umbringen?«, wollte Hias wissen.

»Auf jeden Fall. Ratzfatz. Da kennen die gar nichts.«

»Klingt nicht schlecht.« Hias nickte nachdenklich.

»Wen willst du denn noch tot sehen?«, wollte Richard wissen. »Reichen dir die beiden Polizisten und der Pfarrer noch nicht?«

»Man wird ja wohl noch fragen dürfen.« Hias legte sich wieder hin.

59

Montag, 14 Uhr MEZ, Flugzeug nach Buenos Aires.

Xaver bestellte ihnen jeweils den vierten Drink. Seine wunderschöne argentinische Nachbarin Maria war bereits bester Stimmung. Ihm selbst ging es nicht viel anders.

»Hattest du schon mal Sex in einem Flugzeug?«, flüsterte sie ihm ins Ohr, nachdem die Stewardess die Gläser auf den kleinen Klapptischchen vor ihnen abgestellt hatte.

»Wieso fragst du das?« Er sah sie erstaunt an.

»Kannst du dir das nicht denken?« Sie fuhr mit dem Zeigefinger langsam am Rand ihres Champagnerglases entlang, rückte dabei ein gutes Stück näher an ihn heran.

»Ach so meinst du.« Er nickte verstehend.

»Genau.« Sie trank einen Schluck.

»Meinst du wirklich?« Er sah sich unsicher um. Hoffentlich hatte sie niemand gehört. Er war zwar nie ein Kind von Traurigkeit gewesen, wie so mancher daheim wusste. Aber das war echt noch eine Ecke schärfer als für gewöhnlich.

Die geht ja ganz schön ran. Anders als die langweiligen Weiber bei uns in Niederöd. Wär ich doch bloß schon früher weggegangen. Man wird schließlich nicht jünger.

Von hier oben hörte sich der Ortsname Niederöd auf einmal absolut stimmig für ihn an. Nieder und öd. Beides traf zu. Er würde es nie mehr dort aushalten müssen. Das wurde ihm gerade erst richtig klar.

Freiheit!

Er würde ein neuer Mensch werden. Sein Leben aus

vollen Zügen genießen. Kein Herumschleimen mehr bei den Honoratioren des Landkreises, wegen irgendwelcher Genehmigungen. Kein Anbiedern bei der Kundschaft, ob auch alles recht wäre. Er würde nur noch Xaver Schwarzer aus Germania sein. Geachtet und respektiert. Bald schon selbst Viehbaron und Millionär, wie seine Freunde in Argentinien.

»Ja, ich meine wirklich.« Maria blickte ihm tief in die Augen. Sie legte dabei unauffällig ihre freie Hand in seinen Schritt und begann ihn dort sanft zu massieren.

»Hör auf, Maria. Wenn uns jemand sieht«, zischte er und schob ihre Hand weg.

»Na und? Was wollen sie schon machen? Uns rauswerfen?« Sie lachte gurrend und legte ihre Hand wieder dahin zurück, wo sie ihrer Meinung nach offensichtlich hingehörte. »Ich habe keinen Fallschirm dabei. Du etwa?«

»Natürlich nicht.« Er schüttelte den Kopf.

Verflixt noch mal. Wie brachte er ihr nur bei, dass er nicht auffallen durfte, ohne vor ihr als ängstliches Weichei dazustehen. Wenn sie erst auf ihn aufmerksam wurden, fragten sie vielleicht in Deutschland nach, wer er sei und woher er komme. Gut möglich, dass sie die Polizisten bereits tot gefunden hatten und er aufflog statt weiterzufliegen. Bei der Landung in Argentinien wartete dann bestimmt die Abschiebung auf ihn.

Blödsinn, Alter. Die liefern doch gar nicht nach Deutschland aus. Schon gar nicht, wenn einer eine halbe Million Euro ins Land bringt. Das weißt du doch.

Aber wusste er es tatsächlich? Was, wenn sich die Aufenthaltsbestimmungen dort seit den letzten Informationen seiner Freunde geändert hatten.

»Lass uns wenigstens auf die Toilette gehen«, murmelte er. »Einer nach dem anderen. Vor der hinteren steht gerade keine von den Saftschubsen.«

Die seltsame Mischung aus Erregung und Angst davor, erwischt zu werden, übte auf einmal einen ganz eigenen Reiz auf ihn aus. Er hatte das Gefühl, endlich in der großen weiten Welt anzukommen, nach der er sich in Niederöd immer so gesehnt hatte.

So durfte es drüben auf der anderen Seite des Atlantiks gerne weitergehen. Sie würden ihn schon nicht erwischen und zurückschicken. Er war schließlich nicht auf der Brennsuppe dahergeschwommen.

»Komm in zwei Minuten nach. Ich warte nicht ewig auf dich.« Maria öffnete ihren Sicherheitsgurt, drückte ihm ihr Glas in die Hand und erhob sich.

»Gut.« Er nickte beiläufig.

Heilige Scheiße. Das glaubt mir kein Mensch, wenn ich es erzähle.

Er trank ihre beiden Gläser auf Ex aus, stellte sie auf seinem Klapptisch ab, wartete zwei Minuten, trat auf den Gang hinaus und folgte ihr unauffällig.

60

Montag, 14 Uhr, Alter Wirt Niederöd.

»Mach weiter. Gleich hast du es geschafft.« Sabrina feuerte den schwer keuchenden Ralf hinter ihr unentwegt an.

»Meinst du wirklich?« Er hielt inne. »Ich spüre gar nichts mehr. Mein Mund ist genauso taub wie der Rest meines Körpers. Wozu mach ich das alles eigentlich?«

»Für mich und für dich?« Sie zitterte innerlich. Was, wenn er so knapp vor dem Ziel aufgab? Nicht auszumalen. Das durfte auf keinen Fall passieren.

»Wenn, dann höchstens für dich«, murmelte er düster.

»Wenn wir hier raus sind, sorge ich dafür, dass du die besten Ärzte bekommst«, versprach sie ihm. »Mein Onkel hat Verbindungen bis nach Amerika. Die kriegen dich wieder hin, Ralf. Glaube es mir.«

»Dein Wort in Gottes Ohr. Ich vermute allerdings nicht, dass da noch viel zu machen ist, so wie es sich anfühlt.«

»Bitte halt durch und mach weiter«, bettelte sie. »Du darfst nicht aufgeben. Herrgott noch mal, du hast es gleich geschafft. Dann renne ich raus, hole Verstärkung, und du kommst auf dem schnellsten Weg ins Krankenhaus.«

»Na gut.« Er biss, kaute, zerrte und zog weiter, so gut er konnte.

»Ja, so ist es gut. Nicht aufhören.« Sabrina gab sich alle Mühe, ihre Stimme ermutigend und nicht verzweifelt klingen zu lassen.

»Fertig«, meinte er keine zehn Minuten später.

»Wie meinst du das?«, fragte sie.

»Die Fesseln sind offen. Du kannst deine Hände nach vorne nehmen.«

»Aber ich spüre gar nichts. Kann meine Arme nicht bewegen.« Eine Spur von Panik schlich sich in ihren Tonfall. Sie hatte also zuvor gar nicht gespürt, ob ihre Fesseln gelockert waren oder nicht. Die Kraft der Einbildung war offenbar tatsächlich eine gewaltige Himmelsmacht.

»Wie meinst du das?«, fragte Ralf.

»Meine Hände und die Arme sind total taub. Wie bei dir.« Wie sollten sie hier jemals herauskommen, wenn sie nicht einmal die Tür öffnen konnte?

»Bist du etwa auch auf den Hinterkopf gefallen?«

»Nein.«

»Dann sind sie nur vorübergehend abgestorben. Durchblutung. Das wird gleich wieder.«

»Meinst du?« Sie kämpfte mit den Tränen.

»Gönn dir etwas Zeit.«

»Na gut. Wie du meinst.«

Zuversicht ist was anderes, Sabrina. Aber lass dich nicht so hängen. Du musst genauso tapfer sein wie er. Das bist du euch beiden schuldig. Auch wenn es weh tut. Da musst du durch, verdammt noch mal. Wenn ich diese miesen Burschen jemals erwische, kriegen sie ihr Fett weg. Das schwöre ich hiermit feierlich.

61

»Maria?« Xaver klopfte leise an die Tür der rechten hinteren Bordtoilette.

Keine Antwort. Niemand öffnete.

Er versuchte es erneut. Möglicherweise hatte Maria ihn nicht gehört. Die Fluggeräusche waren nicht gerade leise in diesen kleinen Räumen, wusste er.

Wieder nichts.

Schweißperlen traten auf seine Stirn. Seine Hände zitterten. Die Angst und die Erregung forderten nun endgültig ihren Tribut. Sein vegetatives Nervensystem lief auf Hochtouren.

Warum sperrt sie denn nicht auf, die blöde Nuss? Typisch Weiber. Erst machen sie dich scharf und lassen dich dann im Regen stehen.

Er beschloss ein letztes Mal zu klopfen.

Wenn sie dann nicht reagierte, würde er an seinen Platz zurückkehren und weitertrinken, bevor tatsächlich jemand auf ihn aufmerksam wurde.

In Argentinien gab es außerdem sicher mehr Frauen als genug. Es musste nicht unbedingt die Erstbeste sein. Schon gar nicht eine, die ihn offenkundig verarschen wollte.

»Maria? Bist du da drinnen?« Xaver klopfte noch einmal ganz leise. Sah sich dabei immer wieder hektisch um.

Nichts.

Er legte sein Ohr an die Tür.

Nur das Rauschen der Triebwerke war zu hören.

»Das ist mir wirklich zu blöd«, murmelte er. »Ich mach mich doch nicht zum Affen wegen der.«

Er drehte sich um und ging zu seinem Platz zurück.

Dort angekommen, rief er nach der Stewardess und bestellte noch einen Drink.

Während er darauf wartete, dass sie ihn brachte, zog er den winzigen Plastikkopfhörer aus der kleinen Tasche an der Lehne seines Vordermannes heraus und stöpselte das Kabel in die dafür vorgesehene Buchse an seiner Armlehne ein.

Musik erklang. Samba oder Bossa Nova oder wie das Zeug hieß.

Gar nicht mal so schlecht.

Auf jeden Fall wesentlich mehr Pfeffer als die bayrische Blasmusik und schon gar kein Vergleich mit dem lahmen Orgelgedudel des 74-jährigen Pianisten aus Traunstein, der seit Jahren jeden Sonntag zum Gottesdienst nach Niederöd gefahren kam.

Xaver beruhigte sich wieder etwas.

Alles halb so wild. Sie hatte ihn einfach zu sehr aufgestachelt, und er hatte es mit sich machen lassen.

Selber schuld.

62

»Ich spür wieder was. Es kribbelt wie Tausend Nadelstiche.«

Sabrina hob langsam ihre Arme und ließ sie kreisen. Die Schmerzen darin waren unerträglich. Als würde jemand von innen mit Sandpapier darin herumfuhrwerken. Auch in ihre Finger kehrte langsam das Leben zurück.

»Hab ich doch gesagt. Deine Hände und Arme waren bloß abgestorben.« Ralf lag nach wie vor bewegungslos neben ihr. »Ich kann mich allerdings immer noch nicht rühren.«

»Das wird schon wieder.« Sabrina knetete ihre Hände und Finger.

Schließlich machte sie sich laut fluchend daran, ihre Fußfesseln zu lösen. Immer wieder brach sie sich einen anderen Fingernagel dabei ab.

Sie hatten sie fest verpackt.

Bestimmt hatten sie nicht damit gerechnet, dass sie sich jemals würde befreien können. Sie wollten sie also gezielt sterben lassen. Das kam einem Mordversuch gleich. Damit, dass Ralf noch am Leben war und ihr helfen könnte, hatten sie sicher nicht gerechnet. Die miesen Kerle durften sich jetzt schon auf ihre Strafe freuen. So schnell würden sie nicht mehr aus dem Gefängnis herauskommen.

Auch ihre Beine und Füße waren eingeschlafen. Es dauerte eine Weile, bis sie ihre ersten Stehversuche machen konnte.

Dann ging sie zur Tür.

Sie war nicht verschlossen. Ihre Peiniger mussten sich ihrer Sache sehr sicher gewesen sein.

»Soll ich es dir bequemer machen, solange ich Hilfe hole?«, fragte sie Ralf.

»Fass mich lieber nicht an«, protestierte er erschrocken. »Wenn etwas gebrochen ist, kannst du mich dabei umbringen.«

»Stimmt, sorry.«

63

Montag, 14.30 Uhr MEZ, Flugzeug nach Buenos Aires.

»Wo warst du denn?« Maria hatte sich mit hochrotem Kopf neben Xaver gesetzt. Sie zog ihm den Kopfhörer vom rechten Ohr und machte ein vorwurfsvolles Gesicht.

»Ich habe dreimal geklopft, und du hast nicht aufgemacht«, zischte er leise.

»Aber ich habe nichts gehört.« Sie sah ihn weiterhin an, als hätte er ihre gesamte Barschaft und ihre Kleidung gestohlen.

»Das war gar nicht zu überhören. Ich hatte schon Angst, dass die ganzen Passagiere im hinteren Flugzeugteil auf mich aufmerksam werden.«

»Also hast du in letzter Sekunde Angst bekommen? Schiss, wie ihr dazu sagt?« Ihr Blick zeigte eine Mischung aus Wut, Enttäuschung und gekränktem Stolz.

»Hab ich nicht. Ein Xaver Schwarzer hat niemals Schiss.« Er trank einen Schluck von dem köstlichen Whiskey in seinem Glas. »Ich habe alles versucht. Du kannst ruhig zugeben, dass du mich nur verarschen wolltest.«

»Wollte ich nicht«, fauchte sie. »Warum sollte ich das tun?«

»Keine Ahnung.« Er zuckte die Achseln. »Ein persönlicher Rachefeldzug gegen bayerische Männer?«

»Was soll das denn für ein Schwachsinn sein? Meinst du, ich hätte mir solche Mühe mit dir gegeben, um dich danach zu veräppeln?«

»Warum nicht?« Er zuckte erneut die Achseln. Eine gewisse innerliche Gleichgültigkeit ihr gegenüber machte sich in ihm breit.

»Weil das überhaupt keinen Sinn macht. Denkst du wirklich, dass ich so verrückt bin?« Der gnadenloseste Richter der heiligen Inquisition hätte nicht strenger dreinblicken können als sie.

»Weiß man's?« Er zog arrogant eine Augenbraue hoch.

»An welche Tür hast du geklopft?«

»An die rechte, wie abgemacht.«

»Aber wir haben das nicht abgemacht. Ich war in der linken Toilette. Ich habe nackt darin auf dich gewartet.«

»Du warst nackt in der linken Toilette. Warum?«

»Warum nicht?« Sie runzelte neugierig die Stirn.

»Weil wir abgemacht hatten, dass du in der rechten Toilette auf mich wartest.«

»Hatten wir eben nicht. Wir hatten weder links noch rechts abgemacht.«

»Hatten wir nicht?«

»Nein.« Maria schüttelte langsam den Kopf. Ein leises Lächeln stahl sich auf ihre Lippen.

»Wirklich nicht?« Seine Miene hellte sich ebenfalls auf.

»Wirklich nicht.« Sie nickte. Alles an ihr war nun pure Versöhnungsbereitschaft.

»Wie komm ich dann bloß da drauf?« Xaver dachte kurz nach. Kam aber zu keinem Ergebnis. »Scheiß Whiskey. Tut mir leid. Falsche Tür. Mein Fehler.« Er legte vorsichtig seine Hand auf ihr Knie.

»Also noch mal?«, fragte sie mit weit aufgerissenen Augen.

»Echt jetzt?« Er staunte sie ungläubig an.

Ein echtes Rasseweib, Herrgott Sakrament noch mal.

»Na sicher. Oder willst du so weiterfliegen?« Sie zeigte auf die nicht unerhebliche Ausbuchtung in seiner Hose.

»Okay. Aber diesmal gehen wir zusammen, damit nichts schiefgeht.«

Sie erhoben sich beide und sahen zu, dass sie möglichst schnell nach hinten kamen.

»Wir könnten heiraten, wenn wir in Buenos Aires landen«, meinte sie, nachdem sie den wildesten und besten Sex in Xavers ganzem Leben hinter sich gebracht hatten.

Ihr schien es ebenfalls sehr gut gefallen zu haben.

»Auf jeden Fall, Maria. Das könnten wir.«

»Meine Familie hat Geld.«

»Ich habe auch Geld.«

»Umso besser.«

»Auf jeden Fall.« Er nickte zufrieden.

»Ich glaube, ich habe mich in dich verliebt.«

»Geht mir genauso.«

Sie zogen sich wieder an und begaben sich gemeinsam zu ihren Plätzen zurück. Die verstohlenen Blicke der anderen Passagiere ignorierten sie dabei geflissentlich. Wer wollte einem zukünftigen Ehepaar schon vorwerfen, dass es sich gemeinsam auf der Toilette zurechtmachte.

64

Als Sabrina alleine die Treppe hochkam, fand sie das Lokal wie leergefegt vor. Kein Wirt, keine Gäste und die drei Jugendlichen waren auch nicht da.

Da sie unbewaffnet war, schlich sie vorsichtig weiter. Dann hielt sie schlagartig inne und lauschte konzentriert in die Stille hinein. Sie meinte, ein Geräusch gehört zu haben.

Aber da war nichts.

Es hatte den Anschein, als wäre niemand im ganzen Haus. Gut möglich, dass der Wirt mitsamt den anderen Tätern das Weite gesucht hatte. Vielleicht waren sie sogar ins Ausland geflohen. Immerhin mussten sie der Meinung sein, dass sie einen Polizisten getötet hatten, und sie wollten sie anscheinend tatsächlich verhungern lassen.

Was waren das nur für Menschen, die so etwas taten?

Sie bewegte sich weiter in den Schankraum hinein. Machte dabei einen leisen Schritt nach dem anderen. Sah sich dabei immer wieder gründlich um. Auf einmal fiel etwas in der Küche hinter dem Tresen zu Boden. Ein Topf oder etwas in der Art.

Es schepperte laut.

Sabrina bewegte sich nicht. Also war doch jemand hier.

Möglicherweise wurde sie die ganze Zeit über von dieser Person beobachtet. Sie drückte sich eng an die Mauer und ging geräuschlos in Richtung Küchentür. Als sie hineinsah, bemerkte sie eine Katze, die auf der Anrichte spazieren lief. Unter ihr auf dem Boden lag eine große Aluminiumschüssel. Sonst war niemand anwesend.

»Du hast mir einen schönen Schrecken eingejagt«, sagte Sabrina leise.

Dann atmete sie erleichtert aus, ging an den Kühlschrank hinter dem Tresen und holte sich eine Flasche Wasser heraus. Sie war halb verdurstet. Ralf musste sie unbedingt auch eine bringen, sobald sie Hilfe gerufen hatte. Sie trank gierig und stellte die Flasche auf dem Tresen ab. Das Haus war definitiv leer. Nichts wie raus zu ihrem Streifenwagen ans Funkgerät. Sie ging mit festen Schritten zur Tür. Als sie öffnen wollte, stellte sie fest, dass sie verschlossen war.

»So ein Mist!«

Sie musste dringend zu ihrem Streifenwagen gelangen. Sollte sie durchs Fenster steigen? Warum nicht.

Aber Moment. Das alles ging doch viel einfacher.

Auf dem Tresen stand ein Telefon. Es war zwar eins von diesen alten Dingern mit Wählscheibe. Aber normalerweise sollte es funktionieren.

Sie ging hin und hob ab. Das Freizeichen ertönte.

65

Montag, 14.45 Uhr, Polizeiinspektion Traunstein.

Hannas Dienstapparat schrillte. Sie ging ran.

»Chefin?«, hörte sie eine leise Stimme.

»Sabrina?«

»Ja.«

»Sag mal. Wo seid ihr denn? Gerade wollte ich eine Vermisstenmeldung wegen euch herausgeben.« Hanna legte überrascht und voller innerer Restsorge ihre Stirn in Falten.

»Wir sind im Alten Wirt in Niederöd.«

»Wie das? Verstehe ich nicht. Dort solltet ihr doch gestern hinfahren.« Hanna schüttelte langsam den Kopf.

»Haben wir auch gemacht. Aber dann haben sie uns überwältigt und in den Keller gesperrt. Wir brauchen Hilfe. Ralf geht es nicht gut.« Sabrina sprach etwas lauter.

»Was ist mit ihm?«

»Er kann sich nicht bewegen. Ist mit dem Genick auf eine Tischkante geschlagen.«

»Wieso das denn, um Himmels willen?«

»Er wollte einen Streit zwischen dem Wirt und unseren drei verdächtigen Jugendlichen schlichten.«

»Was ist mit denen?«

»Sie sind anscheinend alle abgehauen. Hier ist jedenfalls nur noch eine Katze. Ansonsten ist das Haus leer.«

»Ich ruf euch sofort einen Krankenwagen. Wie geht es dir?«

»Ich bin unverletzt.«

»Gott sei Dank.« Hanna atmete erleichtert aus. »Bleibt, wo ihr seid. Hilfe ist unterwegs.«

Sie legte auf und rief den Rettungsdienst an. Dann wählte sie die Nummer ihres neuen Vorgesetzten.

»Unsere beiden abgängigen Ermittler sind am Leben«, platzte sie los, ohne ihn zu grüßen.

»Was soll das heißen, Frau Schmiedinger? Grüß Gott erst mal.« Haralds Stimme klang wie eine Kreissäge, die sich jeden Moment in einem besonders festen Stück Holz festfressen würde.

»Sie wurden von unseren Verdächtigen im Alten Wirt in Niederöd überwältigt und in den Keller gesperrt.« Hanna reagierte nicht auf seinen, in ihren Augen absolut dreisten Versuch einer Erziehungsmaßnahme bezüglich ihres fehlenden Grußes.

Was bildet sich dieser Depp eigentlich ein? Glaubt er, dass ich drei Jahre alt bin, er mein Vater ist und mir Benehmen beibringen darf?

»Wie geht es ihnen?«

»Ralf Schneider ist schwer verletzt. Könnte gelähmt sein. Sabrina Hornsteiner ist unverletzt.«

»Haben Sie einen Krankenwagen hingeschickt?«

»Sicher. Ich mach den Job nicht erst seit gestern. Krankenwagen und Verstärkung sind unterwegs.«

»Hauptsache, Sie machen Ihren Job morgen noch, stimmt's?«

»Was soll das heißen? Muss ich mich etwa an die Gewerkschaft wenden?« Hanna wusste, dass sie gereizt klang. Sie fand es absolut in Ordnung.

»Nur ein kleiner Scherz, Frau Schmiedinger«, zog Kreisler seinen möglicherweise tatsächlich nur witzig gemeinten Vorstoß gleich zurück.

»Dann ist es ja gut.« Hanna legte ihre Füße auf ihren Schreibtisch. Sie war erschöpft. Der Fall ging ihr immer mehr an die Nieren. Erst der auf so abscheuliche Weise ermordete Pfarrer, dann der tote Engländer in Florians Hotel und der andere in der Zelle und nun noch Ralf Schneider, der anscheinend in Lebensgefahr schwebte. Alles zusammen etwas viel in drei Tagen.

»Was ist mit den Verdächtigen?«, erkundigte sich Kreisler.

»Die scheinen alle vier geflüchtet zu sein.«

»Läuft die Fahndung?«

»Nach den drei Jugendlichen suchen wir bereits. Xaver

Schwarzer vom Alten Wirt hatten wir bisher nicht auf dem Schirm. Es gab auch keinen Grund.«

»Dann beeilen Sie sich. Je eher dieser Fall vom Tisch ist, umso besser für uns. Denken Sie nur an den toten Engländer.«

»Wird gemacht, Herr Kriminalrat.« Hanna schlug die Hacken zusammen und hob die Hand zum Hitlergruß.

Rainer, der ihr gegenüber saß, registrierte es kopfschüttelnd.

»Gut, halten Sie mich auf dem Laufenden. Besonders, was Herrn Schneider betrifft. Auf Wiederhören.«

Hanna legte grußlos auf.

Sie spürte, dass es mit ihr und Harald Kreisler kein gutes Ende nehmen würde. In ihren Augen war er nichts anderes als ein großkotziger geleckter Wichtigtuer. Ob er dennoch wenigstens fachlich etwas drauf hatte, musste er ihnen allen erst noch beweisen. Allerdings hegte sie auch diesbezüglich keine allzu großen Hoffnungen.

Die Sache mit Ralf Schneider bereitete ihr besonders große Sorge. Bei all dem Machoschmarrn, den er redete und dachte, war er trotzdem einer von ihnen, und er war bereit, sich anzupassen. Das hatte er gezeigt und war dafür prompt mit einer lebensbedrohlichen Verletzung bestraft worden.

Nachdenklich starrte sie auf ihre Schuhspitzen.

Sie hoffte inständig, dass er wieder auf die Beine kam. Alles andere wäre nur schwer zu akzeptieren gewesen.

66

Montag, 15 Uhr, Viktors Anwesen vor den Toren Salzburgs.

Hias, Hans und Richard hatten eine Weile lang gedöst. Nachdem sie aufgewacht waren, hatten sie sich an einen von Viktors Designertischen gesetzt und ihre Diskussion über die diversen Fluchtmöglichkeiten, die sie hatten, wieder aufgenommen.

»Die Idee mit den Verwandten von Hans in Serbien hat mir bisher am besten gefallen«, meinte Hias. »Das klingt nach einer reellen Chance für uns.«

»Kannst du Serbisch?«, fragte Richard.

»Natürlich nicht. Weißt du doch. Aber das kann man lernen.«

»Ich kann ein paar Brocken«, meinte Hans. »Bier heißt zum Beispiel Pivo.«

»Damit werden wir sicher weit kommen.« Richard schüttelte den Kopf. Die Naivität seiner beiden Freunde ging ihm zusehends auf den Wecker. Außerdem hatte er seit Stunden kein Gras mehr geraucht und spürte den nervlichen Entzug bereits am ganzen Körper. Er fühlte sich so unwohl, wie man sich nur fühlen konnte, und die ungute Situation, in der sie alle drei steckten, machte das nicht besser.

»Dein blöder Sarkasmus hilft uns auch nicht weiter«, regte sich Hias auf.

»Stimmt«, meinte Hans. Er schlug mit der Faust auf den Tisch. »Mach halt selber einen Vorschlag, wenn du keine Serben magst, Richard.«

»Aber ich hab doch gar nicht gesagt, dass ich keine Serben mag.« Richard schüttelte erneut den Kopf. »Langsam kapier ich echt gar nichts mehr.«

»Doch hast du«, widersprach Hans. »Stimmt's, Hias? Das hat er doch gesagt, oder?«

»Nicht so direkt«, meinte Hias. »Aber irgendwas in der Richtung war es.« Er nickte, während er ausgiebig seine Fingernägel unter die Lupe nahm. »Kein Wunder. Unser Herr Drogenbaron hält sich ja von jeher für etwas Besseres. Bloß, weil sein Vater früher einmal beim Film in München gearbeitet hat.«

»Was hat denn mein Vater damit zu tun?«, echauffierte sich Richard. »Kommt da wieder der Neid der Besitzlosen bei dir durch, Hias?«

»Sag noch einmal, dass ich ein Besitzloser bin, und der Besitzlose verpasst dir eine, die sich gewaschen hat, Freundchen.« Hias zitterte vor Wut. Er ballte seine Hände zu Fäusten. Die Adern an seinen Schläfen schwollen an.

»Ja, klar. Außer Gewalt kennst du keine Sprache. Typisch für Besitzlose«, legte Richard mit einem humorlosen Grinsen im Gesicht nach. Er klang dabei kein bisschen emotional, was die Sache für Hias offenbar verschlimmerte.

»Du Drecksau, ich bring dich um.« Hias sprang von seinem Stuhl auf. Er machte Anstalten, quer über den Tisch zu springen, um Richard, der ihm genau gegenübersaß, an die Gurgel zu gehen.

»Hört schon auf, Leute. Kein Grund, dass wir uns selbst zerfleischen«, mahnte Hans. »Wenn Richard nicht nach Serbien will, gehen wir halt woandershin. Ich muss nicht unbedingt da runter. Die Leute auf dem Land dort sind echt primitiv.«

»So wie Hias?« Richard konnte sich die erneute Provokation nicht verbeißen.

»Ich bin nicht primitiv, du Halbaffe!«, brüllte Hias mit hochrotem Kopf. »Fick dich!«

»Wenn du dich gerade sehen könntest, würdest du dir selbst kein Wort glauben.« Richard verzog keine Miene.

»Hört schon auf. Lasst uns lieber noch ein Bier trinken.« Hans ging zum Kühlschrank und besorgte ihnen Nachschub.

»Warum werden wir nicht wirklich Mitglieder in Viktors Partei?«, erkundigte er sich, als sie sich alle drei wieder setzten. »Das, was er sagte, klingt für mich immer noch am überzeugendsten.«

»Weil wir keine Nazis sind«, meinte Richard.

»Was nicht ist, kann noch werden.« Hias öffnete seine Flasche mit den Zähnen, spuckte den Kronkorken auf den Boden und trank einen großen Schluck.

»Niemals.« Richard schüttelte den Kopf.

»Und wenn wir keine andere Wahl haben?« Hans legte den Kopf schief.

»Man hat immer eine Wahl.« Richard trank ebenfalls einen großen Schluck Bier. »Lieber lass ich mich ins Gefängnis sperren«, fuhr er danach fort. »Darauf könnt ihr Gift nehmen.«

»Und wie willst du da drinnen an deine geliebten Drogen kommen, Herr Drogenbaron?« Hias grinste triumphierend.

»Mach dir da mal keine Sorgen, Besitzloser.« Richard sah ihm ungerührt direkt in die Augen. »Da drinnen kommst du leichter dran als hier draußen. Das weiß doch jeder.«

»Stimmt.« Hans nickte. Dann trank er ebenfalls einen Schluck.

»Wollt ihr damit etwa sagen, dass ich blöd bin?« Hias sprang erneut wutentbrannt auf.

»Nein, Herrgott noch mal.« Hans schüttelte genervt den Kopf.

»Natürlich.« Richard grinste nur breit.

67

Montag, 15.30 Uhr, Klinikum Traunstein.

»Hoffentlich kommt Ralf wieder auf die Beine.« Hanna stieg aus.

Sie war mit Rainer so schnell wie möglich hierher ins Klinikum gefahren, um nach Sabrina und Ralf zu sehen.

»Warten wir's ab.« Rainer sperrte seinen Dienstwagen ab. Dann gingen sie zu Fuß die kleine Auffahrt zum Krankenhaus hinauf.

Als sie Ralfs Zimmer betraten, erhob sich Sabrina mit erleichtertem Blick.

»Er wird wieder«, sagte sie auf den im Bett liegenden Ralf deutend.

»Wie meinst du das?« Hanna sah sie neugierig an.

»Die Ärzte meinen, dass es sich lediglich um eine starke Prellung handelt, die die Nerven abklemmt. In ein paar Tagen sollte er wieder einigermaßen auf dem Damm sein.«

»Endlich mal eine gute Nachricht.« Hanna trat näher an Ralfs Krankenbett heran. »Hallo, Ralf. Ich bin übrigens die Hanna. Wegen mir können wir uns gerne duzen.«

»Danke, Hanna.« Ralf blinzelte lächelnd mit den Augen.

»Moment mal«, protestierte Sabrina. »Das ist meiner.«

Befreites Gelächter erfüllte den Raum.

»Was war los? Erzähl«, sagte Hanna zu Sabrina.

»Wir kamen in den Alten Wirt. Xaver Schwarzer stritt mit den drei Jugendlichen, hinter denen wir her sind.«

»Hans, Hias und Richard?«

»Genau.« Sabrina nickte, während sie sich neben Ralf auf das Krankenbett setzte, um seine Hand zu halten. Er quittierte es mit einem dankbaren Blick. »Ralf wollte den Streit schlichten. Der eine von den Jugendlichen, Hias heißt er, glaube ich, schubste ihn, und Ralf knallte mit dem Hinterkopf auf eine Tischkante.«

»Dann war es also ein Unfall?«

»Eindeutig. Aber sie überwältigten und entwaffneten mich und sperrten uns gemeinsam in einen Keller unter dem Lokal.«

»Warum haben sie denn keine Hilfe geholt? Niemand hätte sie wegen Ralfs Sturz ernsthaft belangt.« Hanna schüttelte verständnislos den Kopf. »Das war doch höchstens fahrlässige Körperverletzung.«

»Unglaublich.« Rainer blickte kurz von seinem Handy auf und blickte, ebenfalls den Kopf schüttelnd, in die Runde.

»Die waren voll panisch«, erwiderte Sabrina. »Wahrscheinlich dachten sie, dass sie wegen Mordes verurteilt werden. Sie glaubten ja, er wäre tot.«

»Volldeppen.« Hanna setzte sich auf den einzig freien Stuhl im Raum, da Rainer keinerlei Anstalten unternahm, es zu tun. »Pech für sie. Jetzt sind sie wegen unterlassener Hilfeleistung, Entführung und Mordversuch an dir dran.«

»Ja.« Sabrina nickte. »Wie kann man nur so dämlich sein.«

»Anton und Gerhard sind bereits in Salzburg und suchen nach den Flüchtigen. Sie sollen dorthin abgehauen sein. Möglicherweise ist Xaver Schwarzer bei ihnen. Vielleicht aber auch nicht.« Hanna schloss für einen kurzen Moment die Augen. Sie war erschöpft. Am liebsten hätte sie sich eine Zeit lang zu Ralf ins Zimmer gelegt.

»Du meinst, er könnte woanders hin geflüchtet sein?«, wollte Sabrina wissen. »Macht Sinn. Er schien nicht der allerbeste Freund der drei Hitzköpfe zu sein.«

»Stimmt. So sah es auch für mich auf den ersten Blick aus.« Ralf nickte.

»Wir werden auf jeden Fall die Bahnhöfe überwachen und die Flüge in Salzburg, Wien und München überprüfen.« Hanna rief sogleich auf der Inspektion an, um entsprechende Order zu geben.

68

Montag, 15.30 Uhr, Niederöd, Haus von Heiderose Anger.

»Warum trinkst du denn deinen Kakao nicht?« Heiderose sah Peter fragend an. »Schmeckt er dir nicht?«

»Nicht gut«, erwiderte er, während er geradeaus zum Fenster hinausstarrte.

Er stellte die Tasse mit dem Kakao umständlich auf dem Fensterbrett ab, bis sie genau da stand, wo er sie haben wollte. Dann legte er seine Hände an die Hosennähte und zog die Schultern hoch. Seine typische Körperhaltung, wenn er auf Krawall aus war, wie Heiderose aus ihrer Erfahrung mit ihm bestens wusste.

»Aber ich habe ihn so gemacht wie immer«, sagte sie, während sie den Korb mit der Bügelwäsche aus dem Bad holte und ihn neben dem Bügelbrett auf den Boden stellte.

Sie bügelte am liebsten im Wohnzimmer vor dem Fernseher. Dazu sah sie sich irgendwelche harmlosen Programme an, bei denen man sich nicht großartig konzentrieren musste. Kochshows, Talkshows, Musiksendungen, Tierfilme, Reiseberichte und so weiter.

Peter drückte sich die meiste Zeit über allzu gerne draußen in der Natur herum. Er entfernte sich dabei nicht weit vom Haus. Doch auch in der Nähe waren genügend Pfützen und Schlammlöcher, in denen er seine Klamotten ruinieren konnte. Dementsprechend oft durfte sie seine Kleidung in die Waschmaschine stecken.

»Möchtest du einen neuen Kakao?« Heiderose steckte den Stecker des Bügeleisens in die dafür am Bügelbrett vorgesehene Steckdose.

»Nicht gut.« Er schüttelte den Kopf.

»Und wieso ist dir mein Kakao auf einmal nicht mehr gut genug?« Sie runzelte verwundert die Stirn.

»Mama ist nicht gut.«

»Was?« Ihr fiel fast das Bügeleisen aus der Hand. Was bildete sich der verwöhnte Bengel eigentlich ein? Da opferte man sich jahrelang bis zur totalen Erschöpfung auf, und dann so was.

»Mama ist nicht gut.«

»Hör mit dem Mist auf, Peter. So was will ich nicht hören.« Ihr Ton klang streng wie der einer Gouvernante.

»Mama ist nicht gut.«

Peter drehte sich nicht zu ihr um.

Er sah weiter zum Fenster hinaus.

Sie konnte genau erkennen, wie sich sein ganzer Körper verkrampfte. So schaute er normalerweise nur aus, wenn er Wut oder Angst hatte oder beides auf einmal. Was mochte nur mit ihm los sein? Hatten ihn die Polizisten mit ihren verwirrenden Fragen derart aus dem Konzept gebracht?

»Magst du lieber eine zuckerfreie Limo?«, fragte sie ihn.

»Mama ist nicht gut. Mama ist ein schlechter Mensch. Böse und gemein.«

»Hör auf, Peter. Ich warne dich.« Er konnte sie auf die Palme bringen, wenn er so drauf war. Heiderose wusste, dass er das ganz genau wusste. Er wollte sie also provozieren. Fragte sich nur, warum gerade jetzt und hier.

»Peter hört nicht auf. Mama ist total böse.«

»Die Polizei will nichts von uns, Peter«, versuchte sie ihn zu beruhigen. »Die müssen ihre Fragen stellen, wenn etwas Schlimmes passiert ist. Das ist genauso wie im Fernsehen. Hast du doch auch schon gesehen. Ich kann da nichts dafür. Ich musste sie reinlassen.«

»Mama ist gar nicht gut.« Er hielt sich die Ohren zu und begann laut und unmelodisch zu singen.

»Hör sofort auf damit, Peter!« Heiderose legte das Bügeleisen aus der Hand. »Du weißt, dass mich das wahnsinnig macht.«

Sie ging auf ihn zu.

Er sang unverdrossen weiter.

Sie fasste ihn an der Schulter.

Er drehte sich ruckartig um.

»Mama ist nicht gut«, brüllte er ihr anschließend geradewegs ins Gesicht. Sein eigenes verzerrte sich dabei zu einer hasserfüllten Fratze. »Altes Miststück!«

Heiderose wich erschrocken einen Schritt zurück. So unglaublich außer sich hatte sie ihn lange nicht mehr erlebt.

Sie fiel in eine kurze Schockstarre.

Peter eilte währenddessen ansatzlos zur Terrassentür und rannte laut schreiend hinaus.

»Zieh dir wenigstens Schuhe an!«, rief sie ihm nach. »Wir haben Oktober! Es ist kalt!«

Er lief weiter, ohne sich nach ihr umzudrehen.

Sie trat ebenfalls ins Freie. Sah ihm hinterher.

»Ich werde diese Polizisten anzeigen«, echauffierte sie sich. »Meinen Peter so aufzuregen. Eine Frechheit ist das.«

Sie ging hinein und schaltete das Bügeleisen aus.

Die Wäsche konnte sie später immer noch machen. Im Moment hatte sie keine Lust mehr. Sie fühlte sich nur noch müde. Als hätte sie wochenlang nicht geschlafen. Sie fragte sich, wie lange sie das alles noch durchhalten würde. Wenn es so wie eben weiterging, sicher nicht sehr lange. Hätte sie doch nur einen Mann an ihrer Seite. Einen wie den alten Pfarrer zum Beispiel, den Ignatius. Der war ein guter Mensch. Ein sehr guter sogar.

Sie ging ins Bad und nahm zum bestimmt hundertsten Mal in der letzten Zeit die Großpackung mit den Schlaftabletten in die Hand, die im Medizinschränkchen neben dem Spiegel lagerte.

»Warum machst du es dir nicht einfach und schluckst genug davon?«, fragte sie ihr Spiegelbild. »Dann schläfst du in aller Ruhe für immer ein, und alles ist gut.«

Bisher hatte sie die Schachtel jedes Mal zurückgestellt und sich gesagt, dass Selbstmord erstens von Gott verboten wurde und zweitens keine Lösung war. Jetzt öffnete sie sie zum ersten Mal, nahm zehn Tabletten aus der Aluverpackung und legte sie fein säuberlich nebeneinander auf den Rand vom Waschbecken.

Wie kleine liegende Zinnsoldaten, kam es ihr in den Sinn.

»Ob zehn Stück genug sind?«, murmelte sie, während sie nach dem Beipackzettel suchte. »Aber was wird aus Peter, wenn ich weg bin?«

69

Montag, 15.45 Uhr, Klinikum Traunstein.

Hanna und Rainer erreichten Rainers Dienstwagen. Ralf bräuchte seine Ruhe, hatte die Schwester im Krankenzimmer zuvor gemeint und alle außer Sabrina hinausgeschickt. Sie durfte als Einzige noch eine Weile bleiben. Allerdings musste sie versprechen, einfach nur dazusitzen und nichts zu reden.

Hannas Smartphone meldete sich mit ›Out Of The Dark‹, als sie zu Rainer ins Auto steigen wollte.

»Ich bin's, Florian.«

»Hallo, Florian. Dich hätte ich beinahe ganz vergessen.« Sie lächelte entschuldigend, obwohl er es natürlich nicht sehen konnte. Dann trat sie einen Schritt vom Auto zurück und bedeutete Rainer einen Moment zu warten.

»Das hört man natürlich nicht so gerne«, scherzte Florian mit bemüht heiterem Unterton in der Stimme.

»Bei uns ist die Hölle los. Die Ereignisse überschlagen sich. Wie geht es dir? Schock überwunden?«

»Geht so. Die Engländer sind weg, und so schnell werde ich keine Buchungen von der Brexitinsel mehr annehmen.«

»Kann ich mir vorstellen. Warum sperrst du nicht ein paar Tage zu und erholst dich von dem ganzen Theater?«

»Keine schlechte Idee. Aber das Geschäft muss weitergehen. Ich habe hohe Baukosten gehabt. Die müssen wieder reinkommen. Urlaub mach ich in zehn Jahren mal wieder.«

»Der Engländer, der den anderen erschlagen hat …« Sie zögerte.

»Was ist mit ihm?«

»Er hat sich in seiner Zelle erhängt.«

»Was?«

»Unfassbar, oder?«

»Aber echt. Die scheinen wohl alle einen an der Waffel gehabt zu haben. Wie hat er das überhaupt geschafft?«

»Mit seinem Hemd.«

»Unglaublich, ein Inselvolk dreht durch.«

»Irgendwie schon.« Hanna schüttelte den Kopf. Auch ihr erschien die ganze Sache nicht so recht nachvollziehbar. Zwei Tote wegen eines falsch notierten Golfergebnisses. Das gab es sicher nicht alle Tage. Ganz egal, wo auf der Welt.

»Sollen sie doch bleiben, wo der Pfeffer wächst, die Engländer«, meinte Florian. »Essen wir heute Abend zusammen?«, erkundigte er sich.

»Gerne, wenn es was Leckeres gibt.« Sie grinste. Natürlich konnte er das wieder nicht sehen. Aber gegen die eigene unwillkürlich funktionierende Gesichtsmuskulatur war eben niemand gefeit.

»Hast du bei mir jemals etwas Schlechtes serviert bekommen?«

»War bloß ein Scherz.« Sie lachte kurz. Anschließend drehte sie Rainer im Auto den Rücken zu. Er musste schließlich nicht mitbekommen, was sie rein privat mit Florian zu besprechen hatte.

»Das will ich auch schwer hoffen.«

Sie lachte erneut. Mochte ihn immer mehr. Möglicherweise war es etwas in seiner Stimme. Auf jeden Fall spürte sie gerade, wie sie ihre anfängliche Zurückhaltung ihm gegenüber zusehends aufgab. Nicht, dass sie sofort mehr von ihm gewollt hätte. Aber es ging eher in diese Richtung als in irgendeine andere.

»Ich habe dir etwas Dringendes zu sagen.«

»Raus damit.«

Was das wohl sein mag? Wahrscheinlich macht er dir einen Heiratsantrag. Geh, Schmarrn, Hanna. Denk nicht so einen Scheiß. Geheiratet wird noch lange nicht. Wahrscheinlich braucht er dein Zimmer für seine Gäste. *Auch gut. Gehst du eben zurück nach Traunstein. Das funktionierte bisher schließlich auch.*

»Heute Abend. Nicht am Telefon.«

»Wie du meinst.«

»Passt dir 19 Uhr? Auf meiner privaten Terrasse.«

»Müsste gehen.«

»Okay, ich freu mich. Bis dann.«

Sie legten auf.

Hanna steckte ihr Handy ein. Dann stieg sie zu Rainer in dessen Dienstwagen.

»Ins Büro, Chefin?«, fragte er, während er den Motor anließ.

»Wohin sonst, junger Mann? Wir haben Etliches zu erledigen.«

Sie schnallte sich an.

Er parkte aus und fuhr zügig los.

70

Montag, 15.45 Uhr, Viktors Anwesen, Salzburger Land.

»Schaut mal, wen ich euch mitgebracht habe. Das sind der liebe Mario und der Burschi. Zwei ganz tolle Freunde von mir.« Viktor zeigte voller Besitzerstolz auf den dünnen blonden Jüngling mit den halblangen Haaren an seiner rechten Seite und auf den muskulösen dunkelblonden Hünen zu seiner Linken. Beide hatten leichtes Rouge und reichlich Lipgloss aufgelegt.

»Servus«, erwiderte Hias.

Richard und Hans blickten stumm auf Viktor und seine Begleiter. Sie konnten mehr als überdeutlich erkennen, dass die sexuelle Orientierung der drei österreichischen Grinsgesichter ihrer eigenen diametral entgegengesetzt war.

»Und was machen gute Freunde?«, fragte Viktor breit grinsend. »Na? Wisst ihr's?«

»Keine Ahnung.« Hias zuckte die Schultern. »Irgendwen ficken?« Er fühlte sich selbst nicht so ganz wohl in seiner Rolle als Kontaktmann seiner kleinen Gruppe. Aber nun hatte er damit angefangen, dann musste er wohl oder übel da durch.

Die anderen beiden zuckten ebenfalls die Schultern. Ohne dabei etwas zu sagen.

»Sie bringen etwas Feines zum Schnupfen mit.« Viktor breitete wie ein Fernsehmoderator die Arme aus. So, als hätte er ihnen gerade ihren persönlichen Lottogewinn präsentiert.

»Und was? Schmalzler?« Hias sah stirnrunzelnd abwechselnd Viktor und dessen wesentlich jüngere Freunde an.

»Crystal Meth, erste Ware. Na, was sagt ihr dazu?«

»Klingt super«, mischte sich Richard ins Gespräch. »Woher kommt der Stoff?«

»Nicht weit von hier. Von der tschechischen Grenze. Aus erster Hand. Direkt vom Erzeuger. Das Zeug ist wirklich gut. Könnt ihr mir glauben.«

»Na, wie geil. Dann nichts wie her damit.« Richard machte ein hocherfreutes Gesicht.

»Ich nehme so was nicht«, meinte Hans kopfschüttelnd.

»Natürlich. Unser Mamabubi tut so was nicht«, spottete Hias. »Sonst schimpft ihn die Mutti am Ende noch, gell?«

»Hias, pass auf. Ab jetzt werden deine saublöden Sprüche mitgezählt.« Hans bebte und zitterte am ganzen Leib vor Wut. Ihm war überdeutlich anzusehen, dass er an eine innere Grenze kam. »Noch zwei mehr, und ich hau dich ungespitzt in den Erdboden. Ich schwöre es dir.«

»Reg dich wieder ab«, erwiderte Hias. Er merkte, dass er zu weit gegangen war. Außerdem wusste er von diversen Auseinandersetzungen zwischen Hans und anderen her, dass sein meist gutmütiger Freund wirklich gefährlich werden konnte, wenn er stocksauer war. Wie weit das im Endeffekt gehen konnte, wollte er nicht am eigenen Leib erfahren.

»Die Bullen waren übrigens gerade da. Auch zwei Uniformierte von der deutschen Polizei«, informierte Viktor seine drei jungen Gäste aus dem benachbarten Ausland, nachdem er sich mit seinen beiden Hübschen an den Nebentisch gesetzt hatte.

»Was echt? Die sind uns auf der Spur?« Hias durchfuhr es heiß. »So eine üble Scheiße, Herrgott noch mal.«

»Macht euch keine Sorgen. Hier finden die euch nie.« Viktor setzte den beruhigenden Blick eines erfahrenen Hausarztes auf, der bei seinem Patienten eine harmlose Grippe diagnostizierte. »Bei mir seid ihr sicher wie in Abrahams Schoss.«

»Dein Wort in Gottes Ohr.« Hias sprang auf. Er lief nervös im Raum hin und her. Registrierte, dass es ihm drinnen langsam zu eng wurde.

»So, und jetzt wollen wir uns alle beruhigen und uns ein wenig von diesem geilen Zeug in die Rüssel saugen. Seid ihr dabei, Jungs?« Viktor sah Hias, Hans und Richard der Reihe nach an. »Nachher geht es übrigens auf eine geile Party bei anderen Freunden von mir. Reiner österreichischer Geldadel.«

»Cool«, erwiderte Richard. »Ich schnupfe auf jeden Fall davon. Meine Stimmung ist am Tiefpunkt. Es ist verdammt eng hier unten, und gewisse Leute streiten in einer Tour.«

»Ich auch«, sagte Hias, der sich, was ›gewisse Leute‹ betraf, nicht angesprochen fühlte.

Hans schüttelte nur erneut verneinend den Kopf.

»Sei kein Spielverderber, Alter.« Richard schlug ihm ermutigend auf die Schulter. »Das ist echt was Geiles. Innerhalb von Sekunden bist du bester Laune. Das schwör ich dir.«

»Genauso ist es«, bestätigte Viktor, der die kleinen Kristalle auf den Tisch kippte und weiter zerkleinerte, damit sie besser geschnupft werden konnten.

Zehn Minuten später herrschte euphorische Stimmung im Raum. Jeder war high.

»Hätte ich nie gedacht, dass man sich so geil fühlen kann«, meinte Hans. »Ich hätte Lust, in einer Tour zu reden. Zum Beispiel über die Liebe. Sie ist eine Himmelsmacht, die Liebe. Nichts ist stärker als sie. Ich glaube, ich liebe gerade alle Menschen. So war es noch nie, meine lieben Freunde. Es ist unfassbar und so gut zugleich. Watteweiche Worte wachsen aus meinem Mund …«

»Ich hab es dir doch gesagt«, unterbrach Richard den Redeschwall seines Freundes. »Das ist das pure Powerfeeling.« Er setzte ein bedeutungsvolles Gesicht auf.

Hans laberte weiter, aber niemand hörte ihm zu. Alle waren mit anderen Dingen beschäftigt.

Hias holte zehn Bierflaschen und stellte sie auf den Tisch.

»Euch trinke ich alle der Reihe nach, ihr Schnuckis«, sagte er zu ihnen.

Viktors Begleiter zogen sich bis auf die Unterhosen aus und begannen mit irgendeinem seltsamen Tanz zu der volkstümlichen Schlagermusik, die ihr Chef aufgelegt hatte. Das Hauptaugenmerk lag dabei offenbar auf ihren sehr beweglichen Unterkörpern. Zunächst nahmen es Hias, Hans und Richard nur am Rande und leicht befremdet zur Kenntnis. Doch bereits wenig später lachten sie darüber und begannen sich selbst im Rhythmus der Musik zu wiegen.

Viktor saß wie ein glücklicher König dazwischen. Er betrachtete die Szene ausgiebig.

»Viktor hat schon feuchte Augen vor Glück.« Hias lachte hysterisch.

Bestimmt holt er sich gleich einen runter, unser neuer Führer.

Der dünne blonde Mario setzte sich auf Viktors Schoß. Er legte seinen Arm um ihn und küsste ihn innig. Gleich darauf kam der muskulöse Burschi und tat es ihm gleich. Viktor genoss das Spielchen in vollen Zügen, so wie es aussah. Er zog sich nun ebenfalls aus und entblößte dabei seine beachtliche Bierwampe. Waren Schwule normalerweise nicht sehr auf ihre schlanke Linie bedacht? Hias meinte, das mal irgendwo gehört zu haben. Aber anscheinend gab es Ausnahmen. Wer so reich war wie Viktor, konnte offensichtlich auf eine gute Figur verzichten.

Er sah seine beiden Freunde nun nicht mehr nur leicht befremdet an. Die Sache ging ihm zu weit. Hans und Richard schien die jüngste Entwicklung der Geschehnisse genauso wenig zu gefallen wie ihm. Zumindest ließen ihre kritischen Blicke das stark vermuten.

Das mit dem Chrystal Meth war eins, und es machte auch einen Heidenspaß, sagte sich Hias. Die Laune hob sich tatsächlich enorm damit. Aber mit Viktor und seinen schwulen Kumpels Sex zu haben, war etwas ganz anderes. Die grandiose Stimmung in ihm begann zu kippen.

71

Montag, 15.45 Uhr, Polizeiinspektion Traunstein.

Hannas Dienstapparat klingelte. Sie war gerade mit Rainer aus dem Klinikum zurückgekommen und ging ran.

»Frau Schmiedinger? Heiderose Anger hier.«

»Frau Anger, was kann ich für Sie tun?« Hanna zog erstaunt die Brauen hoch. War der Zeugin doch noch etwas eingefallen, das bei der Aufklärung von Adofo Dansos gewaltsamem Tod helfen konnte? Es wäre zu schön gewesen, um wahr zu sein.

»Peter ist weg.«

»Ihr Sohn? Wie weg?«

»Wir haben gestritten, und dann ist er davongelaufen.« Heiderose schniefte. Offenbar weinte sie. »Das hat er noch nie gemacht. Die Besuche der Polizei haben ihn anscheinend so aufgeregt, dass er sich gar nicht mehr einkriegen will.«

»Das tut mir leid, Frau Anger.« Hanna gab ihrer Stimme eine einfühlsame Note.

»Sie sind schuld, wenn ihm etwas passiert.« Heideroses Stimme zitterte. Offenbar war sie sehr traurig, sehr empört und sehr aufgeregt. »Sie haben zu viel mit ihm geredet. Das verträgt er nicht.«

»Moment. Jetzt aber mal halblang, Frau Anger.« Hannas Stimme bekam auf der Stelle einen sehr offiziellen Unterton. »Wir haben weder Ihnen, noch Ihrem Sohn besonders zugesetzt. Es war eine ganz normale Befragung.«

So ein Mist. Wenn sie damit an die Presse geht, gibt es

richtig Stress. Gerade jetzt, wo wir mit dem erhängten Engländer in seiner Zelle sowieso im Visier der Öffentlichkeit stehen.

»Aber Sie hätten nicht so viele Fragen stellen dürfen«, beharrte Heiderose. »Das hat Peter ganz verrückt gemacht, und jetzt ist er davongelaufen.«

»Machen Sie es sich da nicht ein bisschen einfach? Worüber haben Sie denn mit ihm gestritten?« Hanna bemühte sich, so neutral wie möglich zu klingen. Das Ganze zusätzlich von ihrer Seite aus zu emotionalisieren, hätte nicht den geringsten Sinn, wusste sie.

»Über … seinen Kakao«, kam es zögerlich vom anderen Ende der Leitung.

»Das ist nicht Ihr Ernst, oder?« Hanna verdrehte die Augen. Manchmal fühlte sie sich nur noch sehr, sehr müde. So war es auch jetzt.

Ich pack diese ganzen Psychos überall bald nicht mehr.

»Doch, es war so. Er hat ihm auf einmal nicht mehr geschmeckt. Aber schuld war die Polizei, weil er so aus dem Gleis war. Sonst hat er seinen Kakao immer gemocht.«

»War denn diesmal etwas anders mit Ihrem Kakao? Zu wenig Pulver zum Beispiel, oder was?«

Habe ich das gerade wirklich gefragt?

»Nein, ich habe ihn gemacht wie immer. Aber Peter wollte ihn nicht trinken, wurde aggressiv und ist davongelaufen.«

»Hat er Ihnen etwas angetan?«

»Um Himmels willen, nein. So etwas würde er nie tun. Aber er ist weg. Können Sie nicht einen Suchtrupp wie im Fernsehen zusammenstellen, Frau Schmiedinger? Immerhin ist die Polizei schuld an allem.«

»Wie lange ist er schon weg?«

»Eine gute Viertelstunde.«

»Was?«

Bist du eigentlich noch ganz sauber, gute Frau? Da gehst du mir auf den Geist, obwohl ich Tausend wichtigere Sachen zu regeln habe.

Hanna war froh, dass ihr die beleidigende Bemerkung bezüglich durchgeknallter Landeier, die sie bereits auf der Zunge hatte, nicht darüber rutschte.

»Es kann auch eine halbe Stunde sein. So genau weiß ich es nicht.«

»Wir können frühestens heute Abend etwas unternehmen, Frau Anger.« Hanna hatte die ganze Zeit über gestanden. Jetzt setzte sie sich. Es gab keinen Grund, weiter in angespannter Panikhaltung zu verharren. »Warten Sie, ob er nicht doch bald wieder heimkommt. Irgendwann bekommt er sicher Hunger.«

»Aber so aufgeregt war er noch nie. Ich habe wirklich Angst, dass er sich etwas antut.«

»Warum suchen Sie denn nicht selbst nach ihm?«

»Ich möchte nicht weg, falls er herkommt. Da muss ich doch da sein, sonst läuft er gleich wieder davon.«

»Haben Sie keine Nachbarn oder Freunde, die Sie nach ihm schicken könnten?«

Die macht mich wahnsinnig. Gleich schreie ich. Na gut. Besser nicht.

»Nein. Alle sind in der Arbeit oder unterwegs. Bitte, Frau Schmiedinger. Ich flehe Sie an.«

»Tut mir leid, Frau Anger. Aber ich habe im Moment keine Beamten frei, die das übernehmen könnten.«

»Dann zeige ich Sie an.« Heiderose klang hysterisch.

»Tun Sie, was Sie nicht lassen können, Frau Anger.« Hanna ließ sich nach wie vor zu keinerlei gefühlsmäßiger Reaktion hinreißen, obgleich sie immer näher davorstand. »Aber dadurch wird es bestimmt nicht besser. Wir haben unsere Vorschriften. Die gelten für alle von uns. Auch für mich.«

»Dann zeige ich eben die ganze Inspektion an«, kreischte Heiderose.

»Nur zu.« Hanna zuckte die Achseln. Es reichte ihr endgültig mit der durchgedrehten Dodschen. Sollte sie doch machen, was sie wollte.

»Bitte, Frau Schmiedinger. Helfen Sie mir doch«, flehte Heiderose nun im Bettelton.

»Ich kann leider nicht.«

»Und was soll ich tun?«

»Schreiben Sie Ihrem Sohn eine Nachricht. Legen Sie sie auf den Wohnzimmertisch und machen Sie sich auf die Suche nach ihm.«

»Aber er kann nicht besonders gut lesen.«

»Nicht besonders gut oder gar nicht?«

»Nicht besonders gut.«

»Dann schreiben Sie ihm eben in Großbuchstaben.«

»Und wenn ich ihn nicht finde? Wenn ihm etwas Schlimmes zugestoßen ist? Wenn er sich etwas angetan hat?«

»Na gut, Frau Anger.« Hanna stöhnte genervt. »Sollten Sie ihn heute Abend immer noch nicht wiedergesehen haben, melden Sie sich in Gottes Namen bei mir.«

»Danke, Frau Schmiedinger. So werde ich es machen.«

»Der Wahnsinn in diesem Fall nimmt kein Ende«, sagte Hanna kopfschüttelnd zu Rainer, sobald sie aufgelegt hatte.

Er grunzte nur, sah nicht einmal auf, sondern blieb lieber weiter in seinen Computerbildschirm vertieft.

»Mit dem Wahnsinn im Revier scheint es nicht viel anders zu sein«, murmelte Hanna fast unhörbar.

72

Montag, 15.50 Uhr, Viktors Anwesen, Salzburger Land.

Anton und Gerhard, die zu Viktor Himmelreichs Anwesen gefahren waren, um möglicherweise die drei jungen Verdächtigen aus Niederöd aufzutreiben, verabschiedeten sich von ihren österreichischen Kollegen, die Feierabend machen wollten. Sie standen alle zusammen hinter einem Wäldchen aus kleinen Laubbäumen versteckt auf einer kleinen Anhöhe nicht weit vom Haus. Von dort aus würde sie niemand entdecken können. Sie selbst hatten dagegen freien Blick auf das Anwesen.

»So früh? Ihr habt's gut«, sagte Anton. »Wir müssen sogar am Sonntag arbeiten, wenn wir Pech haben.«

»Ausnahme«, erwiderte der Chef der Österreicher, Major Werner Zauner. Sein Grinsen entblößte eine ungewöhnlich breite Lücke zwischen seinen beiden oberen

Schneidezähnen. Sie ließ ihn harmlos erscheinen, obwohl er ansonsten ein kräftiger durchtrainierter Mann war. »Unser Chef hat Geburtstag.«

»Hoffentlich gibt er anständig einen aus.«

»Bestimmt.« Werner nickte. »Er lässt sich normalerweise nicht lumpen.«

»Dann viel Spaß.« Anton lächelte verständnisvoll.

»Nach euren Verdächtigen gefragt haben wir im Haus bereits. Anscheinend sind sie nicht beim Himmelreich. Sagt er zumindest.«

»Alles klar. Habt ihr uns vorhin schon gesagt«, erwiderte Anton. »Wir bleiben trotzdem. Vielleicht hat er sie irgendwo versteckt. Zum Beispiel im Keller. Das hat doch Tradition bei euch in Österreich.«

»Sehr witzig, Kollege. Aber leider wahr. In dem Fall müssen sie allerdings irgendwann wieder herauskommen.«

»Oder auch nicht.« Anton nickte grinsend. »Aber wenn, müssten wir wohl nur lange genug darauf warten. Hoffentlich nicht zu lange. Schlafen muss ich hier draußen nicht unbedingt. Außerdem wird es in ein paar Wochen Winter.«

»Genau«, sagte Gerhard, der sich bisher im Hintergrund gehalten hatte.

»Das war ein Scherz, Gerhard.« Anton verdrehte genervt die Augen.

Unglaublich, dieser Vollidiot.

»Schafft ihr das alles wirklich ohne uns?«, erkundigte sich Werner erneut, als er in seinen Dienstwagen stieg.

»Unbedingt.« Anton nickte.

Gerhard tat es ihm gleich.

»Sollten sie wirklich herauskommen, und es wird dabei möglicherweise brisant für euch, ruft ihr uns an«, fuhr Werner fort. »Wir schicken euch umgehend Verstärkung.«

»Okay, danke«, sagte Anton. »Wird schon schiefgehen.«

»Viel Glück, Kollegen«, Werner winkte ihnen zum Abschied zu. »Wir sind dann mal weg.«

Er und seine Leute fuhren langsam davon. Wohl, damit sie auf dem trockenen Kiesweg, den sie bis vor zur Bundestraße nehmen mussten, nicht zu viel Staub aufwirbelten.

Anton hatte ihr eigenes Auto etwas weiter hinten in dem Wäldchen geparkt, damit es vom Haus aus nicht entdeckt werden konnte. Wohlweislich hatte er es dabei aber wiederum nicht zu weit entfernt abgestellt. Zum Beispiel, um im Falle einer eventuellen Verfolgungsjagd schnell genug einsteigen zu können.

Sie machten es sich auf dem moosigen Boden so bequem wie möglich und beobachteten alle beide mit ihren Feldstechern das Haus.

Ihre Handys schalteten sie aus, damit sie niemand im falschen Moment stören konnte. Wenn beispielsweise die Verdächtigen aus dem Haus kamen.

»Hoffentlich kommt nicht gleich ein UFO vorbei«, meinte Gerhard nachdenklich.

»Wie kommst du auf so was?«

»Wegen der Invasion.«

»Konzentrier dich lieber aufs Haus.« Anton verdrehte erneut die Augen. Er atmete hörbar aus.

Lange mache ich das mit ihm nicht mehr mit. Ganz ehrlich.

»Die Brotzeit haben wir blöderweise im Auto liegen gelassen«, sagte Gerhard nach einer Weile.

»Die Leberkässemmeln. Richtig. Herrgott noch mal.« Anton schlug ärgerlich mit der flachen Hand auf den Boden. »Gehst du sie holen?«

»Logisch.« Gerhard nickte.

»Vergiss das Bier nicht.«

»Wie könnte ich.« Gerhard lachte kurz, laut und stoßartig. Er wackelte dabei mit dem Kopf wie ein Huhn, das nach Körnern pickte. »Alle sechs Flaschen?«

»Sicher.« Anton nickte langsam. »Wer weiß, wie lange wir es hier aushalten müssen.«

Ich könnte ihm eine reinhauen. Nicht mal lachen kann er gescheit. Wer hat denn so einen Kollegen verdient, zefix noch mal? Ich anscheinend. Offenbar hab ich in meinem letzten Leben irgendwas verbrochen, für das mich das Schicksal nun gründlich büßen lässt.

73

Montag, 16.10 Uhr, irgendwo über dem Atlantik.

»Wie weit ist es noch?«, fragte Xaver Maria, die mit ihrem sechsten Drink in der Hand neben ihm saß.

»Keine Ahnung, Bärchen.« Sie schüttelte den Kopf. »Ist dir langweilig mit mir?«

»Nein, wie kommst du darauf?« Er sah sie erstaunt an. »Nie im Leben. Mit dir wird es mir niemals langweilig.«

»Das hast du schön gesagt.« Sie machte ein dickes Schmollmündchen und drückte ihm einen feuchten Kuss auf die Wange.

»Mann, ich bin ganz schön besoffen.« Er trank seinen siebten Whiskey aus.

»Vor Glück hoffentlich.« Sie blickte streng zu ihm hinüber.

»Natürlich, Maria-Häschen. Vor lauter Glück, weil du neben mir sitzt. Aber ein kleines bisschen auch vom Whiskey.«

Er drückte sich absichtlich so vorsichtig aus, da er im Laufe ihres bisherigen Gespräches bereits mehrmals festgestellt hatte, dass sie offensichtlich sehr schnell eingeschnappt war. Ihm war klar, dass es genau das zu verhindern galt, wenn er weiterhin einen möglichst stressfreien Flug haben wollte.

»Dein Glück, Bärchen.«

»Wie?«

»Dass du besoffen vor Glück bist, wegen mir.«

»Natürlich bin ich das. Nur wegen dir genau genommen.« Er sah ihr treu ins hübsche argentinische Antlitz.

»Und du hast wirklich keine Augen für eine andere?« Ihre Stimme klang auf einmal gefährlich spitz. Fast schon aggressiv.

»Natürlich nicht. Wie kommst du darauf, Maria-Häschen? Ich habe ausschließlich Augen für dich.«

Was hat sie nur? Vorsicht, Xaver. Die Südländer haben alle ein übersprudelndes Temperament.

»Und warum hast du der Stewardess auf den Hintern geschaut, als sie vorbeiging?« Der inquisitorische Blick aus ihren feurigen Augen ließ ihn innerlich erschauern.

»Hab ich doch gar nicht.« Er schüttelte heftig seinen röter werdenden Kopf.

»Hast du doch.«

»Eben nicht, Maria-Häschen.«

»Eben schon. Ich habe es genau gesehen.« Marias Stimme wurde immer lauter.

»Nicht so laut. Wenn uns die anderen hören.« Er senkte seine Stimme in der Hoffnung, dass sie es ihm gleichtat.

»Ich rede so laut ich will.« Sie fuhrwerkte mit der Hand, in der sie den Drink hielt, in der Luft herum und verschüttete dabei die Hälfte.

»Aber du liegst völlig falsch. Warum sollte ich denn der Stewardess auf den Hintern schauen, wenn die schönste Frau im Flugzeug direkt neben mir sitzt. Das ist doch total unlogisch.«

»Die schönste Frau im Flugzeug bin ich?« Sie grinste geschmeichelt.

»Aber natürlich, Maria-Häschen. Du bist schöner als alle anderen. Nicht nur als die Frauen im Flugzeug.«

»Ehrlich?« Sie sah ihm tief in die Augen.

»Total ehrlich.« Er erwiderte ihren Blick.

»Das ist so süß.« Sie küsste ihn innig.

»Vielleicht habe ich zufällig in ihre Richtung geschaut, als sie vorbeikam«, meinte Xaver, sobald er wieder reden konnte. »Aber ganz sicher nicht absichtlich. Das schwöre ich dir sogar.«

»Na gut. Ich glaube dir. Wollen wir noch mal zusammen auf die Toilette gehen?«

»Jetzt?«

»Natürlich jetzt. Oder liebst du mich etwa doch nicht mehr?« Ihre Miene verfinsterte sich bedrohlich.

»Doch, äh sicher.« Er fuhr sich mit der Hand durch die Haare. »Bin bloß etwas erschöpft. Aber gut, von mir aus. Gehen wir.«

Wär ich doch bloß daheimgeblieben. Das artet langsam echt in Stress aus.

Er merkte, wie bereits so oft in seinem Leben, dass längst nicht alles, was glänzte, auch tatsächlich Gold war. Hoffentlich lief das mit seinen deutschen Freunden in Argentinien besser. Nicht, dass die ganze Flucht am Ende ein einziger Schlag ins Wasser wurde. Da könnte er genauso gut nach Niederöd zurückkehren. Dort kannte er die Leute um sich herum wenigstens und wusste sie richtig zu nehmen. Selbst wenn man ihn erst mal eine Weile einsperren würde.

74

Montag, 16.30 Uhr, Polizeiinspektion Traunstein.

»Er ist auf dem Weg nach Argentinien. Flug nach Buenos Aires.« Rainer blickte von seinem Computerbildschirm auf.

»Wer? Xaver Schwarzer?« Hanna, die von der Toilette zurückkam, wo sie unter anderem frischen knallroten Lieblingslippenstift aufgetragen hatte, sah ihn neugierig an.

»Ja.« Rainer nickte, bevor er sich erneut in seine Daten vertiefte.

»Dann können wir ihn wohl vergessen. Der hat sicher Bekannte dort, die ihm weiterhelfen. Bis unsere offiziellen Behörden reagieren, ist es Weihnachten in zehn Jahren.« Hanna setzte sich. Sie blickte resigniert auf ihre Fingernägel. Dieser Fall gestaltete sich zunehmend als reichlich zäh. »Haben sich Anton und Gerhard inzwischen gemeldet?«, fuhr sie fort.

»Bei mir nicht«, erwiderte Rainer, ohne aufzusehen.

»Hast du es bei ihnen auf den Handys versucht?«

»Nicht nur einmal. Nichts. Sie haben sie ausgeschaltet.«

»Wieso denn das?«

»Wenn ich sie gesprochen hätte, wüsste ich es.« Er schüttelte grinsend den Kopf.

»So ein Mist«, ärgerte sich Hanna. »Macht hier eigentlich inzwischen jeder, was er will? Keiner von uns sollte im Einsatz sein Handy ausschalten. Das weiß Anton doch genauso gut wie wir, verdammt noch mal.«

»Besondere Situationen erfordern manchmal besondere Maßnahmen.«

»Was soll das heißen?«

»Das, was ich sage.« Rainer ließ sich wie gewöhnlich nicht großartig vom motzigen Tonfall seiner Chefin beeindrucken. Diesbezüglich hatte er seine Ohren bereits seit Jahren auf Durchzug gestellt.

»Was ist mit Peter Anger? Gibt es da was Neues?«

Er schüttelte nur stumm den Kopf.

»Nicht gut«, meinte sie. »Gar nicht gut.«

»Aber wir kommen doch voran«, erwiderte er. Ganz offensichtlich in der Absicht, sie zu beruhigen.

»Nicht schnell genug. Am Ende gehen uns die Verdächtigen allesamt durch die Lappen.« Sie kaute nervös auf ihrer Unterlippe herum.

»Ruhig Blut.« Er winkte ab. »Xaver Schwarzer können wir vergessen. Das stimmt wohl. Aber die Jungs erwischen wir schon noch. Sie machten keinen besonders cleveren Eindruck. Irgendwann verraten sie sich selbst.«

»Dein Wort in Gottes Ohr.«

Hanna stand unter Druck. Zum einen wollte sie den Fall unbedingt lösen, weil sie den ganzen Ausländerhass, der sich immer mehr im Land breitmachte, per se nicht akzeptieren wollte. Am Ende hieß es möglicherweise, sie hätten schlampig ermittelt, weil es nur um einen schwarzen Pfarrer aus Afrika gegangen wäre. Und zum anderen warteten die Medien sicher bereits darauf, ihr und ihrem Chef einen Strick aus dem in seiner Zelle erhängten Engländer drehen zu können. Ganz abgesehen von dem Druck, den ihr Kreisler in diesem Fall persönlich machte.

Rainer schaltete seinen Computer aus und erhob sich von seinem Platz.

»Ich geh dann mal«, meinte er. »Meine Mutter braucht ihr Abendessen. Hab ich dir ja bereits angekündigt. Wenn was Wichtiges ist, bin ich jederzeit auf dem Handy zu erreichen.«

»Geht klar. Hau schon ab.« Hanna nickte ihm freundschaftlich zu. »Die Pressekonferenz kriege ich alleine mit Kreisler hin.«

Hoffentlich zerfleischen uns die Hyänen nicht.

75

Montag, 17.10 Uhr, Rainers Elternhaus, Traunstein.

Als Rainer die Haustür aufsperrte, hatte er auf einmal ein seltsames Gefühl. Irgendetwas war nicht in Ordnung. Das spürte er ganz genau.

»Mama? Bist du da?«, rief er besorgt.

Keine Antwort.

Er ging weiter zur Küche. Seine Mutter war nicht darin.

Auch im Wohnzimmer und in ihrem Schlafzimmer konnte er sie nicht auftreiben. Er stieg in den ersten

Stock hinauf, wo sich seine eigene kleine Dreizimmerwohnung befand. Monatelang hatte er sie renoviert, bis alles so gewesen war, wie er es sich gewünscht hatte. Neueste Verkabelungen. Glasfaser. Zwei breite Durchbrüche, damit es großzügiger aussah. Eine moderne Einbauküche, um seinem neuen Hobby, dem Kochen, ausgiebiger als bisher frönen zu können, sobald er einmal genügend Zeit dazu hätte.

Als er sein mit Designermöbeln eingerichtetes Wohnzimmer mit freiem Blick über das Traunsteiner Umland betrat, blieb er erschrocken stehen. Seine Mutter lag vor seinem gläsernen Couchtisch auf dem Boden. Sie rührte sich nicht. Gab auch keinen Laut von sich.

»Mama?« Er trat näher an sie heran. Beugte sich zu ihr hinunter. »Was ist los mit dir? Nun red doch endlich!«

»Bub? Bist du das?« Sie schlug langsam die Augen auf.

»Was machst du hier?«

»Ich wollte dir nur deine frisch gewaschene Wäsche bringen.« Sie zeigte auf seine wild herumliegende frisch gebügelte Kleidung und Bettwäsche. »Dabei muss ich über meine eigenen Füße gestolpert sein.«

»Du sollst meine Wäsche doch nicht machen«, protestierte er. »Darüber haben wir schon hundertmal gesprochen.«

»Aber du musst so viel arbeiten, mein Kleiner. Da wollte ich dir ein bisschen helfen.« Sie stöhnte. Offensichtlich hatte sie Schmerzen.

»Das ist lieb. Aber lass es bitte einfach bleiben. Du hast mit deinem Garten und deinem Haushalt unten mehr als genug zu tun.« Er hob mahnend den Zeigefinger.

»Schimpf mich nicht immerzu. Ich bin eine alte Frau.« Sie stöhnte erneut. Diesmal ein gutes Stück lauter als zuvor.

»Was ist mit dir? Hast du Schmerzen?« Rainer blickte besorgt zu ihr hinunter. »Komm, ich helfe dir hoch.« Er fasste sie unter den Armen.

»Nein, lieber nicht!«, rief sie jammernd. »Mein Bein. Es tut so schrecklich weh. Nicht anfassen, bitte.« Sie hob abwehrend die Hände.

»Aber ich muss dich vom Boden wegbekommen.«

»Ruf einen Krankenwagen. Es tut wirklich höllisch weh. Vielleicht ist es gebrochen.«

»Na gut, Mama.«

Er wählte die Nummer des Notarztes.

Als der Hildegards rechtes Bein eine gute Viertelstunde später genauer untersuchte, rief er auf der Stelle einen Krankenwagen herbei. Er vermutete einen Schienbeinbruch, meinte er. Mit etwas Glück keine allzu große Sache. Aber ohne eine genauere Untersuchung, einen Gips und ein paar Tage im Krankenhaus würde das nicht wieder werden.

»Na, Mahlzeit.« Rainer strich seiner Mutter beruhigend über den Kopf. »Was machst du nur für Sachen, Mama.«

»Muss ich jetzt sterben?« Hildegard blickte ängstlich von einem zum anderen.

»Irgendwann schon«, sagte der Mediziner. »Aber noch nicht gleich. Das Bein wird wieder, Frau Talgruber.«

»Ehrlich?«

»Ehrlich.« Er nickte ihr beruhigend zu.

»Gott sei Dank.« Sie schloss erleichtert die Augen.

Als die Rettungssanitäter eintrafen, schnappte sich Rainer seinen Geldbeutel und den Haustürschlüssel und begleitete sie nach unten. Er fuhr mit zum Krankenhaus und wollte dort zumindest so lange warten, bis genau geklärt war, was Hildegard hatte. Während er neben ihr saß und ihre Hand hielt, dachte er an früher. Er hatte eine sehr schöne Kindheit in Traunstein verbracht. Anders konnte man es nicht sagen. Seine Eltern waren gute Eltern gewesen. Alle beide. Streng genug, aber nicht zu streng. Wenn er Sorgen hatte, waren sie immer für ihn da. Und sie hatten ihm beigebracht, mit sich selbst einigermaßen zufrieden und nicht ungerecht zu anderen zu sein.

76

Montag, 17.30 Uhr, Polizeiinspektion Traunstein.

»Wie konnte es überhaupt passieren, dass sich ein Untersuchungshäftling in seiner Zelle aufhängt? Da haben Sie doch eindeutig gegen Ihre Aufsichtspflicht verstoßen«, wollte Bernd Strasser vom ›Traunsteiner Anzeiger‹ wissen. Ein scharfer Hund, wie man in Polizeikreisen seit Jahren von zahlreichen Pressekonferenzen her wusste.

»Die internen Untersuchungen hierzu sind noch nicht abgeschlossen«, antwortete Hanna, an deren Adresse Strassers Frage gerichtet worden war. »Bisher wissen wir lediglich, dass niemand erkennbar gegen die Dienstvorschriften verstoßen hat.«

»Also haben Sie einen Selbstmörder in einer Zelle, aber keiner konnte es verhindern, obwohl nicht gegen die Vorschriften verstoßen wurde.« Bernd schüttelte empört den Kopf. »Wollen Sie damit etwa sagen, dass man den Selbstmord gar nicht verhindern konnte?«

»Bisher sieht es zumindest so aus.« Hanna nickte. Sie hasste diese Art von Veranstaltungen. Noch dazu, wenn sie sich für Dinge rechtfertigen musste, die sie persönlich nicht einmal zu verantworten hatte.

»Aber müssen Verdächtige nicht besonders überwacht werden, wenn sie zum ersten Mal hinter Gittern sitzen? So ein Mensch bekommt doch per se erst mal einen Schock, wenn er eingesperrt wird.«

Lautes bestätigendes Raunen der anderen Medienvertreter im Raum begleitete Bernd Strassers nächste Frage.

»Natürlich ist uns das bekannt, und es wurde in regelmäßigen Abständen nach ihm gesehen.«

»Wie konnte er sich dann an seinem eigenen Hemd aufhängen, wie Sie vorhin sagten?«

»Er tat es genau zwischen zwei Kontrollterminen. Da haben Sie keine Chance, das Schlimmste zu verhindern.« Hanna schüttelte langsam den Kopf.

»Doch«, widersprach Bernd. »Wenn man öfter nach ihm gesehen hätte.« Er blickte triumphierend in die Runde.

»Das wird üblicherweise gemacht. Ist aber nur der Fall,

wenn wir die berechtigte Annahme zu einem Suizidversuch haben.«

»Warum hatten Sie die in diesem Fall nicht?« Bernd gab nicht nach.

»Der Verdächtige machte einen psychisch stabilen Eindruck. War normal ansprechbar. Nichts ließ darauf schließen, dass er vorhatte, sich umzubringen.«

»Das reicht mir nicht als Erklärung, Frau Schmiedinger.« Bernd schüttelte selbstgerecht den Zeigefinger.

»Es wird Ihnen aber genügen müssen«, mischte sich Harald Kreisler ins Gespräch. »Zumindest, bis weitere gesicherte Erkenntnisse vorliegen. Hat sonst noch jemand eine Frage?« Er saß links von Hanna und blickte mit vorgerecktem Kinn in die Menge.

»Wie ist der Stand der Ermittlungen in der Mordsache an diesem Pfarrer aus Niederöd?« Eva Brotberger vom ›Chiemgauer Volksblatt‹ war aufgestanden, um ihre Frage zu stellen.

»Wir sind dem Täter auf der Spur. So viel kann ich bereits sagen«, erwiderte wiederum Hanna.

So übel, wie ich dachte, ist er ja gar nicht, unser neuer Chef. Vielleicht wird es ja doch noch etwas mit uns beiden.

»Das heißt, der Kerl läuft nach wie vor frei herum.«

»Wir dürfen jemanden erst dann verhaften, wenn wir einen ausreichenden Tatverdacht haben.«

»Was soll das heißen, Frau Schmiedinger?« Eva schüttelte den Kopf. »Sie haben jemanden in Verdacht, dürfen ihn aber nicht verhaften, weil der Verdacht nicht ausreicht?«

»So könnte man es ausdrücken.« Hanna nickte.

»Wann haben Sie denn vor, so viel ausreichenden Verdacht zu bekommen, damit Sie tun dürfen, was Sie tun sollen?«

Lautes Gelächter.

»Darüber können wir im Moment nichts sagen«, mischte sich Kreisler erneut ein. »Aber lange wird es nicht mehr dauern. Die Spur, die wir gerade verfolgen, ist sehr vielversprechend.«

»Wie geht es den beiden Polizisten, die verletzt und eingesperrt wurden?«, fuhr Eva fort.

»Den Umständen entsprechend gut.« Hanna zog verwundert die Brauen hoch.

Welcher Idiot hat das denn ausgeplaudert?

»Einer von ihnen soll schwer verletzt sein?«

»Woher wollen Sie das wissen?« Hanna sah Eva neugierig an.

»Aus einer sehr zuverlässigen Quelle.«

»Es geht allen beiden gut. Sie werden wieder ganz gesund.«

Na warte, den Idioten, der interne Sachen ausplaudert, erwische ich noch. Oder war es jemand vom Krankenhaus? Herrgott noch mal, nix als Deppen um einen herum.

77

Montagabend, 18 Uhr, Sabrinas Villa, Stadtrand von Traunstein.

Sabrina befand sich einigermaßen wiederhergestellt bei sich zu Hause. Ralf ging es ebenfalls immer besser. Aber er sollte noch ein paar Tage zur Beobachtung im Krankenhaus bleiben. Die Ärzte wollten in seinem Fall kein Risiko eingehen. Außerdem hatte er es dort ohnehin bequemer.

Nachdem sie lange geduscht hatte, machte sie es sich auf ihrer Ledercouch im Wohnzimmer gemütlich und rief ihren Onkel Maximilian an. Sie vertraute dem umtriebigen Landrat seit Jahren weitaus mehr und intimere Geheimnisse an als ihrem Vater. Zum Teil mochte es daran liegen, dass ihr Vater, verglichen mit seinem älteren Bruder, von jeher weniger interessiert an ihren Geschichten war. Immerzu hatte er Wichtigeres zu tun, als ihr zuzuhören. Einkäufe, Verträge, Gäste und so weiter und so fort. Außerdem schien er sie nie ganz ernst zu nehmen. Insbesondere, wenn sie ihm mit ihrem Liebeskummer kam. Da lachte er nur und meinte, sie solle ihn mit ihren wechselnden Bettgeschichten in Ruhe lassen, bis sie endlich mal einen richtigen Mann anschleppte. Den dürfe sie ihm dann gerne einmal vorstellen. Ihre Mutter hatte ihr immer zugehört. Doch die war seit vier Jahren tot. Der Krebs hatte sie nach jahrelangem Kampf ins Grab gebracht. Noch monatelang danach hatte Sabrina regelmäßig vor dem Einschlafen um sie geweint. Sie war nicht nur ihre Mutter gewesen, sondern auch ihre beste Freundin.

»Onkel Max? Sabrina hier«, meldete sie sich, sobald Maximilian abgehoben hatte.

»Brini, wie geht es dir?«, erwiderte er erfreut am anderen Ende der Leitung.

»Geht so. Ich habe etwas Schreckliches erlebt in den letzten zwei Tagen. Aber auch etwas Gutes. Was willst du zuerst hören?«

»Das Schreckliche, dann haben wir es hinter uns.«

»Ich wurde entführt und in einen Keller gesperrt.«

»Was? Du schwindelst doch, oder?«

»Nein. Es ist leider die Wahrheit.« Ohne dass sie es wollte, schossen ihr die Tränen in die Augen. »Es war ein gefährlicher Einsatz mit einem sehr netten Kollegen. Er liegt immer noch im Krankenhaus.«

»Wird er wieder, der sehr nette Kollege?«

»Ja.« Sie nickte unwillkürlich.

»Was ist mit dir? Bist du in Ordnung?«

»Alles gut. Es war nur sehr ungemütlich dort. Meine Fesseln haben außerdem dafür gesorgt, dass mir alle vier Gliedmaßen abgestorben sind. Also vorübergehend.«

»Das klingt nicht gut, Kind. Hör doch endlich mit diesem unleidigen Polizeidienst auf. Das ist nichts für dich. Sag ich dir seit Jahren.« Er hörte sich ernsthaft besorgt an.

»Onkel Max, hör auf. Du weißt ganz genau, dass ich meinen Beruf bei der Kripo liebe und niemals aufgeben werde.«

Bereits hundertmal hatte er ihr angeboten, ihr einen Posten in der Politik zu verschaffen. Dort müsste sie zwar auch an vorderster Front arbeiten, aber sie befände sich dabei wenigstens nicht in unmittelbarer Lebensgefahr, so wie bei der Kripo. Doch, was das betraf, würde sie niemals nachgeben. Erstens hatte sie mit Politik nichts am Hut. Zu viele Lügen und manipulative Schachzüge. Zweitens würde sie sich nie mehr in irgendeine Abhängigkeit von einem Familienmitglied bringen wollen. Sie war seit Jahren froh, dass sie sich diesbezüglich ihre Freiheit erarbeitet hatte, und würde diese auch nie mehr aufgeben.

»Bis dir wirklich mal etwas ganz Schlimmes passiert.«

»Dann soll es halt so sein.« Sie wusste, dass sie trotzig wie ein Teenager klang, also nicht besonders überzeugend. Aber was sollte sie machen. Manche Reaktionen steckten eben tiefer in einem drinnen, als man es wahrhaben wollte. »Außerdem erwischen wir die Mistkerle. Wir sind ganz nah an ihnen dran.«

»Und was hast du davon? Geht es dir dann besser?«

»Dann weiß ich wenigstens, dass ich nicht umsonst gelitten habe.«

»Ach, Brini«, stöhnte Maximilian. »Dir ist einfach nicht zu helfen. So, und jetzt endlich raus mit der guten Nachricht.«

»Ich hab mich, glaube ich, verliebt.«

»Was Ernstes?«

»Glaub schon.«

»Aber nicht in einen deiner Entführer?«

»Nein.« Sie schüttelte energisch den Kopf. »Ganz verrückt bin ich noch nicht.«

»Halt, nichts sagen. Ich weiß, wer es ist.«

»Soso, und wer bitteschön?« Sie spitzte gespannt die Ohren.

»Soll ich es wirklich verraten?«

»Ja, sag schon.«

»Na gut. Es ist der sehr nette Kollege, der mit dir im Einsatz war.« Seine Stimme klang so, als wüsste er ganz genau, dass er recht hatte.

»Wie hast du das denn erraten?« Sie starrte ungläubig an ihre Wohnzimmerdecke.

»Du hattest so ein gewisses Zittern in der Stimme, als du ihn erwähntest.«

»Du solltest bei uns als Ermittler anfangen«, scherzte sie.

Er lachte nur.

»Wie heißt er denn?«, wollte er anschließend wissen.

»Ralf«, erwiderte sie. »Ralf Schneider.«

»Und, ist er ein anständiger Kerl?«

»Sehr anständig und sehr lieb und sehr mutig.« Ihr Gesichtsausdruck verklärte sich.

»Wenn das so ist, musst du ihn unbedingt bald zum Essen mitbringen.«

»Mach ich gern, Onkel Max. Sobald er aus dem Krankenhaus raus ist. Aber tu mir einen Gefallen.«

»Jeden.«

»Bitte nicht mit ihm über Politik reden.«

»Tu ich doch nie.« Er klang empört.

»Tust du jedes Mal, wenn wir uns treffen, egal, wer dabei ist.«

»Tatsächlich?«

»Tatsächlich.«

»Dann gelobe ich hiermit feierlich Besserung.«

»Zum wievielten Mal?« Sabrina schüttelte lachend den Kopf.

78

Montag, 18 Uhr. Viktors Anwesen vor den Toren Salzburgs.

Die Vorglüh-Party in Viktors Keller war in vollem Gange. Er, Mario und Burschi schnupften eine Line Chrystal Meth nach der anderen. Dabei wurden sie immer aufgedrehter und zogen sich schließlich alle drei ganz aus. Hans, Hias und Richard hatten ebenfalls von der Nazidroge, wie Meth auch genannt wurde – Richard wusste das natürlich –, geschnupft. Es hatte sie anfangs nach einigen Minuten überwach gemacht, später nur noch aggressiv. Noch aggressiver, als sie ohnehin schon waren in ihrer ausweglosen Situation.

Ein echtes Dilemma, in dem sie steckten. Eigentlich wollte keiner von ihnen aus der heimatlichen Region fliehen, aber bleiben konnten sie auch nicht. Zwei Kriminalbeamte in einen Keller sperren und dort sterben lassen. Niemand würde ihnen das durchgehen lassen. Schon gar nicht die Kripo. Dann war da noch die ungute Sache mit dem toten afrikanischen Pfarrer.

Keiner von ihnen kam auf eine brauchbare Lösung für das alles. Also hatten sie wieder und wieder von Viktors Droge geschnupft und waren im Moment alle drei bis unter die Haarspitzen voll mit Adrenalin.

»Wann fahren wir denn auf diese Party, von der du gesprochen hast, Viktor?« Hias saß an einem der Tische. Er vermied es, zu ihrem Gastgeber und seinen beiden Freunden auf der Couch hinüberzusehen.

Mario und Burschi befriedigten den übergewichtigen Bauunternehmer dort gerade abwechselnd mit dem Mund. Hias fand es ekelhaft. Er würde sich nicht einmal selbst einen blasen, wenn er es könnte. Geschweige denn einen Kerl an sein bestes Stück lassen.

»Aber hier ist es doch auch schön. Oder nicht?« Viktor packte Burschis Kopf und drückte ihn tiefer in seinen Schoss. Er lachte dabei irr. Seine Augäpfel drohten ihm aus den Höhlen zu springen.

»Du tust mir weh, Chef«, nuschelte Burschi nahezu unverständlich.

»Es soll auch wehtun.« Viktor lachte erneut. Er schlug Burschi kräftig mit der flachen Hand auf die Schulter.

»Das reicht jetzt!« Hias ließ seine Faust krachend auf dem Tisch landen. Dann sprang er auf. »Wir wollen euer Rumgeschwuchtel nicht länger mitansehen«, herrschte er Viktor an. »Zieht euch sofort wieder an oder es passiert was.«

Hans und Richard erhoben sich ebenfalls. Alle drei bauten sich direkt vor Viktor und seinen Freunden auf.

»Hey, macht euch locker, Jungs.« Viktor lachte erneut. »Macht doch einfach mit. Jeder darf mal an Onkel Viktors Zuckerstange lecken.«

»Du bist krank und pervers, Alter. Wir wollen sofort hier raus. Gib den Schlüssel her, aber ein bisschen plötzlich!« Hias ballte seine Hände zu Fäusten. Er wusste, dass er jeden Moment auf den nackten Fettsack vor ihnen losgehen würde, wenn der nicht umgehend tat, was er verlangte.

»Huch, wo ist er denn nur, der Schlüssel?« Viktor blickte breit grinsend an seinem nackten Oberkörper hinunter. »Also ich seh da nur eine wunderschöne harte Zuckerstange.«

»Gib mir deine Hose, Nazidepp.« Hias streckte seine Hand aus.

»Hol sie dir doch.« Viktor grinste weiter. Selbstsicher wie ein unbesiegbarer Potentat.

Hias ignorierte das überhebliche Getue seines Gegenübers. Er beugte sich ohne Umstände hinunter, um Viktors Hose vom Boden aufzuheben. Im selben Moment drückte der die Köpfe seiner beiden Sexsklaven beiseite. Er sprang auf und rammte Hias sein Geschlecht ins Gesicht.

Hias sprang zuerst erschrocken ein Stück zurück.

Dann holte er aus und schlug mit voller Wucht zu.

Genau in Viktors Gesicht. Dann auf seinen Kopf. Gegen seine Schläfen. Erneut ins Gesicht.

Der übergewichtige zukünftige Weltherrscher sackte sofort ohnmächtig in sich zusammen.

Hias schlug dennoch weiter auf ihn ein.

Er trat ihn mit seinen Füßen.

Immer wieder und wieder.

Sein Gesicht verzog sich dabei zu einer hässlichen Fratze.

Als Burschi und Mario ihrem Chef helfen wollten, mischten sich auch Hans und Richard ins Geschehen ein.

Die drei Oberbayern schlugen die drei Österreicher grün und blau. Bis sie sich nicht mehr rührten.

»Haben wir sie umgebracht?«, erkundigte sich Hans mit zitternder Stimme.

»Das ist mir scheißegal.« Hias nahm Viktors Hose vom Boden. Er holte in aller Ruhe den Schlüssel aus der Tasche.

Dabei entdeckte er gut 2.000 Euro in großen Scheinen, die lose darin steckten. Er nahm sie schnell an sich. »Wir haben zwei deutsche Bullen auf dem Gewissen. Schlimmer kann's eh nicht mehr werden.«

»Stimmt auch wieder.« Richard zuckte die Achseln. »Obwohl ich dir nur ungern recht gebe, wie du weißt.«

»Was machen wir jetzt?« Hans sah ratlos von einem zum anderen.

»Wir könnten nach Tschechien abhauen.« Hias winkte mit dem erbeuteten Geld in seiner Hand.

»Und dann?«, wollte Hans wissen. Wer genau hinsah, konnte die blanke Panik in seinen Augen entdecken.

»Frag nicht andauernd so blöd.« Hias bedachte ihn mit einem eindringlichen Blick. »Das wird sich alles zeigen.«

»Und die drei lassen wir einfach liegen?« Hans zeigte auf die nach wie vor reglosen Körper zu ihren Füßen.

»Was sollen wir sonst mit ihnen machen?« Richard zuckte die Achseln.

»Wir könnten einen Krankenwagen rufen.«

»Damit sie uns gleich draufkommen? Besser nicht.« Richard schüttelte den Kopf.

»Wie war das noch?« Hias grinste hämisch, während er das Kabel für Viktors Festanschluss hinter der Bar aus der Wand riss. »Ein Guter hält's aus, und um einen Schlechten ist es nicht schade. Sammelt ihre Geldbörsen und ihre Handys ein, und dann lasst uns endlich abhauen.«

Er ging zur Tür, sperrte auf, schloss sie hinter ihnen und sperrte zweimal zu.

Den Schlüssel steckte er ein.

»Aber so kommen die nie da raus«, meinte Hans.

»Tatsächlich?« Hias lachte.

79

Montag, 18.10 Uhr. Klinikum Traunstein.

Ralf wälzte sich unruhig in seinem Bett hin und her. Es ging ihm immer besser. Inzwischen konnte er fast alles wieder bewegen. Er dachte an Sabrina. War sie die Frau, auf die er bisher seit Jahren gewartet hatte? Die er heiraten würde und mit der er Kinder haben würde?

»Es sieht ganz so aus, alter Junge«, murmelte er.

Seit seiner ersten Ehe war ihm die große Liebe nicht mehr begegnet. Rosi hatte seine Frau geheißen. Sie war wunderschön gewesen und immer fröhlich. Hatte ihm Mut gemacht, wenn er am Verzweifeln war. Ihn unterstützt, wo sie nur konnte. Eine wunderbare Geliebte und ein echter Kamerad. Bis vor fünf Jahren dieser schreckliche Unfall geschah. Ein Reh war ihr bei der Heimfahrt vom Geburtstag ihrer besten Freundin Regina ins Auto gelaufen.

Sie war sofort tot gewesen.

Bis heute machte er sich schwere Vorwürfe, dass er sie nicht gefahren hatte oder wenigstens darauf bestanden hatte, dass sie den Zug nahm. Sie hatte oft genug gesagt, dass sie nicht gern in der Dunkelheit Auto fuhr. Sie sähe dann sehr schlecht. Vor allem wenn ihr auf der Gegenfahrbahn jemand entgegenkäme.

Seine Augen füllten sich mit Tränen. Wie immer, wenn er an sie dachte.

Und jetzt das. Sabrina war in sein Leben getreten.

Er wusste diese zweite Chance absolut zu schätzen. Dankte seinem Schicksal dafür. Gleichzeitig war er sich aber nicht sicher, ob er ihr auch gerecht werden konnte.

Rosi war nach wie vor überall in seinem Leben präsent. Morgens beim Aufstehen begann es und endete erst am späten Abend beim Schlafengehen. Hatte eine neue Frau da wirklich ihren Platz? Konnte er ihr alles geben, was ihr zugestanden hätte?

Er trank einen Schluck Tee aus der Schnabeltasse, die ihm die Schwester vorhin ans Bett gestellt hatte. Ein anständiger Wodka wäre ihm lieber gewesen.

Sein Handy meldete sich. Er ging ran.

»Ralf? Papa hier. Du hast mir vorhin auf den Anrufbeantworter gesprochen.«

»Hallo, Papa. Ich wollt nur wissen, wie es euch geht.« Er lächelte erfreut. Seine Eltern waren die besten Eltern der Welt. Davon war er von Kindesbein an tief und fest überzeugt.

»Bei uns ist alles wie immer. Mama strickt, und ich lese Zeitung. Wie geht es dir?«

»Einerseits gut, andererseits nicht so gut.«

»Was ist passiert? Fehlt dir was? Sollen wir zu dir kommen?« Die Stimme seines Vaters klang alarmiert.

»Nein, bleibt bitte, wo ihr seid. Alles halb so wild. Ich hatte mir bei einem Einsatz ein paar Wirbel geprellt, doch es geht schon wieder viel besser.« Er musste husten. Anscheinend hatte ein Tropfen Tee zuvor den falschen Weg im Hals genommen.

»Erkältet bist du auch? Ist wirklich alles gut?«

»Alles gut. Hab mich nur verschluckt. Mach dir keine Sorgen.«

»Na gut, wenn du es sagst. Was heißt, es geht dir einerseits gut?« Sein Vater hörte sich beruhigt an.

»Eine wunderbare Frau ist in mein Leben getreten.«

»Oha, so poetisch gleich?«

»Sie ist der Wahnsinn, Papa.«

»Das freut mich, mein Sohn. Wird auch langsam Zeit, dass du über Rosi hinwegkommst.«

»Ist nicht einfach.« Erneut stiegen Ralf die Tränen in die Augen.

»Weiß ich doch. Aber das Leben geht weiter.«

»Hast ja recht, Papa.«

Vielleicht sollte ich mich tatsächlich ganz auf Sabrina einlassen. Eine wie sie finde ich so schnell sicher nicht.

»Sonst alles in Ordnung?«

»Kann mich nicht beklagen. Muss mich halt erst noch eingewöhnen.«

»Mach das, und nimm dir deine Zeit. Du bist ein echter Schneider, und die gehen niemals unter, stimmt's?«

»Stimmt.« Ralf lachte. Sein Vater hatte die seltene Gabe, immer den richtigen Ton im richtigen Moment zu finden. Schon als Kind war ihm das aufgefallen.

»Noch was. Wenn dir alles ganz zu blöd wird, dort bei den Oberbayern, dann kommst du wieder zu uns heim, okay?«

»Versprochen, Papa.«

80

Montag, 18.30 Uhr, Viktors Anwesen vor den Toren Salzburgs.

»Sind das die drei?« Anton zeigte auf das Haus, wo sich gerade die Eingangstür geöffnet hatte und drei eher schmale Gestalten in die beginnende Dämmerung hinausschlichen. »Doch, doch. Das müssen sie sein. Wo wollen die denn hin?«

»Keine Ahnung.« Gerhard zuckte die Achseln.

»War auch mehr eine rein rhetorische Frage.«

»Was?«

»Nix, passt schon.« Anton winkte ab. Er unterdrückte wie so oft den starken Impuls in sich, aufzustehen und Gerhard mit aller Kraft in den Allerwertesten zu treten. Einfach so, weil sein Partner ein dermaßen dämlicher Volldepp war.

»Soll ich den Wagen holen?« Gerhard sah ihn mit großen Augen an.

»Das wäre keine schlechte Idee, lieber Gerhard. Wir wollen ja nicht, dass uns die Verdächtigen entwischen, nicht wahr?« Anton sprach im Tonfall eines englischen Butlers.

»Verarschst du mich?«

»Wie kommst du denn darauf?«

»Bin gleich wieder da.«

Während sich Gerhard mit großen Schritten auf den Weg machte, beobachtete Anton weiter die drei Gestalten vor dem Haus. Sie waren gerade stehen geblieben, schienen sich zu unterhalten.

Bestimmt besprechen sie, wie sie fliehen sollen.

Auf einmal kam Bewegung in die Truppe. Sie öffneten das Garagentor. Anscheinend war ihnen die Idee gekommen, dass darin ein Auto stehen könnte. Selbst das blindeste Huhn fand irgendwann ein Korn.

Wo blieb nur Gerhard? Wenn die Verdächtigen es erst mal bis zur großen Landstraße nach Salzburg geschafft hatten, waren sie sicher nur schwer zu erwischen.

Gerhard und er mussten sie deshalb unbedingt auf dem Weg dorthin stoppen. Am besten an dem eisernen mannshohen Tor vor der Auffahrt zum Haus. Dort würden sie ihnen nur schwer entkommen können. Und selbst wenn, gab es rund um das Anwesen herum Hunderte von Metern weit nur gut überschaubare Wiesen und Felder.

Anton hörte den Motor eines Autos hinter sich. Er drehte sich um.

Endlich Gerhard.

Er sprang auf, so gut es sein Alter und seine schwere Hüftverletzung zuließen, und stieg ein.

»Ich fahre«, meinte Gerhard.

»Hat irgendwer etwas anderes gesagt?« Anton sah ihn mit hochgezogenen Brauen an.

»Nein.«

»Also dann. Was ist?«

»Der erste Gang geht so schwer rein.«

»Das ist der Rückwärtsgang.« Anton zeigte auf den Schalthebel.

»Bist du sicher?« Gerhard machte ein misstrauisches Gesicht.

»Ja. Es war noch nie anders.«

»Okay, dann kann's gleich losgehen.«

Gerhard löste die Handbremse und fuhr an. Kurz darauf hielt er wieder.

»Was ist los?«

»Haben wir auch nichts vergessen?«

»Fahr endlich, sonst entwischen uns die Kerle wirklich noch.«

»Mein Geldbeutel.« Gerhard tastete hektisch seine Hosentaschen ab, was im Sitzen alles andere als einfach war.

»Geht's noch? Hast du den etwa rausgeholt? Wozu denn hier in der Pampa? Wolltest du Gras kaufen? Oder ein Stück Wald?« Anton schüttelte verständnislos den Kopf.

Herrgott noch mal. Das wird ja immer besser mit dem.

»Gott sei Dank. Er ist da.« Gerhard hielt erleichtert seine Brieftasche hoch.

»Können wir dann endlich?«

»Was wird aus den vier Flaschen Bier, die wir noch nicht geöffnet haben?« Gerhard machte keinerlei Anstalten, erneut den ersten Gang einzulegen.

»Die holen wir später.« Anton lief vor Ungeduld und aufkeimender Wut rot an.

»Soll ich sie nicht lieber gleich holen? Wer weiß, ob wir später noch mal hier vorbeikommen.« Gerhard schaltete den Motor aus. Er schnallte sich ab und machte Anstalten auszusteigen.

»Wenn du nicht auf der Stelle losfährst, erschieße ich dich und fahre selbst, Gerhard!«, brüllte ihn Anton an. »Das schwöre ich dir hoch und heilig. So wahr ich hier stehe, äh, sitze.«

81

Montag, 18.30 Uhr, Landstraße von Traunstein nach Burghausen.

Hanna war auf dem Weg zu Florian in dessen Schlosshotel. Sie hatte keine Lust mehr gehabt, länger im Revier auf Nachricht von Anton und Gerhard zu warten. Für den Notfall hatte sie schließlich ihr Handy dabei, über das sie jederzeit erreichbar war. Alles, was sie im Moment brauchte, war etwas Gutes zu Essen und dann möglichst bald eine Mütze voll Schlaf. Bei Florian würde sie beides bekommen. Gott sei Dank. Im Moment wuchs ihr nämlich alles über den Kopf.

Während sie einen Traktor überholte, ging ihr, wie bereits die ganze Zeit über, der Mordfall Adofo Danso durch den Kopf. Waren die drei Jungs aus Niederöd die Täter? Zuzutrauen wäre es ihnen. Aber es gab auch andere Spuren. Der verschwundene Wirt Xaver Schwarzer war eine Option. Genauso wie der Anlageberater Martin Helmbrecht. Was, wenn der Täter tatsächlich aus Afrika kam und Adofo bis hierher gefolgt war? Es musste ja kein Kindersoldat sein, wie Harald Kreisler vermutete. Nur ein einfacher Afrikaner, der Adofo von zu Hause her kannte und sich wegen irgendetwas an ihm rächen wollte. Eine Eifersuchtsgeschichte möglicherweise. Obwohl, ein Pfarrer und Eifersucht. Passte das tatsächlich zusammen?

Aber vielleicht war der neue Pfarrer ein heimlicher Terrorist gewesen, und irgendein Geheimdienst hatte noch eine Rechnung mit ihm offen. Wer wollte so etwas heutzutage wissen? Es wurde doch überall auf der Welt gelogen, betrogen und gemordet, was das Zeug hielt.

Rainer hatte vorhin, bevor er ging, rein zufällig herausgefunden, dass Heiderose Anger etwas mit dem alten Pfarrer gehabt hatte, diesem Ignatius Schöttler. Ein Bekannter, der eine Freundin in Niederöd hatte, hatte es ihm am Telefon erzählt, als er ihm wegen ihres wöchentlichen Karatetrainings absagte, weil seine Mutter und der Fall ihn zu sehr in Anspruch nahmen. Das half ihnen zwar auch nicht recht viel weiter, aber interessant war die Information allemal. Es sei so etwas wie ein offenes Geheimnis gewesen, hatte die Freundin gemeint. Allerdings hätte keiner im Dorf es der Polizei verraten. Niemals. Das gehörte sich einfach nicht. Wenn doch jemand auf die Idee gekommen wäre, hätte der Verräter gleich ausziehen können. Hier hielt man zusammen oder man musste gehen. So einfach war das.

Schon seltsam, dass Heiderose Anger das verschwiegen hatte. Auf der anderen Seite hatte sie als Geliebte des Pfarrers sicher keinen leichten Stand gehabt und bestimmt sogar Angst, darüber zu reden. Immerhin verstieß so eine Beziehung gegen das Zölibat und somit gegen das Kirchengesetz. Das wusste jeder andere im Dorf natürlich auch. Fast schon ein Wunder, dass niemand sie und den alten Pfarrer erpresst hatte. Oder hatte sie auch davon nur nichts erzählt?

Hanna sah Florians gelb und weiß angestrichenes Schlosshotel im beginnenden Dämmerlicht daliegen. Schon gewagt, was er sich damit alles aufgehalst hatte, aber auch wunderschön.

Nicht mehr weit, dann wäre sie da. Sie freute sich schon auf das bestimmt wieder mal köstliche Essen und nicht zuletzt auch auf ihn. Anfangs war sie sehr misstrauisch ihm gegenüber gewesen. So wie sie seit der Trennung von ihrem Ex Paul jedem Mann gegenüber Misstrauen empfunden hatte. Sie wusste allerdings inzwischen, dass dies aus reiner Angst davor, wieder enttäuscht zu werden, geschehen war.

Im Moment begann Florian immer mehr eine feste Größe in ihrem Inneren zu werden. Ob sie das gut oder schlecht finden sollte, konnte sie nach wie vor nicht genau sagen. Aber auf eine geheimnisvolle Art beruhigte es sie, dass alles so war, wie es sich gerade entwickelte. Er tat ihr eindeutig gut. Das war schon mal sicher. Weiteres würde sich zeigen.

82

Montag, 18.45 Uhr, Salzburger Umland.

Anton und Gerhard fuhren knapp hinter den drei Flüchtenden her, die gerade mit ihrem SUV auf die offene Wiese rechts von ihnen einbogen. Offenbar hatten sie die

Absicht, ihre Verfolger dort abzuschütteln. Schließlich waren sie im Gegensatz zu diesen in einem Geländewagen unterwegs und wussten das wohl auch.

»Hinterher, Gerhard. So entwischen uns die Kerle nicht.« Anton hielt sich am Türgriff fest, als sein Partner ebenfalls über das, mit der Straße verglichen, eher unwegsame Terrain raste. Sie wurden kräftig durchgeschüttelt, schlingerten wild hin und her. Mehrmals drohte der Wagen aus der Spur auszubrechen.

Gerhard bremste ab.

Dann hatte er alles wieder im Griff.

Die Verdächtigen fuhren mit einem Affenzahn einen Hügel hinauf.

»Die spinnen doch«, meinte Gerhard, während er Gas gab und hinterherpreschte. »Wo wollen sie denn bloß hin?«

»Weg.« Anton grinste grimmig.

»Wie weg?«

»So wie ich es sage. Denen ist scheißegal, wo es hingeht. Hauptsache, sie können uns entkommen.«

»Nicht mit mir.« Gerhard schaltete einen Gang runter. Er stieg voll aufs Gas. Das Auto machte einen pantherhaften Satz nach vorne.

Der SUV verschwand währenddessen hinter der Hügelkuppe und war somit nicht mehr zu sehen.

»Was machen wir jetzt?« Gerhard sah mit leichter Verzweiflung im Blick zu Anton hinüber.

»Was wohl? Wir verfolgen sie weiter.«

»Aber ich muss langsam an die Kuppe ranfahren.«

»Warum?«

»Weil ich nicht weiß, was dahinter ist.«

»Dann tu das doch.«

»Was?«

»Langsam an die Kuppe heranfahren.« Anton schüttelte wieder und wieder den Kopf. Es stand ab sofort ein für alle Mal unverrückbar fest: Gerhard war ein unfähiger Trottel, der keine eigenen Entscheidungen fällen konnte. Zumindest keine sinnvollen. Da biss die Maus keinen Faden ab. Andauernd musste er sich rückversichern, nachfragen, nerven, zögern. Wahrscheinlich traute er sich bald nicht einmal mehr selbständig Luft zu holen.

Als sie auf dem Gipfel des Hügels ankamen, entdeckten sie den SUV keine 20 Meter vor ihnen. Er stand an einer riesigen Eiche, dem unübersehbaren Vorposten eines großflächigen Waldstückes. Die eingedellte Motorhaube umwickelte den knorrigen Stamm nahezu bis zur Hälfte.

83

Montag, 18.50 Uhr, Klinikum Traunstein.

Der Schienbeinbruch von Rainers Mutter stellte sich als wesentlich komplizierter heraus als zunächst angenommen. Sie musste noch heute Abend operiert werden. Kein Aufschub möglich. Der behandelnde Arzt wollte Rainer gegenüber keine Aussage darüber machen, ob und wie schnell alles in Ordnung käme. Er meinte lediglich, dass es keine einfache Sache wäre, gerade weil Hildegard nicht mehr die Jüngste war, und dass er sein Bestes geben würde, damit keine großen Komplikationen auftraten. Besonders ermutigend klang das alles nicht. Rainer machte sich wie schon so oft Vorwürfe, dass er sich so wenig um sie kümmern konnte. Wäre er daheim gewesen, wäre das alles nicht passiert. Aber wie sollte er oft genug zu Hause sein, und was war oft genug? Außerdem hatte er keinerlei Erfahrung mit Menschen, die dement wurden. Wenn er nicht seinen Beruf aufgeben wollte, musste er wohl bald in den sauren Apfel beißen und sie in ein Pflegeheim einweisen lassen. Er wusste, dass sie ihm das niemals verzeihen würde. Wahrscheinlich würde sie nie wieder mit ihm reden wollen. Aber was blieb ihm letztlich anderes übrig. Gab es keine Beratungsstellen, an die man sich in solch einem Fall wenden konnte? Er würde das so bald wie möglich im Internet recherchieren.

Der Arzt riet ihm, nach Hause zu gehen und sich auszuschlafen. Sie würden sich melden, falls entgegen allen Erwartungen etwas schiefging. Ansonsten könne er morgen früh wiederkommen und seine Mutter in die Arme schließen.

Rainer nickte. Er flüsterte noch, dass sie gut auf sie aufpassen sollten. Dann verabschiedete er sich. Allerdings ging er nicht gleich heim, sondern unternahm einen kurzen Abstecher zu Ralfs Zimmer im zweiten Stock. Er wollte sehen, ob es dem neuen Kollegen inzwischen besser ginge. Der musste sich doch furchtbar fühlen, ganz allein und so weit weg von daheim.

Er klopfte an Ralfs Tür.

»Herein«, erschallte eine fröhliche Stimme von drinnen.

Rainer drückte die Klinke herunter.

Nanu, der hört sich ja schon wieder ganz flott an.

Ralf saß in seinem Bett und sah fern.

Als Rainer seinen Kopf zur Tür hereinsteckte, blickte er überrascht zu ihm hinüber.

»Hallo, Herr Kollege. Das ist aber schön, dass du mich besuchen kommst. Setz dich doch.« Ralf schaltete den Fernseher aus und deutete auf den Besucherstuhl neben seinem Bett.

»Wollte mich nur mal erkundigen, wie es so geht«, sagte Rainer, während er sich setzte. »Du kannst ja schon wieder sitzen. Super.«

»Gott sei Dank, ja.« Ralf nickte. »Ich war sogar schon auf dem Klo.«

»Wird also wieder?«

»Sieht so aus.«

»Das freut mich für dich.«

»Mich auch.« Ralf lachte.

»Was war es?«

»Nur ein eingeklemmter Nerv. Aber nicht so lange, als dass nicht alles wieder ganz normal werden könnte.« Ralf stiegen die Tränen in die Augen. Ganz so kalt wie er tat, ließ ihn die Sache anscheinend doch nicht. »Habt ihr die Kerle?«

»Wir sind dran.«

»Kriegt ihr sie auch?«

»Auf jeden Fall.« Rainer nickte. »Was läuft im Fernsehen?«

»Ein Krimi.« Ralf lachte.

»Was sonst.« Rainer lachte mit.

Gott sei Dank wird er wieder. Manchmal muss man offenbar erst Pech haben, um das Glück zu ernten.

84

Montag, 18.55 Uhr, Salzburger Umland.

Die drei Verdächtigen stiegen einer nach dem anderen aus dem an der Eiche geparkten SUV und humpelten zu Fuß in den Wald hinein.

Gerhard und Anton schnallten sich ab, stiegen aus und nahmen die Verfolgung auf. Natürlich ebenfalls zu Fuß, weil sie mit ihrem Auto nicht durch den Wald fahren konnten. Die Bäume standen viel zu dicht dafür.

»Lauf du schon mal vor, ich komm nach!«, sagte Anton, der mit seiner verletzten Hüfte nicht so schnell vorankam wie Gerhard. »Und zieh deine Waffe aus dem Halfter. Wer weiß, ob die Kerle bewaffnet sind. Sabrinas Dienstpistole ist immer noch nicht aufgetaucht, soweit ich weiß.«

»In Ordnung.« Gerhard zog seine Waffe, schoss zweimal in die Luft und rief: »Stehen bleiben! Polizei!« Dann rannte er wie vom wilden Affen gebissen los.

»Der bringt mich noch um mit seinem andauernden Scheiß!«, rief Anton aus. Er folgte ihm so schnell er konnte.

Zwei Minuten später gelangte er an den Rand einer Lichtung.

Gerhard stand mit der Waffe im Anschlag auf einem abgesägten Baumstumpf. Ihm gegenüber saßen zwei der Verdächtigen auf dem Boden. Sie bluteten aus zahlreichen Schnittwunden im Gesicht und hielten ihre Hände in die Luft.

»Legst du ihnen Handschellen an?« Gerhard sah ihn fragend an. »Ich halte sie solange mit der Pistole in Schach.«

»Aber sicher. Sappralot! Gut gemacht, Gerhard.« Anton blickte gleichermaßen überrascht und wohlwollend drein. »Ich kümmere mich um sie. Geh du den anderen suchen, sobald ich sie verschnürt hab. Aber pass auf. Vielleicht ist er bewaffnet.«

Sollte ich mich am Ende doch in ihm getäuscht haben und er ist ganz brauchbar?

»Geht klar. Beeil dich mit den Handschellen.«

Gerhard schnitt eine wichtige Grimasse. Wie ein Actionheld im Film. Möglicherweise kam er sich auch gerade so vor.

Egal. Die beiden Verdächtigen hatte er gestellt. Punktum.

Anton humpelte im Sauseschritt zu Hans und Richard hinüber und verpasste ihnen die Achter, die sie verdient hatten.

»Ich bin dann mal weg!«, rief Gerhard anschließend. Er bewegte sich wie ein Eilzug auf der anderen Seite der Lichtung in den Wald hinein.

»Habt ihr ernsthaft gedacht, ihr könnten uns entkommen?«, fragte Anton währenddessen seine beiden Gefangenen mit einem höhnischen Grinsen auf den Lippen.

»Logisch, sonst wären wir ja nicht geflohen«, erwiderte Richard in respektlosem Tonfall. »Ich weiß gar nicht, wann mir jemand zuletzt eine so saudumme Frage gestellt hat.« Er lachte höhnisch.

Hans, der direkt neben ihm saß, stimmte ein.

»Dir wird das Lachen schon noch vergehen, Bürscherl«, sagte Anton. »Spätestens, wenn du hinter Gittern sitzt.«

»Langweile mich ruhig weiter, Alter. Du kannst mich mal.« Richard spuckte verächtlich aus.

»Habt ihr Drogen genommen?« Anton sah ihnen genau in die Augen.

»Geht dich nichts an, Alter.« Richard spuckte erneut aus. Diesmal direkt vor Antons Füße.

Der trat näher an ihn heran, holte aus und gab ihm eine schallende Ohrfeige. Verletztes Gesicht hin oder her.

»Das dürfen Sie gar nicht«, beschwerte sich Richard daraufhin jammernd. »Das ist Folter, Mann. Wir sind schließlich in Deutschland und nicht in der Türkei oder Guantánamo.«

»Falsch, wir sind in Österreich.«

»Das ist doch dasselbe.«

»Sicher nicht.« Anton musste grinsen. »Da würde mir jeder Österreicher sofort recht geben.«

»Arschloch.« Richards Stimme klang unsicher. Dennoch konnte er offensichtlich nicht zurückziehen.

»Also noch mal«, entgegnete ihm Anton ungerührt. »Habt ihr Drogen genommen?«

»Nein.«

»Soll ich dir noch eine reinhauen?«

»Das dürfen Sie nicht.« Richard zerrte an seinen Handschellen.

»Wer soll es verhindern?« Anton zeigte ins grüne Rund. »Siehst du jemanden?«

»Sie sind ja verrückt.«

»Tatsächlich. Warte mal. Mir kommt gerade eine bessere Idee.« Anton zog seine Dienstwaffe und legte damit auf Richards Kopf an.

»Hilfe!« Richard rutschte panisch auf seinem Hosenboden hin und her.

»Also, ich zähle bis drei. Wenn du dann immer noch nicht redest, heißt es in meinem Bericht, dass ich dich auf der Flucht erschießen musste.«

»Das wagst du nicht. Es gibt schließlich einen Zeugen.« Richard deutete mit seinem Kinn auf Hans.

»Den erschieße ich auch.«

»Jetzt red schon, Richard. Sonst rede ich.« Hans schien das ganze Theater langsam zu dumm zu werden. Außerdem hatte er offensichtlich Angst. Todesangst, so wie er am ganzen Leib zitterte.

»Eins, zwei, …« Anton zielte genau.

»Okay, okay. Hör schon auf. Der Kerl im Haus hat uns was gegeben. Irgend so ein Pulver, das wir schnupfen sollten. Keine Ahnung, was das war.« Richard schien nicht zu wissen, ob er weiter hysterisch herumbrüllen oder am besten gleich weinen sollte. Seine Stimme klang jedenfalls immer wackeliger.

»Was habt ihr mit ihm gemacht?«

»Mit wem?«

»Mit Viktor Himmelreich.«

»Nichts.« Richard schüttelte vehement den Kopf. »Er und seine schwulen Freunde wollten uns an die Wäsche. Da haben wir uns gewehrt und sind abgehauen.«

»Was heißt gewehrt? Habt ihr sie geschlagen?«

»Nicht zu knapp. Alles schwule Nazis da drinnen. Damit wollten wir nichts zu tun haben.« Hans lächelte stolz.

Anton rief die österreichischen Kollegen an. Sie brauchten dringend Hilfe. Es schien noch weit mehr Arbeit zu geben, als er zunächst angenommen hatte.

Hoffentlich kam Gerhard bald mit dem anderen Burschen anmarschiert. Und hoffentlich war er unverletzt. Gerhard natürlich.

85

Montag, 19.05 Uhr. Florians Golfhotel bei Burghausen.

Hanna und Florian saßen beim Abendessen auf seiner Privatterrasse. Es gab Spaghetti Vongole als Vorspeise.

Danach servierte ihnen Beatrice höchstpersönlich Saltimbocca mit buntem Herbstgemüse.

Hanna nahm sich reichlich. Es schmeckte ihr wie immer köstlich.

»Eine Gruppe Russen hat sich für nächste Woche angekündigt«, berichtete Florian erfreut, während er ihnen Weißwein nachschenkte. »15 Mann hoch.«

»Russen?« Hanna zog erstaunt die Stirn kraus.

»Die haben Geld wie Heu.« Florian grinste zufrieden.

»Das hatten deine Engländer auch.«

»Na und?« Er zuckte die Achseln. »Geld ist doch nichts Schlechtes. Also grundsätzlich gesehen. Außerdem zahlen sie das Doppelte von dem, was die Lords aus Great Britain bezahlt haben, die Herren Oligarchen.«

»Und was ist an Russen besser als an Engländern? Die saufen doch mindestens genauso viel. Und in die Haare kriegen sie sich bestimmt auch.«

Wie war das noch? 15 Mann auf des Totenmanns Kiste?

»Na und. Sollen sie doch. Im Moment kann ich mir einfach keine großen Animositäten erlauben. Ich muss den Laden endlich zum Laufen bringen, wenn ich nicht bankrottgehen will. Das wird schon.« Florian kaute fröhlich auf einem Stück Fleisch herum.

»Ich möchte nicht in deiner Haut stecken.«

»Ich schon.«

»Was, wenn sie sich wieder gegenseitig erschlagen?« Hanna tat sich mehr von dem köstlichen Gemüse auf, bevor Florian es ihr wegschnappen konnte. Er schien heute ebenfalls einen gesunden Appetit zu haben.

»Dann kann ich auch nichts dagegen tun. Ich gehe mal davon aus, dass sich meine Gäste nicht generell gegenseitig umbringen. In dem Fall könnte ich ja sonst gleich zusperren.«

»Stimmt auch wieder.« Sie nickte. »Es muss schließlich weitergehen.«

»Meine Rede.« Er nickte. Dann trank er einen Schluck Wein. »Wie schaut es mit eurem Fall aus?«

»Ach, das weißt du ja noch gar nicht. Sabrina und unser Neuer, Ralf Schneider, wurden von drei Jugendlichen und dem Wirt in Niederöd in den Keller gesperrt.«

»Was? Unglaublich.«

»Zuvor hatte einer von ihnen Ralf niedergeschlagen, sodass er am ganzen Körper gelähmt war.«

»Ach, du Schande.« Er sah sie erschrocken an. »Das ist ja echt schrecklich. Geht es ihnen inzwischen besser? Sabrina ist so eine Nette.«

»Ja.« Sie nickte. »Ralf kommt im Krankenhaus anscheinend wieder auf den Damm, und Sabrina ist gesund und munter bei sich zu Hause.«

»Gott sei Dank.« Florian atmete auf. »Mein Gott, nicht auszumalen, wenn es dich erwischt hätte.« Er nahm ihre Hand und drückte sie leicht.

Sie ließ es sich gefallen. Registrierte dabei, dass es ihr alles andere als unangenehm war.

»Die Burschen und der Wirt, die das getan haben. Was ist mit denen?«

»Wir suchen sie noch.« Sie zuckte die Achseln. »Hoffentlich sind sie uns nicht entwischt.«

»Klingt nicht so gut.«

»Stimmt.« Hanna blickte für einen Moment nachdenklich auf ihren Teller.

Dann spielte ihr Handy ›Out Of The Dark‹ von Falco.

Anton war dran. Endlich.

»Wir haben sie, Hanna.«

»Alle drei?« Sie sprang von ihrem Stuhl auf.

»Jawohl. Es war zwar nicht so einfach, aber letztlich konnten wir sie alle drei festnehmen.« Anton klang stolz und zufrieden. »Gerhard hat den letzten Kerl erwischt, während ich auf die zwei anderen aufpasste. Er musste ihm ins Bein schießen. Hat die Wunde aber gleich professionell abgebunden.«

»Wo habt ihr sie gestellt?«

»In einem Wald bei Viktor Himmelreichs Villa. Den Himmelreich und zwei seiner Freunde haben sie anscheinend brutal zusammengeschlagen.«

»Sind sie schwer verletzt?«

»Na ja. Sie sahen alle drei nicht gerade gut aus, als wir sie in Himmelreichs Keller fanden.«

»Und Gerhard hat den letzten Täter tatsächlich ganz alleine erwischt? Unglaublich.«

»Ich wollte es auch erst nicht glauben. Aber Respekt. Mein Kollege scheint wohl doch ganz in Ordnung zu sein.«

»Musstest du dich heute also ausnahmsweise einmal nicht über ihn aufregen?« Hanna lachte laut. Wie jeder andere auf der Inspektion wusste auch sie von den andauernden Kabbeleien der beiden. Außerdem fielen ihr gerade Dutzende von Felsbrocken vom Herz.

»Doch, zur Genüge.« Anton lachte ebenfalls. »Aber dass er diesen Hias Zoller festgenommen hat, alle Achtung. Das hätte ich ihm echt nicht zugetraut.«

»Gute Arbeit, Anton.« Hanna lief mit dem Smartphone in der Hand auf Florians Terrasse auf und ab. »Lass

Gerhard den Verletzten am besten zu uns in die Klinik bringen. Er soll bei ihm bleiben, bis ihn jemand von der Nachtschicht ablöst. Mit den anderen beiden kommst du bitte umgehend in die Inspektion. Wir treffen uns dort um 20 Uhr.«

»Alles klar. Wird gemacht, Chefin.«

»Habt ihr einen Krankenwagen für die Verletzten im Haus gerufen?«

»Fließt die Traun bergab?«

»Okay.« Sie lachte erneut. Die Erleichterung war ihrem Gesicht deutlich anzusehen.

Sie legten auf. Hanna setzte sich.

»Gute Nachrichten?« Florian sah sie neugierig an.

»Sieht ganz so aus.« Sie nickte erfreut. »Anton und Gerhard, unsere Streifenpolizisten, die du ja auch kennst, haben unsere Täter verhaftet. Eigentlich könnte ich jetzt einen Schnaps gebrauchen.«

»Ich lass dir einen bringen. Kein Problem.« Florian nahm die kleine Handglocke vom Tisch, mit der er vorhin wegen des Weins nach seiner Hausdame geläutet hatte.

»Lieber nicht.« Sie schüttelte den Kopf. »Ich muss noch fahren.«

»Na und? Wer soll dich schon kontrollieren? Du bist schließlich selbst die Polizei.« Florian grinste.

»Stimmt auch wieder.« Sie grinste ebenfalls. »Aber nur einen Kleinen.«

»Kommt sofort.« Er klingelte nach Beatrice, die nur Sekunden später um die Ecke geschossen kam. Anscheinend hatte sie ganz in der Nähe auf Order von ihm gewartet. »Wir bräuchten einen Schnaps für die Frau Hauptkommissarin bitte, Beatrice.«

Florians Tonfall war respektvoll und freundlich. Es war ihm nicht anzumerken, ob er der exotischen Schönheit wegen der Sache mit den Engländern heute Morgen etwas nachtrug oder nicht. Hanna nahm an, dass es nicht so war, und mochte ihn dafür gleich ein kleines bisschen mehr.

»Sehr gerne.« Beatrice verschwand genauso schnell, wie sie gekommen war.

Nur wenige Minuten später war sie mit einem erstklassigen Obstbrand zurück. Wildkirsche. Florian ließ ihn extra von einer kleinen, sehr exklusiven Privatbrennerei aus der südlichen Steiermark kommen.

»Meinst du, dass die drei auch den afrikanischen Pfarrer aus Niederöd auf dem Gewissen haben?«, wollte er wissen, nachdem Hanna ihren Schnaps getrunken hatte.

»So brutal wie sie drauf sind, nehme ich das mal ganz schwer an.« Sie nickte langsam. »Aber wissen kann ich es natürlich erst, wenn ich sie verhört habe.«

»Na klar.« Er nickte verständnisvoll.

»Ich muss los«, sagte sie. »Ich möchte möglichst schnell mit dem Verhör beginnen. Der Fall brennt uns allen auf den Nägeln. Hat ja auch eine politische Dimension. Die Medien stürzen sich regelrecht darauf. Mindestens genauso wie auf unseren toten Engländer in der Zelle.«

»Üble Sache.«

»Das kannst du laut sagen.«

»Viel Glück, Hanna.« Er griff erneut nach ihrer Hand und sah ihr dabei tief in die Augen. »Komm möglichst bald gesund wieder hierher zu mir.«

»Du tust ja geradezu so, als würde ich auf eine Weltreise gehen.« Sie erwiderte seinen Blick.

»Es kommt mir halt so vor.« Er lächelte.

»Spätestens um Mitternacht sollte ich zurück sein. Wenn du dann noch nicht schläfst, können wir gerne noch einen Gute-Nacht-Schluck zusammen nehmen. Der Schnaps war ausgezeichnet. Was meinst du?«

»Nichts lieber als das.«

»Was wolltest du mir denn übrigens so Wichtiges sagen?«

»Das hat Zeit. Du musst los.«

»Nein. Sag's mir.«

»Na ja. Ich dachte …« Er zögerte.

»Was dachtest du?«

»Also, ich wollte dir sagen, dass du wegen mir gerne für immer hier wohnen kannst.«

»Für immer. Soso.« Sie blickte ihn nachdenklich an. »Können wir das später bei unserem Gute-Nacht-Schluck besprechen?«

»Na klar.«

86

Montag, 19.25, Traunstein.

Rainer saß in der Kneipe bei der Inspektion ums Eck, in der sie manchmal zu Mittag aßen. Das Essen schmeckte hervorragend, und er hatte es nicht weit nach Hause. Während er sich ein riesiges Wiener Schnitzel einverleibte, blätterte er in der Tageszeitung. Meistens las er die Neuigkeiten auf seinem Smartphone, aber gelegentlich kam ihm eine Zeitung aus Papier ganz recht. So auch jetzt.

Eine Anzeige auf der vorletzten Seite fiel ihm auf. Er ließ seine Gabel auf den Teller gleiten und las neugierig.

›Junge Polin kümmert sich zu einem fairen Preis um ihre pflegebedürftigen Verwandten‹, stand dort. ›Ausgebildete Krankenschwester‹.

Es traf ihn wie ein Blitzschlag. Das war sie, die Lösung seiner Probleme. Wieso war er nicht längst darauf gekommen? Wenn das Gehalt einer Pflegerin einigermaßen bezahlbar war, konnte er darauf verzichten, seine Mutter ins Pflegeheim einzuweisen. Alle wären zufrieden, und er hätte kein schlechtes Gewissen mehr. Glückstrahlend legte er die Zeitung weg und aß mit gutem Appetit weiter.

Sein Herz wurde dabei mit jedem Bissen immer leichter.

Kurze Zeit später klingelte sein Handy.

»Rainer? Hanna hier.«

»Hallo, Hanna.« Am liebsten hätte er ihr die tolle Neuigkeit gleich erzählt. Noch bevor sie ihm sagen konnte, warum sie anrief.

»Wir haben sie!« Sie war schneller.

Na gut. Kein Problem.

»Wen?«

»Die drei Jugendlichen aus Niederöd. Unsere Entführer und Schläger und vielleicht sogar Mörder.«

»Waren Anton und Gerhard also erfolgreich bei den Ösis drüben?« Er schluckte den Bissen herunter, den er bis eben gekaut hatte.

»Absolut.« Sie klang hocherfreut.

»Ich habe auch gute Nachrichten.«

»Erzähl.«

»Meine Mutter hat zwar gerade eine schwere Operation, aber der Arzt meint, dass trotz allem gute Chancen auf Heilung bestehen.«

»Super.«

»Ralf geht es schon viel besser. Ich war vorhin bei ihm.«

»Das ist doch genial. Gott sei Dank.«

»Und noch was.«

»Raus damit.«

»Ich werde eine Pflegerin für meine Mutter anstellen, dann muss ich sie nicht in ein Pflegeheim einweisen lassen.«

»Optimal. Sehr gute Idee, Rainer.« Ihrem Tonfall nach schien sie sich wirklich für ihn zu freuen. »Kannst du um 20 Uhr in der Inspektion sein?«

»Ich bin sozusagen schon dort.«

»Umso besser. Bis gleich.«

»Bis gleich, Hanna.«

Er legte mit einem breiten Grinsen im Gesicht auf.

87

Montag, 19.50 Uhr, Polizeiinspektion Traunstein.

Hanna war gerade in ihrem Büro angekommen, als Heiderose Anger bei ihr anrief.

»Mein Peter, er ist immer noch verschwunden«, jammerte sie. »Ich mache mir große Sorgen. So lange war er noch nie weg.«

»Na gut, Frau Anger. Ich schicke ein paar Leute los, die sich auf die Suche machen sollen.« Hanna wusste, dass sie die verängstigte Frau nicht mehr vertrösten konnte. Ein verschwundenes Kind, noch dazu geistig eingeschränkt, allein in der Dunkelheit. Das konnte sie nicht mehr ignorieren.

»Ich mache mir solche Vorwürfe.« Heiderose schluchzte laut.

»Müssen Sie nicht, Frau Anger. So was passiert auf der Welt tausendmal am Tag.« Hanna versuchte möglichst einfühlsam zu klingen.

»Aber ich bin an allem schuld.«

»Ach wo.«

»Doch. Es ist alles meine Schuld.«

»Wie kommen Sie darauf?« Hanna setzte sich auf die Kante ihres Schreibtisches.

»Das mit dem neuen Pfarrer …«

»Was ist mit ihm?«

»Ich war's.«

»Was waren Sie?« Hanna runzelte verwirrt die Stirn.

»Ich habe das Pfarrhaus angezündet.«

»Was?« Hanna meinte sich verhört zu haben.

»Ich war sauer auf den neuen Pfarrer.«

»Aber warum denn um Himmels willen?« Hanna atmete langsam aus. Sprach sie tatsächlich mit der Mörderin von Adofo Danso? Es war kaum zu glauben.

»Weil er meinen Ignatius vertrieben hat.«

»Den vorherigen Pfarrer bei Ihnen im Dorf, mit dem Sie zusammen waren?«

»Genau.«

»Aber deswegen verbrennt man doch niemanden.« Hanna schüttelte fassungslos den Kopf.

»Ich hatte gehofft, dass sie Ignatius wieder herschicken, wenn der fremde Pfarrer tot wäre. Er ist schließlich Peters Vater.«

»Das ist kein schlechter Witz, den Sie mir da gerade erzählen, Frau Anger?« Hanna traute ihren Ohren nicht.

»Nein, es ist die Wahrheit. Leider.« Heiderose schluchzte erneut. Noch herzzerreißender als zuvor. »Peter hat mich beobachtet. Er hat es mir heute Morgen gesagt. Bestimmt ist er deshalb davongelaufen, nicht wegen dem Kakao. Hat es wohl nicht mehr ausgehalten, es geheim zu halten.«

»Ja, um Gottes willen, Frau Anger. Das klingt alles ganz schrecklich.«

»Ich wollte Ihnen das nur sagen, Frau Schmiedinger. Ich nehme jetzt ganz viele Schlaftabletten und lege mich hin.« Heideroses Stimme hörte sich merkwürdig emotionslos an. »Bitte sorgen Sie dafür, dass es Peter gutgeht. Ich kann mit meinem schlechten Gewissen nicht weiterleben. Hab's versucht. Geht aber nicht.«

»Bleiben Sie, wo Sie sind, Frau Anger.« Hanna fuhr sich nervös durch die Haare. Was hier gerade abging, war gar nicht gut. Nicht im Geringsten. »Ich schicke Ihnen jemanden vorbei, der Sie zu mir bringt. Dann reden wir in aller Ruhe über alles.«

»Kommen Sie nicht her. Kümmern Sie sich um Peter, bitte! Alles ist besser für ihn, als mit einer Mörderin zusammenleben zu müssen.« Heiderose schluchzte wieder. Lauter und anhaltender als zuvor.

»Beruhigen Sie sich bitte, Frau Anger. Wir kümmern uns um Sie und Peter. Versprochen.«

Heiderose legte auf.

Hanna versuchte umgehend sie zurückzurufen, um sie von ihrem Selbstmordversuch abzuhalten. Erfolglos.

Ein Schatten hatte sich über den vielversprechenden Abend gelegt. Jetzt galt es, möglichst schnell zu reagieren.

Während Hanna nachdachte, platzte Anton mit Richard und Hans zur Tür herein.

»Gut gemacht, Anton«, begrüßte sie ihn. »Diese reizenden Herren sperren wir ein und verhören sie gleich morgen früh wegen der Sache mit Sabrina und Ralf.«

»Und der Mord am Pfarrer?« Anton sah sie neugierig an.

»Fahr bitte sofort nach Niederöd zu Frau Anger und nimm sie fest. Sie hat ihn umgebracht. Hat es gerade am Telefon gestanden. Mach bitte schnell. Sie will sich mit Schlaftabletten umbringen. Ich schicke dir einen Notarzt hin.«

»Tatsächlich? Sachen gibt's, die gibt's gar nicht.« Anton zog erstaunt die Brauen hoch.

»Ich erkläre dir alles ganz genau, wenn du zurück bist. Aber jetzt eilt es.«

»Alles klar, Hanna. Bin schon weg.« Anton stürmte aus dem Zimmer.

»Ich hab gleich gesagt, dass wir das mit dem Negerpfarrer nicht waren«, sagte Richard mit einem breiten Grinsen im Gesicht.

»Halt dein Maul, Bürscherl. Um euch kümmere ich mich noch ganz persönlich. Darauf kannst du Gift nehmen.« Hanna stand auf.

Sie baute sich keine zehn Zentimeter von ihm entfernt vor ihm auf. Ihr Blick traf den seinen. Ungerührt und eiskalt.

Er sah beschämt zu Boden.

Wenigstens das.

Anton und der Notarzt waren rechtzeitig bei Heiderose Anger angekommen. Sie hatte überlebt und lag nun wie Hias Zoller unter Bewachung im Krankenhaus. Für ihre Tat würde sie sich verantworten müssen. Um Peters Schicksal wollte sich Hanna persönlich kümmern, sobald er gefunden wurde. Der Suchtrupp war längst unterwegs.

Gegen halb zehn fuhr Hanna zum zweiten Mal an diesem lauen Herbstabend nach Burghausen zu Florian. Währenddessen kam ihr der Gedanke, etwas Festes mit ihm anzufangen und sein Angebot, für immer mit ihm zusammen in seinem Hotel zu leben, anzunehmen.

Das Beste daran war, dass ihr die Aussicht darauf auf einmal gar keine Angst mehr machte. Dass sie ihre von Baulärm umgebene Wohnung in Traunstein dann demnächst kündigen könnte, zog sie ebenfalls in Betracht. Merkwürdig, wie sich die Dinge manchmal änderten, ohne dass man es selbst so richtig mitbekam.

ENDE

Blutiges
Berchtesgaden
MARKUS BENNEMANN
Tod am
Steinernen Meer
Kriminalroman
GMEINER
© matoo / photocase.de